葛冰幽默奇幻童话星系

★ 胖胖龙上天入地记 ★

接力出版社
Publishing House

图书在版编目（CIP）数据

胖胖龙上天入地记/葛冰著.—南宁：接力出版社，2007.2
（葛冰幽默奇幻童话星系）
ISBN 978-7-80732-692-2

Ⅰ．胖… Ⅱ．葛… Ⅲ．童话-中国-当代 Ⅳ．I287.7

中国版本图书馆 CIP 数据核字（2007）第 007075 号

责任编辑：周 锦
美术编辑：卢 强 责任校对：张 莉
责任监印：梁任岭 媒介主理：代 萍

出版人：黄 俭
出版发行：接力出版社
社址：广西南宁市园湖南路 9 号 邮编：530022
电话：0771－5863339（发行部） 5866644（总编室）
传真：0771－5863291（发行部） 5850435（办公室）
网址：http://www.jielibeijing.com http://www.jielibook.com
E-mail：jielipub@public.nn.gx.cn

经销：新华书店

印制：三河市汇鑫印务有限公司
开本：710 毫米×1000 毫米 1/16
印张：15.25 字数：230 千字
版次：2007 年 4 月第 1 版 印次：2007 年 4 月第 1 次印刷
印数：00 001—10 000 册
定价：21.80 元

爸爸有一种神奇的"借舌之法"。他把人间的无线电遥控装置安在我的舌根下边,我把东西吃到嘴里,那香味立刻传到爸爸那里去。

不好了,不好了!爸爸把电波发过来了。快快上菜!上菜!

好,上菜……

是的,我们这里香火盛……

看样子,庙里的日子也挺好过。

不是这样的,也有的庙宇破破烂烂,没有多少烧香的。甚至还有庙宇倒塌的。

为什么?

这很简单,就看庙里的神会不会经营。就拿我在香炉上执勤来说吧,开始干得不好,但慢慢也练出来了。

烧香的人来了,我也该上班了。十弟,你先在这里休息吧。

咦?镜中显示这人有三只手,一定是个小偷。

什么五字真经?

就是报喜不报忧。

天金物返!

哇!我的包自己飞回来啦。

这个我懂,法律常识我还多少学过一点儿。

他在香炉下面藏钱包!这可不行,咱们会犯窝赃罪的!

嘿嘿!这神还挺灵,不如我也拜拜看!

大慈大悲神灵,恩求保佑作顺不明,我工作利,永失手市天天大吉!

工作顺利,行动万次无事故!

哎呀！这太好了！

太好了！

谢谢神仙！谢谢！

明天，你就连哭都哭不出来了。

他还一点儿不知道这最保险的住处就是监狱呢……

目录

胖胖龙上天入地记

怪眼麒麟奇遇记

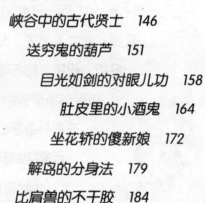

胖胖龙上天入地记

胖胖龙上天入地记

飘向十重天的彩虹摇篮

胖胖龙是条龙。

他可不是外国故事里讲的恐龙，比如动画片中那个叫丹佛的家伙。

他是一条会呼风唤雨、腾云驾雾、地地道道的中国龙。

只不过，胖胖龙驾云的本领不够好，得让龙王龙婆连拉带拽，拖着在空中跑，因为他太胖了，并且还小，只有三岁。

胖胖龙总爱申明：他与两道大菜、一道汤毫无关系。"二龙戏珠"实际上是蛇肉烧四喜丸子，根本不是龙肉；"龙虎斗"是蛇肉再加上猫肉；还有"飞龙汤"，也不是用龙尾熬的汤，那仅是用鸽子大的一种小鸟肉做的汤。

胖胖龙这样讲，主要是怕人们一看见他的胖模样，就会产生不正确的想法，把他和某些菜谱联系起来。因为确实有好几个家伙，一瞅见他，就舔嘴咂舌地流口水，眼光怪怪的。

胖胖龙猜想，准是他们爱吃肉，而且一准儿吃过那个猪场的猪肉。提起那个猪场的猪，不能不说和他有点关系。

那个猪场的猪都有歪脖病，不是向左歪，也不是向右歪，而是向上歪。因为在它们头顶天空的云彩里，有一根倒扣着的、像碗一样的大彩虹，用金绳索拴在云朵中的一根大铜柱上，太引人注目了。

那是胖胖龙的摇篮。龙王怕他老待在水晶宫里会得软骨病，叫他多晒晒太阳，胖胖龙没事干，就在那摇篮里懒洋洋地躺着。龙王掌管所有的江河湖海，而且是世袭的，细说起来，胖胖龙也算是个天上的贵族子弟呢。

玉皇大帝命令下雨时，龙王就会带领风伯、云童、雷公、电母，腾云驾雾升到空中。

龙王挥动手中的金令牌，威风凛凛地叫："放风！"

风伯立刻打开风袋，呼呼风响，飞沙走石。

龙王又大叫："布云！"

云童急忙推拢云团，昏雾沉沉，浓云漫漫。

接着电母放电，白光闪闪。

雷公打鼓，轰隆隆，呼啦啦。

大家忙乎了一通之后，龙王开始漫天狂舞、飞腾，人间大雨滂沱。

雨下得好，玉帝就高兴，赏一些仙丹、仙桃什么的。龙王匆匆把东西一分，喊一声："散伙！"

于是，风伯、雷公、电母立刻各奔东西。有的去南天门内的天街自由市场买菜，有的奔瑶池去王母娘娘办的仙崽园接小神崽。云童年龄还小，无牵无挂，就去九重天上太上老君的兜率宫内玩卡拉OK。

龙王没把胖胖龙送仙崽园，他怕孩子受委屈，舍不得。这会儿，他正风驰电掣飞向天边的彩虹摇篮。

"我的儿，你饿坏了吧？"龙王把一口袋花花绿绿的好吃的东西倒进摇篮，让胖胖龙开心地吃，龙王在一边看着。

"你的脸怎么这么白？一定是缺少维生素B！"龙王心疼地说着，从龙袍里掏出一小瓶药丸，骨碌碌倒进胖胖龙的嘴里。

"哟！脸怎么又绿啦？一定是缺少维生素C！"龙王叫着又往胖胖龙嘴里倒了一瓶药丸。

"啊呀呀！这脸又一半红一半黄啦，吃什么药丸才好？"龙王有点发愁。他皱着眉头想了半天，终于把两瓶不同的药丸各倒一半，混在一起，小心地放进胖胖龙的嘴里。"这下子总算好啦！"龙王乐了。瞧瞧！龙王爸爸多疼爱他的儿子呀！

胖胖龙不停地吃，他的胃口蛮好，吃完了还舔嘴咂舌。龙王看着他，高兴得眼珠都放光了。他又从龙袍里摸出一个又红又大的仙桃："孩子，这是王母娘娘在蟠桃宴上给的，九千年才熟一次。我一直留着，连看都舍不得看两眼，只睁一只眼看。现在你也吃了吧！"

胖胖龙接过去，哇！这桃真甜哟，咬一口，满嘴流汁。桃汁顺着胖胖龙的嘴巴流，从天上流下去。下面正是猪场，那些猪全向天上歪着脖子，眼巴巴地等着呢。它们都摸出规律来了，每天这个时候，天上总有好吃的东西掉下来，而且掉下的东西又大又多。你们想想，龙打个喷嚏都能变成一场雨，自然落下的食物渣儿也特别大。

有一次，饲养员到猪圈边来，碰巧天上掉下来一大块鲜馍渣，像小房子那么大，一下子把他压到了下面，那些饥不可待的猪们立刻扑上来吃鲜馍。饲养员还没明白过来，猪已经把鲜馍吃得干干净净，连饲养员的眉毛、头发都舔掉了，闹得饲养员老婆误以为他出家当和尚去了。

这些猪吃了胖胖龙的食品渣，似乎也都沾了仙气，像气儿催似的变得极胖极胖，而且没有一点肥膘，全身都是精瘦肉，比其他猪的里脊部位还要好。吃了仙食的猪个个还可以延年益寿，虽然延长寿命的功能对这些猪似乎没有什么用处，它们用不着等够岁数，只要够分量就不免要挨一刀，但人吃了这种猪肉却可以返老还童。据说有个九十多岁的老头，吃了这种猪肉不仅重新生出满嘴的奶牙，而且光亮亮的秃顶也生出乌黑的头发，那效果比 101 生发剂还要好。所以，这猪肉用不着写"出口转内销"，也卖得很快。买肉的人也都认准了，买肉要买歪脖猪的肉，这就跟买"歪瓜裂枣"的道理一样。

这会儿，胖胖龙在天上吃仙桃，仙桃汁水又流下来了，像小溪流一样，而且是五彩的，散发着香甜的美味。猪们拼命地向着天空张大嘴巴，恨不得个个都变成蛇嘴，好张得比头大十几倍。有头极聪明的猪，不仅张着嘴，而且把鼻孔也张得大大的，去接仙桃汁，这样，他比别人又多了两张"嘴巴"。可这种发明专利仅仅维持了一秒钟，立刻迅速普及，所有的猪都用三张"嘴"去接仙桃汁了。有一头傻猪别出心裁，想用两只耳朵也去接甜汁，一听会得中耳炎，才慌忙把耳朵夺拉下来。

"吸溜！吸溜！"所有的猪都发出一片吸仙桃汁的声音。

奇怪！"吸溜溜！吸溜溜！"有一种声音比它们的还大，并且还带着回声。所有的猪都很奇怪，也羡慕至极：这样大的声音，这样大的嘴，能吸进多少仙桃汁呀！它们一齐东张西望，可却找不到。

它们怎么能看得见呢？这声音是从天上龙王嘴里发出来的。他踩在一团云彩上，疼爱地看着胖胖龙吃得津津有味，自己嘴巴也不由自主地咂着舌头，吧唧出声来。

胖胖龙发现了，"爸爸，你也尝一口吧！"他把咬得只剩下一小半的桃子递给龙王。

"不吃！不吃！"龙王连忙摇头，"我最不爱吃桃子了，一吃就得胃溃疡。爸爸爱吃的倒是桃核，等你吃完了，给我嗍一嗍。"

胖胖龙把剩下的桃核递给龙王。龙王放在嘴里津津有味地嗍了又嗍。嗍得桃核光溜溜的，然后伸出舌头尖，像啄木鸟一样把桃核上坑坑洼洼处比米粒还小的桃肉也钩出来，才笑眯眯地把桃核重新塞回口袋里。看样子，等有工夫的时候，他还要细细地嗍一嗍呢。

胖胖龙肚皮吃得鼓鼓的，已有些困意，张嘴闭眼，打个大哈欠。

"龙儿，你太累了，好好睡个觉吧！"龙王爱抚地说着，顺手扯过一大块云彩，盖在彩虹摇篮上。又仔细地看了看，系着彩虹摇篮的金绳索拴得十分结实，这才放心地驾云而去。

龙王在飞走之前，低头往下看一眼就好了。因为那些喝了仙桃汁的猪仿佛也有了驾云的本领，全都轻飘飘地从地面上浮动起来，在树上、房顶上忽忽悠悠地飞。有两只喝仙桃汁多的猪还蹬蹄踹脚，飘上了云朵，它们发现了睡在彩虹摇篮里的胖胖龙。

"吃！"一头猪说。

"吃吃！"另一头猪说。

猪的大脑进化慢，就算是沾了仙气的猪，语言文字也才发明了这一个

"吃"字。

两头猪开始从两边拱彩虹摇篮，胖胖龙睡得很香很香，竟然毫无知觉。

"吃!"一头猪发现了拴在铜柱上的金绳索。

"吃!"另一头猪发现了金绳索结上还有一滴亮晶晶的仙桃汁。这是胖胖龙吃大仙桃时溅上去的。

两头猪便飞过去舔那桃汁，桃汁渗到了绳结里面，于是它们把舌头也伸进绳结钩来钩去，唯恐一点儿仙桃汁漏掉。就这样，糊里糊涂，竟然解开了金绳索。彩虹摇篮轻悠悠地载着胖胖龙向更高更深远的蓝天飘去……

不知过了多久，胖胖龙从睡梦中醒来，睁眼一看，自己好像飘到了一个极大的天蓝色圆屋顶下面，伸出手去就可以摸到冰凉的天顶。四周没有一点声音，只有几缕青烟袅袅飘动。

胖胖龙一点儿也不知道，他已经飘到了天顶，本来这天顶是任何神都不准进入的。玉皇大帝编著的神的教科书，也只讲天有九重，九重天的门口，便有二十八星宿轮流把守。事也凑巧，今天值勤的星宿多喝了几杯玉液琼浆，闹了肚子，上天厕的工夫竟让胖胖龙的彩虹摇篮飘了上去。现在胖胖龙已经到了九重半天，四舍五入，也可算是十重天了。

胖胖龙好奇地仰着头东张西望，他有点奇怪，开饭的时间早过了，怎么他的龙王爸爸还不送食物来?

胖胖龙看见蓝蓝的苍穹顶上散布着一些红、绿、黄、棕、紫五种颜色的大石子，再一看，有四根袅袅生烟的大柱支撑着天顶。

"这是什么?"胖胖龙睁大眼睛好奇地张望。他觉得很好看，那么也就一定很好吃。这是按他胖胖龙的逻辑推断出来的，因为他的龙王爸爸送给他的糖块、巧克力豆，向来是五颜六色的。

如果胖胖龙有点文化，他就会明白是怎么回事了，可惜他文化层次太低，连幼儿园也没去过，他哪里知道这些石子是绝对动不得的。

胖胖龙催动彩虹摇篮飞向那些五彩石子，飞近了才发现，那些石头很大，其中一块石子上还写着一些稀奇古怪的文字。这实际上记载的是上古时代的一件惊天动地的大事。如果把它们翻译过来，大致是: 很古很古的时候，水神共工打了败仗，狂怒地用头撞不周山，结果撞断了天柱，天向西北塌陷，日月星辰都乱了位置。幸亏神仙女娲炼五彩石子将天的漏洞补上，又斩大鳌的四脚支撑住天顶。

胖胖龙刚才看到的那四根擎天的大柱，实际上是大鳌的四足。那发光的五彩石子，实际上是天的补丁。而胖胖龙对这些一点也不知道。他看着那石头上的蝌蚪文字，掰着指头乱猜："香菇、肉脯……"他把这当成大众菜谱了。

胖胖龙急于想看看石头后面是不是有好吃的东西，于是伸出龙爪，奋力去扒一颗棕色石子。

"哇!"不好，那棕色石子后面竟然冒出熊熊烈焰，烧到了他的摇篮，胖胖龙身上也着了火。接着一阵可怕的隆隆声，像是万雷齐鸣，烈焰呼啸着，越涌越猛，犹如火山爆发。四根擎天柱在颤抖，似乎天要塌下来。

胖胖龙的彩虹摇篮已经成了火的摇篮，烧得他哇哇乱叫，一个跟斗从十重天上直跌下去。

胖胖龙上天入地记

胖胖龙驮石碑

不知过了多久，胖胖龙清醒过来，发现耳边风声呼呼。原来，他正从天上往下掉呢，已经掉了七重半，看得见下面的高楼大厦了。不好！真要是这么掉下去，他胖胖龙非但吃不成肉饼，自己该成肉饼了。

胖胖龙急忙背诵龙王爸爸教过的腾云法："阿、喔、摸、拂……"大概是背错了，或是和小学生的汉语拼音串在一起了，反正这腾云法不灵，胖胖龙还像秤砣似的往下掉。

这时，地面上突然腾起一团云朵，轻轻地托住了胖胖龙，慢慢飘落到一座红墙琉璃瓦的大庙里。

庙里十分幽静，苍松翠柏，钟声悠悠。

胖胖龙落到一棵松树下，东张西望，看不到一个人。他正在发愣，耳边响起一个洪亮的声音："十弟！你怎么到这里来了？"

胖胖龙面前，一个驮着高大石碑的老龟目光炯炯地盯着他。

胖胖龙眨巴着眼睛，看了一会儿说："我才不是你的弟弟呢，我是龙，你是龟！"胖胖龙虽然不聪明，但这点他还分得清。

"胡说！"那老龟厉声说，"你再看仔细些，龟头有须吗？龟可有这样的嘴？"

真的，这老龟嘴巴上有两条长长的龙须，而且脑袋也不是圆的。胖胖龙愣住了。

"我叫赑（bì）屃（xì），是你大哥，爸爸没和你说过?"老龟缓和了声音。

胖胖龙记起来了，有一次龙王爸爸无意中提过，他还有九个哥哥。只是这位哥哥怎么身体圆圆的，还带了个乌龟壳? 胖胖龙皱着眉头费劲地想了一会儿，终于眉开眼笑地说："我明白了，壁戏哥（胖胖龙觉得'赑屃'两个字太难写，索性叫他壁戏，于是'赑屃'也就成了'壁戏'了），你身体变成这样子，准是也去十重天扒石子，掉下来摔的。"

壁戏说："十弟，你难道不知道，龙生九种，种种有别，我们弟兄九个……"

胖胖龙忙说："还有我呢，我是老十!"胖胖龙恐怕把他忘了。

"对了，你是计划外生育的，加上你就是兄弟十个了。咱们兄弟十个，虽是一母同胞，但相貌却相差十万八千里，且性格各异。拿我来说，形状就很像乌龟，特别喜好负重。人间有句话'泰山压顶不弯腰'，那是夸张的说法，而你大哥我却真正是喜马拉雅山压顶也不弯腰呢! 十弟，你相信吧?"

胖胖龙围着壁戏转了一圈，笑着说："我相信，因为你根本没腰，当然压不弯。"胖胖龙说的是实话，龟的屁股和胸是连在一起的。

"好! 叫你看看大哥的神力!"壁戏说着昂起头来向空中喊了一声，"来!"

只见满天大大小小的石碑像云朵一般从四面八方涌来，像搭积木一样一个接一个摞在壁戏的背上，高高向上直插天际。

"真棒! 真棒! 力气真大!"胖胖龙忍不住拍手叫道。

"我能驮动天下所有的石碑呢!"壁戏高兴地说。

"外国的碑你也能驮吗?"胖胖龙好奇地问。

壁戏认真地想了想，泄气地说："恐怕不能，我不懂外国话。"

胖胖龙仰脸望着高高的碑塔，灵机一动说："哥哥，我想顺着你这碑塔爬回天上去，行吗?"

"腾云驾雾上去不是更快?"壁戏奇怪地问。

胖胖龙支支吾吾地说:"老……老腾云驾雾没意思，我想活动活动身体。爸爸说了，饭后百步走，活到九十九!"胖胖龙对保护身体的谚语背得很熟，尽管此刻他正饿得肚子咕咕叫。

"好吧! 你从这儿上去就是了!"壁戏相信了弟弟的话。

胖胖龙费劲地爬上了石碑，一层一层往上爬。才爬到有房檐那么高，只听天空传来一阵隆隆的响声，接着电光闪烁。这闪电竟是五颜六色的，而且星星、月亮同太阳一起出现在天空，滴溜溜地乱跑乱转，云彩也变成了彩色的，还燃起了一团团火焰。

"这是怎么啦? 难道天上又过节了?"胖胖龙歪着脑袋问。

下面的壁戏仰起头细细地听了一刻，脸色突变:"不好! 大概是闹天震了!"

"什么天震?"胖胖龙不解地问。

"就是九重天顶又出现了漏洞。"壁戏说,"自从女娲大神用五彩石子补天以后，那石子过四五万年，总有损坏了的，就要闹一次大天震，天庭大骚乱。上一次，就把九重天震到了五重天，把南天门都震到了北边。这一次恐怕还要厉害，要是超过八百级，极乐世界的如来佛都要派天震考察团来考察呢。只是，上次天震刚过两百年，怎么又震起来了呢? 真是有些古怪!"

胖胖龙听了，吓得一缩脖子，连忙从碑塔上滑溜下来，嘴里嘟嘟囔囔:"那我就先不上去了吧! 我忘记了，爸爸这次是特意让我来看望几个哥哥的。"

"这也好!"壁戏爽快地说,"你就先在我这儿住上一天，再去看其他弟兄。我早就想出去办一件重要的事情，只是一直脱不开身。正好你可以替我驮一天石碑!"

胖胖龙一听，连忙摇头:"不行! 不行! 这么重的碑还不把我压扁了? 你把碑放在地上好了!"

壁戏说："十弟，这你就不懂了。我驮的这石碑，不是一般的碑，她乃是天下石碑之母，所有的石碑都是她的儿子。俗话说'儿行千里母担忧'，我一离开，没人驮，碑母就会自动隐身飞走，去看望她的儿子。天下名山古刹数不胜数，有名胜古迹即有石碑，我到哪儿去找她的踪迹呢？"

胖胖龙搔着脑袋说："你要是怕她跑了，可以……驮着她去办事嘛！"

"你这办法又欠考虑了！"壁戏沉思着说，"驮着碑母去办事，我倒是不怕累，但是我们一走，说不定什么时候，她的某一位石碑儿子来看望她，人家老远来看望母亲，撞上闭门羹，这多不好！"

"这么说，讲来讲去，我替你驮着是最合适了！"胖胖龙苦着脸。

壁戏说："正是如此。你不必担心石碑重，我传授你一些法力，足可应付。"说着，他的脖子突然长长地伸出来，凑到胖胖龙耳边，往他耳朵里吹一股仙气，又念了许多咒语。

胖胖龙乐了，摇头晃脑，翻个跟斗，叫声"变"，嘿，他变得和大哥壁戏一模一样了，只是个头儿小一点。

壁戏用爪一扬，其他的石碑都飞走了，背上的碑母呼的一下移到了胖胖龙的身上。虽有些沉重，但他还能坚持。

壁戏说："十弟，我很快就回来。你初来乍到，没有经验，办事不可鲁莽，凡事要谨慎小心！"说完，一晃脑袋，不见了。

胖胖龙驮着石碑，觉得背上沉甸甸的，看来这当"龟"的滋味实在是不好受。他费劲地驮着，忽然想："要是我翻个跟斗，身体翻到上边，碑母翻到了下边，不就成了石碑驮我了吗？"

胖胖龙觉得这个主意不错，他屏住呼吸，憋足了劲，来个一百八十度空翻，翻到了上边。刚要往石碑上坐，不知怎的，他的身体好像被人操纵，又接着翻了一圈，整整三百六十度，他又翻回了原处。

"这回我使点劲，索性翻个五百四十度！"胖胖龙想着，连吃奶的劲都使出来了，骨碌碌，这次他竟翻了个一千零八十度。连着四个跟斗把胖胖龙翻得眼冒金星，又翻回了原处。妈呀！他都快被压趴下了。

"别白费劲了，世界上哪有碑驮龟的道理呢？"他头顶上传来了轻轻的笑声。啊，原来是这碑母在使坏。

胖胖龙气得呼呼直喘。可是他想，这石碑既然能说话，想必也会帮他找点吃的。于是说道："碑母呀！给我找些食物来，我快驮不动了！"

背上的石碑突然开了一扇小门，从里面飘出四块小石碑来，在胖胖龙面前排成一排，碑体亮亮的，闪着光泽。

胖胖龙心想，嗬！他一个人用餐，竟给摆四张桌子，好吃的一定不少。只是他有点奇怪，这些桌子怎么都不平放，而是躺着放呢？但他很快就想通了，他胖胖龙不是坐着，而是趴着，那桌子当然应该对着他的脸了。

他大叫："快把食物摆上来吧！我就不看食谱啦。"

他背上的碑母发出平静的声音："你要什么呢？大篆，小篆，隶书，还是狂草？"

"什么大篆、小篆？"胖胖龙有些奇怪，这些菜他可都没吃过。

"大篆体出现在人世间周朝，笔画繁多；小篆是秦朝李斯简化大篆而成的新字体；隶书又是由小篆简化而成的新字体……"碑母说着，四面小石碑上突然出现了密密麻麻的不同字体，看得胖胖龙直眼晕。

"就吃这个？"胖胖龙不解地问。

"碑中的学问，博大精深，记载着天下经典古籍。你哥哥壁戏除去餐风饮露，唯以读这些碑上的千古文章为乐，经五百年苦读，他已满腹经纶。你也应该向他学习，好好用功才是……"那碑母只顾没完没了地絮絮叨叨，把胖胖龙气得够呛。

胖胖龙气极了，冷不防猛一挺身把背上的碑母掀翻在地，然后大叫一声"变！"一下子恢复了原状，又变成了胖胖龙。他飞快地骑到石碑顶上大叫："你要再翻跟斗，我可要撒尿了，淋得你一头一身我可不管！"

碑母大概是怕弄脏自己的身体，真的被他唬住了，一动不敢动。胖胖龙舒舒服服地骑在石碑顶上，大叫："快给我弄些真正的熏鸡、大肉肘、炸肉丸子来！"

"这些东西弄不来！"碑母在他身子底下哼哼唧唧。

"再弄不来我可撒了！"胖胖龙吓唬说。

"那也弄不来！自古以来只在碑上刻过诗画文字，从没有人在碑上刻过烧鸡、大肉肘之类的东西。"碑母在他身子底下焦急地申辩，看样子她确实弄不来好吃的东西。

碑母的话刚说完，突然旁边传来一阵呵呵的冷笑声。

胖胖龙上天人地记

无影木和 502 万能胶水

胖胖龙一回头，只见身后站着一个白眉毛白胡子的老人，目光炯炯，手挥一支拂尘，一派仙风道骨。

白眉老人望着胖胖龙笑道："变熏鸡、肉肘的碑虽然没有，但有摄取美味佳肴的碑，你看！"他朝庙后一挥拂尘，只听呼的一声响，一块精雕细琢的小石碑从松树后面悠悠飘来，小石碑上面画有一龟一蛇。

白眉老人说："这龟蛇碑是画仙吴道子所画，每至端午节，就有龟蛇聚到石碑下。现在，看我把龟蛇招来！"说完一指碑上画着的龟蛇，那龟蛇宛若游动起来。刹那间，四周一片刷刷声响，不知从什么地方爬来大大小小无数的龟、鳖、蛇，拥拥簇簇，布满了屋瓦、院阶。

慌得胖胖龙骑在碑顶上大叫："这怎么能吃呢？"

白眉老人哈哈大笑："这你就少见多怪了，这蛇菜可是正宗大菜，'豹狸烩三蛇'、'五彩炒蛇丝'、'烧凤肝蛇片'、'煎酿鲜蛇脯'，广州专有做蛇菜的名馆'蛇王满'，你看上哪条肥蛇，我即可现炒现做。"老人说着，他手掌上突然出现了一个戴白帽的小厨师，叮叮当当地敲着炒勺。

胖胖龙听了眉开眼笑。龟鳖他是不能吃的，它们是水族，是他爸爸龙王的部下。至于蛇，这会儿肚子正饿得咕咕乱叫，他可就顾不得了。他骨碌着眼珠想找一条最肥的蛇。

"慢着！"一直闭口不语的碑母突然说话了，"不要听他胡言！"

"怎么？你说我这龟蛇碑是假的？"白眉老人鼓着眼问。

碑母冷笑道："龟蛇碑倒是不假，但是你只讲了前一半，吴道子画龟蛇，每到端午节就有龟蛇聚集碑下。可后来有个叫梅朗中的太守讨厌这些龟蛇，把碑上画的龟蛇的眼睛全凿掉了，以后就没有龟蛇来了。"

碑母说完这些话，身上突然发出一道亮光。小石碑上龟蛇的眼珠全骨碌碌地掉下来，滚到地上，原来全是玻璃球做的假眼珠。霎时间，地上、房上的蛇和龟都跑得干干净净，那小龟蛇碑也吱吱地叫着，羞愧地飞走了。

白眉老头脸红一阵白一阵，无可奈何地说："就算这碑不能用了，可我这儿还有变钱财、变金银、变珍宝的碑！"他对着地面连跺三脚大喝一声，"碑来碑来！"

地底下，一阵呜呜的声响，由远而近，随即裂开一条石缝，一个锈迹斑斑的石碑从地里冒了出来，上面写着"怨碑"两个大字。碑体中发出含糊不清的呜呜声和说话声，似乎有人在哭泣和咒骂。

白眉老头得意洋洋："想当年，那秦始皇收集天下所有的奇珍异宝，修筑自己的坟冢，黄金为山，白银为海，珍珠翡翠、玛瑙杂宝为日月星辰。里面财宝无数，而修墓的匠人却被活活封在墓里。匠人临死前在墓中琢石，凿成这怨碑，并作碑文。现在有了这怨碑，你就可以找到秦始皇的坟冢。"

"找到坟冢有什么用？我又不想睡到棺材里头！"胖胖龙不明白地问。

白眉老头被问愣了，怔了好一会儿才迷惑地瞅着胖胖龙说："你是才从天上来的吧？"

胖胖龙点点头。

"这就对了！"白眉老头一拍大腿，"你到人间来，没钱办不成事，比如你得了盲肠炎，需要住院开刀，没有钱住不了院。再比如你想住个好单间，这要多拿钱……总而言之要钱钱钱！而这秦始皇的坟冢，简直是超级大钱库。有了这怨碑，你就可以找到这大钱库，你就发了！成了地地道道的真正大款！"

白眉老头说着，一挥袖子，那怨碑立刻噼噼啪啪爆出火花，碑面上闪现出金银珠宝的影子，把胖胖龙的眼都晃花了。他晕晕乎乎地问："你把这碑给我？"

白眉老头哈哈一笑："世间哪有白给的，我用这生财的怨碑，换你身下这个石碑！"

"这可不行！"胖胖龙连忙摇头，"这是我哥哥驮的碑母！"

"我再给你搭一件宝贝如何？"白眉老头从衣襟中取出一株翠绿的小树苗，一下子长成二尺多高，上面布满了花叶。

一直默默无语的碑母略微吃惊地说："你怎么把瀛洲仙岛的无影木也偷来了？"

"这个你也知道？"白眉老头得意地说。

"当然知道，"碑母不动声色地说，"这无影木乃仙树之极品，中午看它时，叶片会出现白日的影子；晚上看它时，花朵像星星挂在上面。一万年才结一个果实，像瓜那么大，青皮黑瓤，吃了它，你的骨头就会变轻，随意在天上飞腾，你想到谁家拿什么东西方便至极。"

胖胖龙听了这末两句，心里一动。他倒不想偷东西，只是他腾云驾雾的本领太差，要是吃了这无影果，不就可以……但他马上又摇头说："不行！这无影木一万年才结一次果，我才三岁，那要等九千九百九十七年才吃得上呢，太慢，太慢！"

白眉老头骨碌了一阵眼珠，说："我这儿还有一件宝贝，豁出去了，也搭给你！"他从袖子里取出一只黑红色的像老鼠一样的小怪物来，小怪物脚上有三片鳞甲，像耳朵，尾巴是白的。它蹦到地上，胀得像牛那么大，全身披着黑毛。

白眉老头笑眯眯地说："这宝贝叫鼹鼠，肚量极大，喝干了河水，都装不满肚皮，它身上的毛散落下来，能变成千千万万只小鼠，把所有的东西咬食得干干净净，你要是恨谁，只需偷偷地把鼹鼠放到他家里去即可。"

"我才不要这个呢！不换不换！"胖胖龙皱眉鼓嘴，头摇得像拨浪鼓。

"等一等！"胖胖龙身下的碑母突然出现了一只眼睛，目光炯炯地望着白眉老头，"你确确实实想要我？"

"当然！当然！"白眉老头连连点头。

碑母又说："这胖胖龙来之前，你也每天都来，恐怕不下一百次了吧！"

"是的！是的！我对你是仰慕至极！"

"可是赑屃始终没答应过你！"

"他是太固执！"

"可是，真给了你，你驮得动我吗？"碑母冷冷地问。

"驮得动，驮得动！"白眉老头连连答应。

"不光是我，还有我所有的儿女们，要知道我掌管天下所有的碑呢！"

"我会驮得动的！"白眉老头似乎看出点苗头，高兴得眉开眼笑。

"好！我跟你去，你也不必给胖胖龙任何宝贝！"碑母说着，突然把胖胖龙一下子颠到地上，然后飘离地面，压在白眉老头背上。

白眉老头兴高采烈："不重不重！"

碑母突然通体发亮，大叫："儿孙们快来！快来！"

哇！不得了！雪片似的大小石碑，铺天盖地向白眉老头压过来。

"好！好！我发财了！这都是极值钱的文物！"白眉老头欢喜得大叫，石碑还在不断压过来，他的腰都被压弯了，急促地喘着气，但嘴里仍叫着，"这些碑都是我的了！都是我的了！"

白眉老头终于被压趴下了，被一层层石碑埋在里面，连他的脑袋都看不见了，但石碑底下仍然传来他的叫声："碑都是我的了！"

"发生了什么事情？"一个影子飞落到院子里，是壁戏，他身上驮了一个大圆桶。

胖胖龙一看，压着白眉老头的石碑全不见了，只剩下碑母还立在自己的旁边。一点声音也没有了。胖胖龙把刚才发生的事情告诉了哥哥。

壁戏叹了口气，让胖胖龙低下头看。胖胖龙这才发现，他脚底下还有一小堆石子，有一条小虫正在不停地把那些石子放在自己的背上。大石子压得它喘不过气来，但它还一个劲儿地往上放。胖胖龙看这小虫快被压死了，忍不住帮它把石子拿下来。

"你拿下去，它还是要搬的。这就是那个白眉老头，他变成蝜（fù）蝂（bǎn）了，这种虫子极其贪婪，看见什么东西都要捡起来放到自己背上，到最后总是被压死。"

"这白眉老头是什么人呢？"

壁戏说："它本是生在硽（yīn）山的一种怪兽，样子像马，头生四角，长着羊眼睛牛尾巴。这种怪兽生性狡猾，它在哪儿出现，哪儿的人也会变得狡诈。这只怪兽在深山修炼百年之久，也修成个人形，只是本性仍不改，到处招摇撞骗，骗了不少神仙的宝贝。他从我这里就骗过几块碑刻，当做古玩卖了，在人世间花天酒地。我原谅了他，没想到他贪心不足，竟想骗走这碑母，终于惹怒了碑母，惩罚了他，这次也是他罪有应得！只是这碑母经过这一番折腾，元气大亏，至少也得减寿几千年呢！"壁戏说着，把背上的圆桶卸下来。

胖胖龙咂着嘴问："哥哥，这是什么？"

壁戏说："这是'502万能胶水'，近些年，人世间竟也有些财迷心窍的人，把一些石碑敲碎了去卖，有几块罕见的珍品，竟被拦腰砸断，砌了猪圈。我弄这'502'就是为了把这些破碑重新粘上，只是我的经费有限，天庭又不拨款，用完这一桶就再也没办法了。"

胖胖龙问："哥哥，你可有吃的？我肚子早已饿得咕咕叫了！"

壁戏说："我早已不食人间烟火，你可到其他几个兄弟那里去看看。"

胖胖龙向哥哥打个招呼，转身就走。

"等一等！"壁戏叫住胖胖龙，"这世界之大，找个人如沧海捞针，你怎么连问都不问一声就走？你到哪儿去找呢？"

胖胖龙蛮有主意地说："总不外乎那些有烤鸡、熏肉或是肉包子的饭馆餐厅之类的地方呗！"

壁戏不解地问："我的糊涂弟弟，你怎么知道那里会有哥哥？他们也许在别的地方呢！"

胖胖龙反问："可到没吃的地方去，即使找到哥哥又有什么用呢？"

这么一问，竟把壁戏问愣了。

胖胖龙更加振振有词："何况你讲过，龙生九种，也就是说，我有九个哥哥，这要一个一个，挨着个儿地瞎碰着去找，要是最后才找到有好吃的东西的哥哥，说不定到猴年马月，那我不得饿死？退一步说，就是我不饿死，哥哥们的烧鸡、烤鹅放那么长时间，早过了保鲜期，变馊变臭，还能吃吗？"

瞧瞧，这胖胖龙考虑得多细致、多周到，可是他一门心思只想着吃，不能不让他哥哥忧虑。

壁戏担心地对胖胖龙说："十弟呀，你从天上初到世间，哪里知道人世间鱼龙混杂，我真担心，像你这么天真幼稚，会上当受骗。"

胖胖龙大模大样地说："哥哥，你放心，谁也骗不了我！"

壁戏眨眨眼睛说："比如有人给你十块钱，叫你跟他走，你去不去？"

胖胖龙费劲地想着，坚定地摇摇头："我不去！"

壁戏点点头，刚想夸他是好样的，却听胖胖龙又说："我不去，我就那么不值钱？才给十块，至少也得一百块呀！"

壁戏苦恼地摇着头："弟弟呀，就是给一百块也不能去！现在可有拐卖小孩的，给你点儿好吃的，骗你跟他走，卖给那些没孩子的人家，一下子可以赚两三千块钱。再者，还有拐卖女人的，那就更厉害了。那些人贩子分不清我们龙是老是幼是男是女，你长得还挺可爱，他若把你骗去当做龙女卖给人家当媳妇，那至少也得五六千了。更可怕的是，他们要认出你是真龙，弄不好会把你像那珍奇动物大熊猫一样，剥了皮，偷偷走私到国外去赚美元！"

壁戏说的这席话吓得胖胖龙不轻，他愣呆呆地站在那里不敢动。壁戏这才觉得是说过头了。他拍着胖胖龙的头说："十弟，其实你也不必怕，这世界上还是好人多，何况我们不是凡人是神龙，我再教你几套隐身法、变化法、腾云法，只是千万不可乱用！"说着，他从嘴里噗噗噗吐出红、黄、绿三颗亮晶晶的珠子，告诉胖胖龙，"法术精华都在里面，你把它们吞下去即可。"

壁戏看着胖胖龙吞下珠子，然后告诉他："你先去找你二哥，他叫螭

(chī) 吻，似龙似兽，他不像我住在石碑下面，他住在房子上面，古代宫殿顶蹲伏的怪兽就是他。你这位哥哥特别喜欢远望，有一双极好极好的眼睛，上可望九天，下可望十八层地狱，向前可望远古两千年，向后可望四十一世纪。听说，最近他还有了第二职业，兼任救火队长的职务，据说，他住在房顶，可以避免火灾……"

壁戏还在絮絮叨叨，胖胖龙已经等不及了，他叫一声："哥哥，我找吃吻去也！"他把二哥叫成吃吻了。接着，他便一个跟斗翻到空中。

壁戏急忙从肚皮下的口袋里取出个 BP 机，连声呼唤："二弟螭吻！二弟螭吻！十弟到你那里去，望你好好照顾！"他也使上现代化的联络工具了。

胖胖龙上天入地记

屋顶上的广告大王

胖胖龙在空中骨碌碌地翻跟斗，腾云法到他这里似乎也变了模样，不知怎的，一到空中，他总是头重脚轻，屁股朝向天。这样也好，看下面的世界更方便。

胖胖龙两眼不停地搜索，专门寻找古式房屋。他一路向东南，也不知翻了多少个跟斗，终于看见一座古代宫殿式的建筑。斗拱飞檐，一排黄琉璃瓦在阳光下烁烁闪光。奇怪的是，这屋顶上有一座极漂亮的小洋房，现代味十足，和下面的古式建筑极不相称，就像人的手背上多生出了一个瘊子。

胖胖龙心想："在这尖屋顶上盖房子的肯定是我二哥吃吻，因为一般人谁也上不去！我先进去看看。"

胖胖龙叫了一声"变"，他肚子里咕噜一下，大概是那神奇的珠子起了作用，他变成了一个小胖飞虫，嗡嗡叫着，从敞开的小窗子飞了进去。

啊！胖胖龙大吃一惊，真没想到，里面竟是这样漂亮：席梦思红软床，彩电、空调、地毯，还有许许多多花花绿绿的东西。在许多东西中间，有一个似龙却没有角的小怪物。看来这是他二哥吃吻，只是他的眼睛怎么有点发直，看人愣怔怔的？

"二哥，我是胖胖龙！"胖胖龙亲热地叫。

"胖胖?"吃吻懵懵地瞅着胖胖龙，突然兴奋地大叫，"请您用瘦瘦牌减肥丸，物美价廉，只消一丸，腰围便可减去三尺！"

"大大！大大！大大！"吃吻似乎没看见胖胖龙，又兴高采烈像个小孩子似的蹦跳起来，他蹦一下，变一副模样，一会儿变成个咧嘴笑的小姑娘，一会儿又变成个戴眼镜的小男孩，但手里总拿着一把五颜六色的糖果往嘴里塞。

胖胖龙乐了，赶忙过去，从他手里抓过糖果使劲往自己嘴里塞。嘿！这糖果真甜真好吃，胖胖龙也边跳边吃，身体也跟着乱变，也不管是变成老公公或老太婆，反正嘴是不能闲着。

胖胖龙吃得十分开心，他没注意自己无意中变成了一个披袈裟的老和尚。正在蹦跳的二哥吃吻看见了，立刻一跺脚，变成了手持宝刀、身穿紧身剑衣的女侠客，拧眉怒目，瞪着他大叫："秃驴，拿仙药来！"说完，举着亮闪闪的宝刀向他砍来，胖胖龙赶忙一低头，宝刀从他头皮擦过。

胖胖龙惊慌地大喊："哥哥，我不是秃驴！"

"胡说！"吃吻尖声尖气，"这广告词，你记得哪有我清楚，叫秃驴才能产生吸引观众的效果。下一步应该是我一剑砍掉你的脑袋，然后就放广告词：'人参不老丸，宫廷祖传秘方……'"

吃吻说着又是一剑，胖胖龙惊慌地赶紧往旁边一蹦。吃吻急了："这广告费，一分钟就要三千块，延长一秒就要多交五十块钱，再耽误时间，药厂就要赔了。你怎么这么误事，快叫我砍！"

两个人在屋里转来转去，一个乒乒乓乓地乱杀乱砍，一个吓得如鸡飞狗跳，把满屋的东西搅得乱七八糟。

胖胖龙总算明白了，这二哥吃吻有点不正常，怕是犯了精神病，而且这病的发作好像和广告有点关系。这可怎么办？

吃吻把胖胖龙逼到了屋角，举着刀砍过来了。胖胖龙急坏了。他想，最好让自己变成埠刀砍不断的东西。变成块大石头？不行，听说有的宝刀削铁如泥，那石头更不在话下。或者变成一块盾牌去挡他一下？也不保险，即使盾牌上只留一道浅印，说不定胖胖龙脸上也会落个疤。有了，干脆变成水，古人说过"抽刀断水水更流"，刀肯定砍不断水，这个主意不错！

瞧瞧，在头顶上的刀落下只有四分之一秒的工夫，胖胖龙想了多少！而且还在诸多方案中，经过平衡比较，选取了一个最佳方案。在关键时刻，胖胖龙的办事效率多高，他够聪明的吧！

吃吻的刀刃已挨到了胖胖龙的头皮，胖胖龙急忙念变水的秘诀，糟糕，忙中出错，竟念成变火的了。其实这也没关系，平常说"水火无情"，并且在刀砍不断这一点上都是相同的。胖胖龙不见了，只有一团红红的火焰在地板上燃烧。

胖胖龙变火也是瞎猫碰死耗子，真没想到，这火比水还棒，它犹如一剂治精神病的良药，使吃吻猛醒，因为他本来就是救火队长，一见这火焰立刻想起了自己的职责，扔掉宝刀，恢复了吃吻的原形，精神抖擞地大喊："啊哈！避火、灭火，乃是我吃吻的本色，看你往哪里跑！"

吃吻一跺脚，地板上竟弹出一个金质的龙头花瓶来。他神气十足地说："我吃吻乃真龙的后代，虽然因长相变异，当不了龙王，却也掌管九江八河，看我引通天河之水来灭你！"接着便大叫三声，"水来！水来！水来！"

那金质龙头花瓶里传出呜呜的声音，却不见水出来。吃吻奇怪地向瓶口里望了一眼，慌张地大叫："不好！这龙头灭火器久不使用，又没维修，里面的河道淤塞，天水过不来了，真是糟糕！"他着急地用嘴吹、用手抠。

变成火焰的胖胖龙乐了，他发现屋里乱七八糟的东西中有许多好吃的，心里美滋滋地暗想："我何不趁这机会吃一点。"于是这团火焰发出声音："快闪开！火来了！"直奔屋角的一堆火腿肠，将火腿肠团团裹住，来个风卷残云，全吞到肚里。然后又奔向倒地的电冰箱，那里面有不少冻肉和排骨。真是烧到哪儿吃到哪儿，而且只"烧"美味食物，不"烧"任何家具。

吃了许多东西，胖胖龙感到口渴，于是，这团火焰又朝桌上的几瓶饮料滚去，各种各样的饮料全都被火焰咕嘟咕嘟吞了下去。

吃吻看出有点不对劲儿，哼哼唧唧地嘟囔："奇怪，这火怎么不怕水，还专门找水！"

胖胖龙怕露馅儿，忙大叫："我乃天火，三昧真火，还有什么好吃的，快拿出来！不然，我可要烧你了！"胖胖龙还未吃饱，想趁机吓唬哥哥，让他把好吃的拿出来，他又燃烧着、呼啸着向吃吻滚去。

吃吻急了："我堂堂避火龙兽，岂能这么丢脸？没有办法，远水运不来，只好找些近水将就了。"说着哗哗哗撒了泡龙尿。

这也是万般无奈，因为龙是不撒尿的。孙悟空、猪八戒保唐僧去西天取经，路过朱紫国，为给皇帝治病，想用点龙尿做"乌金丹"药丸，唐僧骑的马乃西海小白龙变成，八戒在马下等了好久，硬是等不下尿来。那白龙马口吐人言说道："师兄不知，我若过水撒尿，水中的游鱼吃了就会变成苍龙；我若过山撒尿，浇在山中小草上，那小草变成灵芝，谁吃了就会长生不老。这样珍贵的尿，如果没有好价钱，我怎么轻易肯撒？"最后，还是孙悟空好言相求，晓以取经大义，那龙马往前扑了一扑，往后蹲了一蹲，心疼得咬得满口牙齿咯吱吱响，仅赐予几滴罢了。

而今这吃吻，为了灭火，便不能吝啬。龙尿源源不断地喷向火舌。胖胖龙变的这团火焰当然抵挡不住，不但挡不住，而且被浇得现了原形，浑身水淋淋地站在屋子当中。

吃吻看了一愣："哟，这不是十弟胖胖龙吗？"

胖胖龙抹着脸上的水问："你怎么知道是我？"

吃吻拍了一下腰间的 BP 机说："大哥壁戏用这玩意儿把消息送过来的！"

胖胖龙问："你刚才是怎么了？眼睛发直，还满嘴胡言乱语！"

吃吻叹了口气："那是广告病犯了，我每天都要发作两三次呢！"

胖胖龙说："听大哥讲，你当瞭望员及救火队长，干得不是挺好的嘛！"

吃吻脸红了："早改行了！"

他不好意思地捡起龙头灭火器塞到口袋里，喃喃地接着讲：

"本来我在屋顶上，每天瞭望天气，干得好好的。一天，一个瘦骨伶仃的男人爬上屋顶，对我说：'你老站在这上边瞭望多没意思，再说，一年也着不了几次火，你当救火队长能有多大出息？'我问：'你是谁？怎么会知道我？'他大惊小怪：'哎哟！你连我都不知道，我姓叶，叫叶小小公。'我说：'挺耳熟，好像在哪儿听说过。'他连忙说：'当然，当然，我老祖宗就是叶公嘛，叶公好龙，这谁都知道吧。'我记起了，咱们龙王爸爸讲过。古时候，有一位叫叶公的人，自称是最爱龙，用的东西上画着龙，房屋上也刻着龙。咱们龙爷爷还真的以为他爱龙呢，就从天上落到他的院子里去。没想到这位叶公一见真龙来了，吓得扭头就跑。记起了这回事，我对这瘦子说：'噢，闹了半天，你就是那叶公的后代呀！我听我爸爸说过，你祖宗根本不是真爱龙，净蒙骗我们，是出名的胆小鬼。'我这么说着，有点后悔。心想，我骂了他祖爷爷，他一定会生气。没想到这叶小小公咬牙切齿地跺着脚，跟我一道骂起叶公来：'你说得对极了，他就是可恶，能见到真龙，谁有这机会呀？他要是拍张照片留到现在，那可就发了。对了，那个时候还没有照相机呢，就算拍摄不成，掰下个大鳞片留下也成啊。可他倒好，不仅自己跑了，还把满屋画着龙的钩呀带呀，全丢个干干净净，把该传给我的那份也丢了。我那祖宗一点儿也不懂，这年头是撑死胆大的，饿死胆小的。我可不像我祖宗，我对你是真爱。你看我吧，承包广告，我知道你有一副好眼神，这儿正好有个眼镜的广告，词儿我都给你拟好了，就是一句：哇！戴上这副眼镜，能看见火星上的苍蝇打盹，神龙牌眼镜——OK！就说这一句，你就白捞一万块！'我说：'我们龙不需要钱！'叶小小公转转眼珠，从口袋里取出这个 BP 机，诱人地说：'这个你喜欢吧？'这 BP 机我倒知道，我站在屋顶上看见远处马路十字路口的交通警察就带着这玩意儿。我心想，有这个东西倒不错，我眼神虽好，但看不见大哥飙飚，他待在石碑底下，有了这个，可以直接和他通话。于是我就答应下来，当上了广告员。没想到这一工作没完没了。神龙牌眼镜出了名，接着什么神龙牌鞋垫、神龙牌除臭剂、神龙牌耗子药全出来了……"

吃吻说到这里，眼睛又有点发直，似乎又要犯病。

胖胖龙忙说："你以后就别做广告了！"

吃吻说："不行！合同期还没满，还得做最后一次。"

正说着，小屋子的门被推开了，探进一张胖脸来，是叶小小公。他靠推销广告发了大财，早已不是瘦子，而且胖得往外冒油。

叶小小公一看见胖胖龙，兴奋得眼睛都冒出金光来。这可是条真正的龙啊，不像吃吻，虽是龙种，却早已失去了龙的模样，不是龙的正宗，只能算等外品。在叶小小公眼里，一切都是按质论价，他马上就看出兄弟俩虽然都是龙，但价钱却差远了。

"哟，真龙啊！"叶小小公大叫着跳进来，说，"你千万别走，我可不像我祖宗，我不怕龙！"他瞪圆眼珠盯着胖胖龙使劲看，直看得胖胖龙有点发毛，心想："到底是时代不同了啊！"

胖胖龙说："我二哥吃吻可不能做广告了，他已经受了刺激，再做就该疯了！"一边说一边提防着，他有点不放心，总觉得叶小小公的眼光有点特别，似乎带着一种贪婪攫取的光，可别把自己当成一块叉烧排骨什么的。

"那你就替他去嘛！我敢绝对保证，你会成为大明星的！"叶小小公笑眯眯地说。

胖胖龙上天入地记

金脚、银脚、钻石脚

叶小小公拉着胖胖龙，像毛驴尥蹶子似的向后一踢，身子便轻悠悠地飘了起来。原来这家伙老和吃吻接近，也沾了一星半点仙气，会腾云驾雾了。

胖胖龙跟着叶小小公来到电视台。叶小小公要求做实况转播，因为他带来了一条地地道道的真龙。

"这可不是冒牌货，瞧这鳞片，瞧这龙角，瞧这龙须子……"叶小小公像推销商品似的把胖胖龙转来转去指给电视导演看，弄得胖胖龙好不耐烦。

胖胖龙故意噗地发出一个放屁的声音，想出出叶小小公的丑，没想到叶小小公嘴巴一点不打磕巴地说："瞧这龙屁声，音色多纯正，不带一点杂音儿！"弄得胖胖龙哭笑不得。

电视导演却皱着眉、嘬着牙花子不吭声。尽管叶小小公巧舌如簧，他仍然有点不相信胖胖龙是真龙，显然叶小小公在这儿的信誉不太好。

"这样吧，还按照原来计划拍广告，先看看再说！"导演终于说话了。

这一次，做的是神龙脚气灵广告。胖胖龙摇头一变，变成个龙头人身子的胖娃娃，两只脚丫极大，各有二尺半。

叶小小公一看，眯着眼乐了："你比你哥螭吻脑筋灵活。"

叶小小公举起一大瓶药水朝胖胖龙的大脚丫上洒去，嘴里尖声尖气地唱："神龙脚气灵，一抹脚气通通去……"

他还没唱完，胖胖龙故意捣乱，脚丫一晃变成白亮亮的。人们还没明白是怎么回事，他脚丫又是一晃，变得黄晶晶的。接着又是第三晃，变成了一双透明的大玻璃脚，看得周围的人目瞪口呆。

胖胖龙想这么一来，谁也不会买这脚气水了，谁愿意自己的脚丫老来回变色呢，又不是变色镜。

万没想到，叶小小公只惊愕地眨了两下眼睛，突然又兴高采烈地大喊："这神龙脚气灵非一般凡水，是由神龙的眼泪制成。抹这药水，贵在坚持，抹二十五年，不仅脚气除掉，还可以使你有一双银脚丫；抹五十年，可以抹得一双金脚丫；抹六十年，那更不得了，您将有一双举世无双的钻石脚丫，光一个大脚指头恐怕就有五千克拉，比女皇王冠上的钻石还要大。"

这一番话倒把这个胖胖龙说得目瞪口呆。满场的人都激动至极，兴奋得眼睛都冒光了，直勾勾地盯着胖胖龙的脚丫。看来，他们都被叶小小公的花言巧语打动了。

胖胖龙心想，坏了，他本想露露叶小小公的丑，没想到反被他利用。

胖胖龙看叶小小公那得意的样子，特别生气。他又使了个神通，用手一搔透明脚丫，两只大脚丫呼呼冒出烟来。

"怎么着？我说是钻石脚丫吧！你们还不信？"叶小小公指着胖胖龙冒烟的透明脚丫大声喊，"钻石的基本成分也是碳分子，科学家做过试验，用聚光镜一照就会烧成灰。幸亏这转播室的聚光灯度数不够，多悬哪！"叶小小公赶忙用身体挡住了聚光灯。

叶小小公这么一说，连持怀疑态度的导演居然也相信了。

在场的人马上订购五百瓶。接着，电视转播室里丁零零的电话铃声响个不停，订货单如雪片般从四面八方飞来。叶小小公笑得合不拢嘴。

胖胖龙不敢再变了，他哪知道钻石那么硬，会和煤炭是一个成分呀。他怕再变出更大的麻烦来，他觉得自己变得再快也赶不上叶小小公的嘴快。

叶小小公收拾好满满一提包钞票，笑眯眯地对胖胖龙说："来！咱们再订个新合同吧！我保证用不了一年，你比你哥哥吃吻还富！"

胖胖龙连忙摇头："谢谢了，我哥哥的合同期满了，咱们'拜拜'吧！"说完，慌慌张张，腾身而起，翻起一个跟斗云，叶小小公又在下面喊了些什么，他一句也没听见。

胖胖龙驾云翻到那座旧式宫殿，发现屋脊上的漂亮小洋房不见了，二哥吃吻正一动不动地蹲踞在房顶上，身上的 BP 机也不见了。

"二哥，你的房子呢？"胖胖龙问。

吃吻说："我把它拆掉了，里面的东西也全扔了，现在我又恢复了原样，感到一身轻松。看来，我们龙比不得人，沾不得一点铜臭，离钱越远越好。我等你回来，道一声别，就要走了。"

胖胖龙不安地问："你去哪儿？"

"还去干老本行。天下所有屋脊上的怪兽都属我管，所以我行踪不定。但无论到哪儿，我的邮政编码都不变，7654321，还有电报挂号 43333，至于电话，你打火警 119 就可以，别忘了，我是救火队长。注意，这些千万别告诉叶小小公！"说着，又有点嘴歪眼斜，大概又要犯病。

胖胖龙忙说："哥哥，你要保重！"

吃吻眼圈红红的："弟弟你也要保重，接触各种人时一定要按照咱龙王爸爸的话去做，我就是忽略了这一点，才吃了大亏。"

"爸爸说过什么？"胖胖龙有点奇怪。

"你临出家门前，爸爸没嘱咐过你？"

"我走得太匆忙，是坐直线列车下来的，爸爸没来得及告诉我。"胖胖龙想起从天上掉下来的事，红着脸，含含糊糊地打马虎眼。

幸而吃吻脑筋还有点不好使，一点儿没看出来，还只顾说："龙王爸爸告诉过我们——到人间来，碰见姓左的，要尽量躲开；碰见姓张的，要和他亲近；碰见姓叶的，就跟他说，要爱就真爱，别净装模作样，来假招子。"

胖胖龙问："为什么要这样呢？"

吃吻说："这三个人都和咱们龙种有些瓜葛。古代有个叫左慈的人，很有些神通。一次曹操请客，对满座的宾客说：'今日幸会，各种珍馐玉馔俱备，所缺少的是松江鲈鱼。'左慈便叫人在一个铜盘里放上清水，用竹竿钓钩从盘里刷地钓出一条三尺长的鲈鱼来；又在大殿壁上用毛笔画出一条龙来，用刀子在龙肚子上一划，竟从墙上取出了鲜血淋淋的龙肝龙胆。这姓左的不光钓咱们龙宫部下，连咱们自己的肝肺都不放过，何况现在科学这么发达，移植肝胆，甚至移植心都极方便。见了他不躲远点行吗？"

胖胖龙眨眨眼睛又问："那为什么偏偏要和姓张的亲近呢？"

吃吻说："唐代，有个叫张僧繇的和尚，在金陵安乐寺的墙壁上画过四条白龙，画得极其逼真，却不点眼睛。别人都很奇怪，非要他点上眼睛，结果张僧繇刚点上龙睛，立刻有电闪雷鸣，两条龙破开墙壁，腾云上天。可是他只点了两条，剩下两条没眼的龙还留在那儿，见了他自然应该亲近，跟他要点儿点眼睛的药水。至于姓叶的，就是指那个叶公。这些你都切切记住。"

胖胖龙连眼睛都不眨地说："都记住了！"

吃吻有点不放心："那你再给哥哥重复一遍。"

胖胖龙大大咧咧地说："碰见姓叶的就要眼药水，碰见姓张的就躲得远远的，碰见姓左的，就说别来假招子，要来就来真的。"

吃吻皱眉摇头："全错了，全错了！"

胖胖龙用商量的口气说："要不，我就对姓张的说'别来假招子'，你看怎么样？"

"越说越拧！"吃吻叹了口气，"算了，记不住也罢，我看记住也不一定灵，就是咱们龙王老爸亲自下来，看见叶小小公，也得赶忙修改他的话了！弟弟！你要保重！"吃吻说完，身体突然隐去。

胖胖龙忙叫："喂！我到哪儿去找三哥呀？"

半空中传来吃吻的声音："你三哥叫蒲牢，形状极像龙，但个子很小，统领天下所有铜钟上的钮，喜欢鸣唱，你到有古钟的地方即可找到。"

胖胖龙上天入地记

庙前有座破铜钟

胖胖龙在空中荡荡悠悠，不知走了多长时间，也不见半个古铜钟的影子。他有些烦躁，突然听到下面传来一阵挺好听的歌声：

> 天上有个太阳，
> 地上有个月亮。
> 我不知道，
> 我不知道……

原来是个砍柴的人在唱歌。胖胖龙心想："月亮、太阳在哪儿，他不知道；我三哥在哪儿，他兴许知道。"于是胖胖龙摇身一变，变成一个胖娃娃，落下云头，傻呵呵地问："大叔，哪儿有古铜钟，您总该知道吧？"

"远哩，远哩！往西北两百里，有座破庙，你去那里看看！"

胖胖龙谢过砍柴人，一个跟斗向西北翻去。他发现经过这些天，他的跟斗云大有长进，一下子竟翻出了五百里！于是胖胖龙又往回翻了五分之三个跟斗，这才定下身来。他立在云头，往下一看，果真，半山腰上有个小庙，庙墙已残颓，庙门还掉了一扇。门上挂着块破匾，上面写着"华山地藏庵"，庙前一个快要倒塌的亭子里，还真有一座锈迹斑斑的青铜钟。

胖胖龙降下云头，飘到钟亭前，瞧那钟面上刻的鸟兽虫鱼、云彩的图形，全都模模糊糊，钟体还破损了一个大角，挂钟的铜纽是个龙头，却也被磨得面目不清。

胖胖龙看了不禁一阵心酸："没想到我三哥混成了这副模样。"他又大叫："蒲牢哥！蒲牢哥！"

没人答应。

胖胖龙自言自语："多半他饿得受不住，只留下个替身，真身出去找食物了，我敲敲这破钟，他听见钟声就会赶回来。"

胖胖龙从地上捡起块石头，当当当地敲了起来。只见地面卷过一阵尘土，险些迷了胖胖龙的眼睛，他慌忙闭上。等了一会儿，再睁开时，面前站着一个拄着拐杖、拖着长胡子的老头。这老头又矮又瘦，穿的是拖地长袍，却破破烂烂。

矮老头一躬腰说："龙子大驾光临，小神有失远迎。"

胖胖龙揉着眼睛问："你是什么人？"

矮老头说："小神是本处土地！"

"噢！是土地爷，刚才那黄土风就是你刮的？"

土地爷谦虚地说："刮得不好。"

胖胖龙说："你都迷了我的眼睛了！"

土地爷露出豁牙笑眯眯地说："这也是没法子的事，俗话说'龙生云，虎生风'，我们土地爷除去土坷垃，没有别的，只能生土。要是厕神来了，人到前三个小时，就飘来厕所味儿呢。敲锣卖糖，各干一行嘛。"

胖胖龙问："你看见我哥哥蒲牢了吗？"

土地爷说："看见过。"

"他在哪儿，快告诉我！"胖胖龙着急地催促。

"告诉您也没用，您找不到他！"

胖胖龙神气地说："我一个跟斗能翻五百里呢！"

"他三百年前就走了，"土地爷叹口气，指着自己头上的一个包说，"我额角上的这个包就是他碰的!"

胖胖龙惊奇地瞪圆了眼睛问:"我哥和你打过架?"

土地爷慌忙摇头:"小神怎么敢? 不瞒您说,小神还以这包为护身符呢,要是碰到哪个流氓野神前来骚扰,小神就把这包指给他,吓唬他说:'这可是真龙打的,真龙就在这庙里呢,他可就爱打包玩。'这样那些野神就被吓跑了。"土地爷说到这里,嘻嘻笑了一阵,指着山下边说,"三百年前,这下面有个乌石潭,潭里有条蛟,您哥哥蒲牢住在山上庙前铜钟上,一到夜里,您哥哥常化成真龙与那乌石潭中的蛟争斗戏耍,我头上的包,就是那时看热闹碰的!"

胖胖龙忙插言:"嗬! 您也喜欢看打架!"

土地爷笑着说:"这您就少见多怪了。那会儿看的人还少,就我一个,要是这会儿,怕不有成百上千人看? 不信,您到街上去看看,要是真有两个人动刀子,围观的人没有一百才怪哩! 何况您哥哥和那蛟还没动刀子呢,我怎么就不能看呢?"

胖胖龙说:"所以你头上碰包就是活该!"

土地爷说:"那老和尚也说活该!"

胖胖龙问:"哪个老和尚?"

土地爷说:"就是庙里住着的叫古溪的老和尚,他可是有点法力的。您哥哥和蛟打架,他也知道。老和尚每天早晨都在钟前念经,背一段敲一下钟。他一看钟纽上水淋淋的,就知道您哥哥夜里又去打斗了。但老和尚想:这年头多一事不如少一事,各人自扫门前雪,莫管他人瓦上霜。他打他的,反正不影响我撞钟就得,我睁一眼,闭一眼,权当不知道就算了。但到后来,这架越打越厉害,您哥哥索性连大钟也带到潭里去和那蛟斗。老和尚早晨起来,看见没了钟,可就急了,他心里说,当一天和尚撞一天钟,如今连钟都没了,难道让我去云游四方? 出去化缘,这老和尚是绝对不会干的。他早就卜算出来了,以后会有些骗钱的无赖,剃个光头,胡乱伪造个什么介绍信,冒充五台山的和尚,到外边以募捐修庙为名去骗钱。老和尚可是正宗的真僧,绝不会出去骗钱。于是他施个大法力,叫这钟破损了一块，叫它再飞不起来。可老和尚忘了，您哥哥蒲牢，本性好吼，这铜钟不响，他怎么歌唱？于是一气之下就飞走了，只留这破钟在庙中。"

胖胖龙焦急地问："你知道我哥飞到哪儿去了？"

土地爷说："我不知道，但老和尚似乎知道一点，他曾说过，没想到您哥哥长大了会那么有出息。"

胖胖龙听了，扭头就往小庙里走，嘴里嘟囔："我去问问那老和尚去！"

土地爷忙拉住他，叹了口气："那老和尚也早被人请下山了。您不知道，自从人世间演了个什么电影《少林寺》，又加上个电视连续剧《海灯法师》，现在这'和尚'二字可是热门，光是那少林寺就攀了不少亲戚，什么《少林小子》、《少林弟子》……还有个《少林俗家弟子》，连女同胞也变着法同和尚挂了钩。何况这活了三百年的古溪老和尚，更是得道高僧，早就被请下山去当什么佛教协会会长了。"

胖胖龙搔搔脑袋："这样说来，我这个跟斗云是白翻了，我还得接着到别处去。"说着又要翻跟斗。

"请龙子留步，小神有话要讲！"土地爷慌忙叫住他。

土地爷整理了一下破破烂烂的袍子，然后躬身一揖到底："小神要请您帮助办一件大事。我们这儿是穷乡僻壤，加上连年干旱，土地龟裂，树木枯死，连老鼠都张着嘴等天上下雨，请龙子普降一场甘露，以救众生。"

胖胖龙四下一看，果然四周光秃秃的，山秃、树秃，连这土地爷头顶也是光秃秃的。

胖胖龙有些奇怪，他记得在天上时，他的龙王爸爸讲过，每条江河、湖泊，地上有水利局管，天上有龙子龙孙分管，都是双线领导，怎么偏偏这儿不下雨呢？

胖胖龙忍不住说："你为什么不请求负责这片土地气象的龙下雨呢？这儿也应该有龙管呀！"

土地爷连叹两声："唉！都跑喽，小地方穷，连龙都不愿意在我们这穷山区待着，都往大城市下雨去了。请您务必降一场大雨！"

胖胖龙羞羞答答："可我还不会降雨，我才三岁。"

土地爷歪着脑袋瞅了他半天，大概看出胖胖龙这副模样，也不像会下雨的样子，就试探地问："要不！您打个喷嚏如何？龙打喷嚏也是一场小雨哩！"

胖胖龙张嘴挤鼻子，使了半天劲，半个喷嚏也打不出来，他哼哼唧唧："糟糕，没得感冒，土地爷，你有感冒病菌没有，借我几个！"

土地爷忙摇头："我们这儿穷得连感冒病菌都不愿意待！"

胖胖龙搔搔头皮说："那就只好撒泡尿了。"

土地爷说："那也行。听说那凡人渴极了，没有水，马尿都能喝。我们能有龙尿，这还不是天大的福气！"

可奇怪的是，尽管胖胖龙攥拳头、瘪肚皮，脸都憋得红红的，硬是半滴尿都没有。

"坏了！"胖胖龙心慌地说，"一定是我过去老在彩虹摇篮里坐着，得了肾结石，尿道管阻塞了。"

土地爷沉吟了片刻，迟迟疑疑地对胖胖龙说："我倒还有一个法子，但不知您肯不肯屈尊试试。"

"什么法子？快说！"

土地爷不慌不忙地说："您先听我讲一件事，是听我爸爸讲的。也不知什么年头了，四川一座城市，有条明月街，有个叫周元公的州官和门客在街口下围棋，突然闻到一股香味，馋得他直吸溜鼻子。周元公抬头一看，原来一个看棋的长胡子老头在流口水，口水味道那个香啊，赛过法国巴黎香水。周元公大惊，对老头说：'闹了半天，你是龙啊！'老头反问：'你怎么知道？'周元公说：'我从你的口水中可以看出。'老头说：'你既然知道了，那我就得离开这儿了！'这时，忽然雷声大作，老头变成一条龙，口水也化作倾盆大雨，一下子把城都淹了，周元公赶快命令琢出二十四块方石修起了一座通晓桥。看来，龙的口水也可化作大雨，但不知您……"土地爷不好意思地问。

胖胖龙乐了，对土地爷说："你算是找对了，这流口水我最内行了，正是我的技术专长。"

土地爷听了，十分欣喜。

胖胖龙马上警告他："但我可不像那老头，看下棋，我是绝对流不出口水来的，得有好吃的才行！"

土地爷忙说："行，行！正好，明天凡间县里派人来这个乡研究抗旱救灾的事，县里来人，请吃是少不了的，过去总是满满一桌子。现在，虽说上面规定了四菜一汤，但你放心，这四菜，每个菜盘直径都有两尺半，恐怕放八个菜也不止，这四个盘就得放两张桌子，盘大虽然不雅，有点儿像猪槽，但吃起来实惠。"

胖胖龙眉开眼笑："我最讲究实惠，况且我嘴大，一嘴一盘半没问题！"

胖胖龙在土地爷的小庙里住了一夜，第二天早早起来，随土地爷飘下山去。踩着云朵，飘进一个小村落，看见村头空场边上有一排瓦房，土地爷突然有点畏畏缩缩。

胖胖龙奇怪地问："你怎么啦？是不是有点怕他们？"

土地爷摆摆手："不是！不是！我这土地爷虽然官小，可和这人间的乡长也是平级的。只是我一下去露面，他们就叫我批条盖房子。要是都批了盖房子，哪儿种庄稼去？我这土地怎么养活这一方人？我还是先回避一下好。您先下去吧！注意隐身！"

胖胖龙隐了形，幻变为一团云气，落到屋顶，从天窗上往里张望，只见下面圆桌上四个大盘里摆了满满腾腾的荤菜，都是熏鸡、狗肉、酱猪肘、牛舌头之类。

四五个村干部正在向县里来的科长敬酒："科长，大老远来咱们这小地方不容易，我们敬你一杯！"

他们刚举起酒杯，只听嗞的一声，杯里的酒被胖胖龙吸了上去。他们正大眼瞪小眼地望着空酒杯发愣，胖胖龙已经等不及了，因为喝酒总要吃菜的，何况是劣质烧酒，又何况胖胖龙才三岁。

"吸溜！吸溜！"桌上的熟肉、酱肘一连串地排着队离开了盘子，被吸上了天窗，眨眼间，三盘半被吸得溜溜光。

"口水！口水！"土地爷在半空中焦急地喊。

胖胖龙这才想起，他只顾吃，竟忘记了流口水。现在只好先吃后流了。

"刷！刷！刷！"胖胖龙的口水说流就流，一离开嘴巴就变成哗哗大水，不一会儿，屋子里就成了水塘，大圆桌在水里打转，几个准备吃狗肉的人，这时在水里却来开了"狗刨"。

胖胖龙眼盯着水里的半大盘菜，连他自己也不知道，嘴里怎么冒出了一句时髦的词儿："人民的粮食一粒也不能浪费！"

"吸溜！"又一下，那半大盘菜也被吸上了房顶。大水哗哗地都冲出了门和窗子。

土地爷在半空中欢喜地喊："好水！好水！请龙子升空！"

胖胖龙得意极了，卖弄个神通，升到空中，口水化作大雨降下，足足下了半个多小时。

"土地老官，我找哥哥去也！"胖胖龙高喊着，一个跟斗翻远了去。

胖胖龙上天入地记

古亭外听琴的无头鬼

也许是喝了几杯劣质烧酒的缘故，胖胖龙这一个跟斗翻得很不像样。你们想想，酒后开车都不允许，何况是酒后驾云。胖胖龙还不到三岁，当属幼儿，幼儿喝酒，更是错上加错，据说是要烧坏脑细胞的。所以，胖胖龙的这个跟斗翻得歪七扭八，最后竟糊里糊涂地往下跌，栽到一片花丛里。幸而这时已是夜晚，四周无人，胖胖龙身边就竖着一块牌子，上面写着："请勿折花，违者罚款五元。"像胖胖龙这么胖，压倒了那么一大片，恐怕罚五十元也打不住。

胖胖龙迷迷瞪瞪地睁开眼，忽听一阵悠扬的古乐之声随风飘来，真是好听至极，听得胖胖龙心都醉了。他嘴里又不由自主地冒出第二句高明的词来："哟！此曲只应天上有，人间能得几回闻？"按照胖胖龙的水平，是绝讲不出这种语言的。这点还应属遗传因素，是他妈妈龙婆读过不少诗词，学问匪浅。胖胖龙也时不时地表现出点超群的天才。

胖胖龙顺着古琴声，歪歪扭扭地飘到一排古色古香的房子跟前。最边上的一间房子亮着灯，琴声正是从那里传来的。胖胖龙探头探脑地向里张望了一下，笑得眯缝起了眼睛，他这个醉跟斗翻得多巧，正翻到他三哥蒲牢身边来了。

屋里，柔和的灯光下，一条小龙背对着门，正襟危坐，正专心致志地弹一架古琴。弹着弹着，突然又变了调，琴弦铮铮作响。随着琴声，琴弦上竟然荡出一条条五线谱似的银线，还有一个个黑色小蝌蚪似的音符在上面跳跃。闪光的银线及黑色的"小蝌蚪"飘到雪白的墙壁上，弯弯曲曲勾勒出了一幅图画，画的正是胖胖龙，奇怪的是，只画了身体，却没有画出头来。

胖胖龙忍不住叫了一声："三哥！"

弹琴的蒲牢回过头来说："十弟，我已知道你来了，你看墙上这画！"

胖胖龙问："怎么不画头，是不是线不够了？"

蒲牢笑了："十弟，这你就不明白了，我刚才弹的是古琴曲《残形操》。"

胖胖龙问："什么叫残形操？"

蒲牢说："这《残形操》，是曾子作的曲。有一次，曾子鼓琴，墨子站在屋外听。曲子弹完了，墨子进来对曾子说：'你的琴曲弹得真好，但好像没完，就像画人，只画了身子，而没画脑袋。'曾子说：'我夜里做梦梦见一只狸猫，可只看见身子，看不见头，醒来就作了这《残形操》啊！'"

胖胖龙听得手指头直痒痒，他忍不住跑到古琴旁。

一看那古琴，胖胖龙不禁笑嘻嘻地说："怪不得你弹《残形操》，原来这琴也是残的，你这琴尾都烧焦了。"

蒲牢说："这你就是'老外'啰！我这琴可不是一般的琴，乃是古琴之名品——焦尾琴。古代汉灵帝的时候，有个叫蔡邕的文人路过南方某地，正好碰见当地人烧柴煮粥。蔡邕听到火烧树枝的声音，大惊说：'这可是最好的制作琴的材料啊！'他赶紧把这桐树木材买下来，削制成了古琴。果然弹起来音色极美，只是琴尾已经烧焦了，因此叫它焦尾琴。"

胖胖龙说："还有这么档子事呢！我也来弹弹这焦尾琴！"说着，胡乱地拨动琴弦，"我也弹弹这《残形操》！"

蒲牢侧耳听胖胖龙乱弹了一会儿，扑哧一声笑了，说："十弟，你弹的哪里是《残形操》？是《口条大肘曲》吧？你一定吃过狗肉、牛舌头、酱猪肘了!"

胖胖龙一惊:"你怎么知道?"

蒲牢说:"我是从这琴声听出来的。一级琴师听琴能听出国运兴衰,二级琴师能听出人的七情六欲,三级琴师能听出喜怒哀乐,等到了助理级琴师,只能听出肚子里有什么'下水'了。你明白吗?"

胖胖龙连忙点头:"这个我明白。这就好比卖肉,一级肉全是里脊,二级是精瘦肉,三级肥多瘦少,轮到等外,就只剩'囊膪'了。三哥,你是几级?"

蒲牢有点尴尬,吞吞吐吐地说:"这也不尽然,一级里也有'囊膪',像我这样的,无论如何也应属二级,可才评三级半。十弟,你哪里知道,这评职称、定级,也十分复杂。不过,我对职称一向看得是很轻的,要紧的是学问。我一钻进去,就发现这中华古乐博大精深,简直十辈子也学不完。现在我正在搜集失传的古乐曲,也准备著书立说,搞一本这方面的专著。只要有了专著,不怕别人不承认。你来了正好,今晚同我一起出去。"

胖胖龙同蒲牢一起升到空中,踩在一朵云彩上。

胖胖龙问:"哥哥,咱们去哪儿?"

蒲牢从口中吐出一个紫色的珠子来,珠子落到云中,陡地一长,变成了一间小房子,上面还有一个圆形的门。

蒲牢说:"这珠子叫'旋珠',我们钻进去,它就会旋转起来,把我们带回几百年前。看!珠子马上就要转起来了,咱们赶快进去!"他拉住胖胖龙的手,急急忙忙钻进珠子。

紫色的珠子嗖嗖地旋转起来。胖胖龙眼前紫光乱闪,弄得他眼花缭乱。大珠子停止了旋转,蒲牢和胖胖龙钻出了珠子,发现还是夜晚,云彩下面的景色却已大变。没有灯火,没有人迹,郁郁葱葱的苍松翠柏间有一座亭子。

胖胖龙好奇地看着下面:"哥哥,这是什么地方?"

蒲牢说:"那小亭子叫做华阳亭,距离洛阳几十里。我们已经到了一千七百多年前的三国时代。你看,那边有人来了。"

果然，前面土路上影影绰绰有个人影，走近了，在清冷的月光下，看出那人是个书生，背着架古琴，神情非常潇洒。

　　蒲牢佩服地对胖胖龙说："这个人叫嵇康，是个大文学家、音乐家，是有名的'竹林七贤'之一。他曾作过一篇《琴赋》，专谈古琴的弹奏法和表现力，很有见地。"

　　那嵇康悠悠然走到小亭子里，把古琴放在亭中的石桌上，然后不慌不忙地坐在旁边的石凳上。

　　云彩上，蒲牢低声告诉胖胖龙："这亭子里有一乐神，一会儿就会出来。"

　　胖胖龙迟疑地问："乐神是什么样子？可怕吗？"

　　蒲牢说："等他来了，你就知道了！"

　　这时候，下面传来了悦耳动听的琴声，原来，嵇康已弹起了古琴。在这荒郊野外，琴声格外幽雅、清晰。

　　"弹得好啊，弹得好！"亭子顶上突然有人称赞。

　　嵇康手摸古琴，仰脸问："您是何人？"

　　空中的声音答道："我是乐神啊，在这里已经几千年了，我以前也以擅长古琴著称。我今天听您弹琴，乐声清和委婉，就忍不住来听您弹了，请您再弹几曲吧！"

　　嵇康说："夜已深了，请您下来听吧！"

　　乐神说："我长得太丑陋，怕吓坏了您，还是不见面吧！"

　　嵇康边弹琴边说："既然您那么爱琴，就是我的知音，还计较什么丑不丑的呢？"

　　亭子前面腾起一团幽绿的雾气，出现了一个手提自己脑袋的人。

　　胖胖龙在云彩上吓得哆哆嗦嗦："妈呀！这神可真够丑的！"

　　蒲牢忙捂住他的嘴，压低声音耳语："十弟，切勿出声，我今晚就是为寻此乐神而来，他会弹一绝代琴曲。"

　　果然，那乐神听嵇康弹了几曲之后，轻声问："我可以试试这琴吗？"说着，把头放在桌子上，奏出一曲《广陵散》，音调绝伦，直把对音乐一窍不通的胖胖龙都听傻了。

蒲牢的眼珠瞪得溜圆，两只耳朵都竖了起来，嘴里不停地咕哝着，他在拼命地记琴谱。

那乐神一曲奏完，嵇康也听得直了眼，颤着声问："我可以学学这曲子吗？"

乐神说："您要发誓，世上只您一个人知道此曲，不得再教他人，也不要问我姓名！"

云彩上的胖胖龙听了，忘记了害怕，忍不住大声说："嵇康，甭发誓了，我哥哥已经学会了，世上至少有两人会这支曲子了！"

胖胖龙的声音挺大，那无头乐神噌的一下蹿出了亭子。

蒲牢也飞快地拽住胖胖龙钻进紫色的珠子，珠子嗖嗖地旋转起来。蒲牢倒不是怕那乐神，他主要是因偷听曲子不好意思了。

胖胖龙同蒲牢回到先前的小屋里，天已微明。蒲牢顾不得休息，急急忙忙拿出一个本子，把刚才默记在心里的古曲《广陵散》写在本子上，放进一个樟木箱子里。然后摇身一变，变成了一个年轻的小伙子。

胖胖龙问："哥哥，你这是干什么？"

蒲牢说："因为我生性好唱，在钟上待得寂寞，白天便化作人形，参加一个叫'豳风'乐团的古乐队。"

胖胖龙好奇地问："什么叫'豳风'？"

蒲牢说："'豳风'，是古代《诗经》中的一种，那是很古朴典雅的呢！"说着，他换上牛仔紧身裤，蝙蝠夹克衫，戴上露着五个手指头的古怪手套，架上一副宽框墨镜。

胖胖龙有点吃惊："哥哥，你就穿上这身衣服去演'豳风'？"

蒲牢苦笑地连连摇头："我这是去跳霹雳舞哩！这次我们乐团外出演奏古乐曲，曲子虽好，可听的人太少，票房收入太低，连回去的路费都没有了。大家只好胡乱上台扭几下摇摆舞，赚点钱弥补亏空。现在这些比那历史悠久的古乐走俏多了。"

胖胖龙大为不平，说："那你何不把《广陵散》拿出来镇一镇他们！"

蒲牢说："弟弟，你说得对，我正准备这么干呢！像那上古淑女奏的古琴，能使冬天刮热风，酷夏下白雪，还有那太子长琴能使五色鸟舞于庭中，更有使孔子听了'三月不知肉味'的古乐。要是把这些通通拿来，绝对震了什么'迪斯科'、'流行曲'！十弟，你同我一起干怎么样？"

胖胖龙连忙摇头："不行，不行！爸爸说我自小五音不全，是左嗓子，缺少音乐细胞。再说，你那古曲这么厉害，能使冬暖夏凉，让带色的鸟跳舞，这些还关系不大，唯有那'三月不知肉味'，我是绝对接受不了的。我本来就没什么'专长'，只有一副好肠胃、'好下水'，要把这再弄坏了，我可就没有一点优点了，不成不成！快告诉我四哥在哪儿，我再去找他看看新鲜。"

蒲牢说："你四哥叫狴 (bì) 犴 (àn)，长得像老虎，有威力，上天命令他看守牢房。那狱门上的老虎头就是他！"

蒲牢的话还没说完，胖胖龙已急不可待了。他答应着："我知道了，叫'比按'！"一个跟斗翻上天去。

胖胖龙上天入地记

云雾中的灰房子

胖胖龙在空中腾云驾雾，飞跑了一阵，猛然看见下面有一扇黑色的门，门上刻着虎头，门内却是一排矮房，还听见一阵"啰啰啰"的叫声，像是猪圈。难道他四哥不当牢头，改行去当饲养员了？

胖胖龙正在奇怪，只听头顶上有人叫："十弟，我在这儿呢！"

胖胖龙抬头一看，发现空中飘着一团棕色的云彩，云彩上有座灰色小房，才有两尺来高，四周严严实实的，没有一扇门窗，房顶上坐着个虎头龙身的怪物，正是他哥哥比按（狴犴）。

胖胖龙腾上云团，说："四哥，我还以为你改行了呢！"

"哪里！哪里！"比按连连摇头，"人间的监狱由他们的公检法系统掌管。我这儿属于玉皇大帝的公检法系统，专门管各种妖魔鬼怪的！"说着，他用后脚跟踢了踢身下的小房子。

"这小房子能关多少妖怪？"胖胖龙不以为然地问。

"别看它小，庙小神灵大，池浅王八多哩！"比按从房子上跳下来，从口袋里取出一个小玩意儿，那东西挺像彩色电视机的遥控器。他一按电钮，小房子呼的一下胀大了，墙壁上出现了一座小门，倏地一下打开，露出一串台阶。

胖胖龙抬脚就要往里迈。

"慢着!"比按连忙拦住他,"为了防止犯人逃跑,我这里设置了许多暗道机关。"他张开手心,吹一口气,上面出现了六个小木偶人,其中两个小人飘飘悠悠,刚一进门,门里面立刻飞出两把大剪子,"咔嚓,咔嚓!"一通乱剪,把两个小人全剪成碎片。看得胖胖龙直吐舌头。

胖胖龙胆怯地随比按进了第一道门。走了几级台阶,到了第二道门,比按又撒出两个小人,只听一阵嗡嗡声,飞出一只挺大的蜜蜂,到了小人面前,忽然化成一个小缝纫机,朝两个小人嘟嘟猛刺,不一会儿,已把两个小人紧紧地缝在一起了。

比按带着胖胖龙进了第二道门,看见一张石头桌子。比按把最后两个小人放在石桌上,这两个小人似乎都老态龙钟,不光是脸上,连身上也满是皱纹。比按刚刚躲开,只见一个亮亮的电熨斗凌空而下,把两个小人压得平平的,薄如纸片,连一点褶儿都没有,简直返老还童了。

胖胖龙翻着眼珠看着,不由自主地说:"哥哥,我看你这暗道机关好像都有点奇怪!"

"奇怪在哪儿?"

"这大剪刀、缝纫机,还有那电熨斗,好像是服装厂用的玩意儿。"

比按笑笑说:"我这儿和服装厂有合同,他们每天赞助监狱几万块钱,我利用监狱这三道门,就像杂志的封二、封三、封底一样,也稍带着为他们做些宣传。另外,不瞒你说,我还弄来一架理光照相机,有时候也拍些监狱里妖魔鬼怪的照片,拿到下面去送给一些厂家做商标。"

胖胖龙有点不明白:"怎么,监狱里的丑犯人,人们也喜欢?"

"嘿!比唐老鸭、米老鼠还受欢迎呢,这叫逆反心理。人们都喜欢猎奇,碰见歪嘴的就要比嘴正的多看两眼。听说有所监狱关了个会唱歌的犯人,八十家音像出版社全都抢着去录音、炮制磁带,卖出去两百万盒,那唱歌的一下子就走红了,弄得好多歌星、影星都直后悔,悔恨当初没走这一步哩!"

胖胖龙听了不由得直搔脑袋:"真没想到还有这样的事。四哥,不知道你这监狱里有没有会唱歌的？要是有会唱歌的妖怪，再加上长得丑，录成磁带，恐怕四百万盒也不止，那咱们可就发了。"

"再发咱们也不能干！"比按瞪着胖胖龙说，"天上虽然不像人间那样，但隔几年搞一次财务大检查也是少不了的。况且，我最近才听说，天庭也成立了纪律检查委员会了，太白金星挂帅，托塔天王兼秘书长。要是真检查出问题，那可就吃不了兜着走了。还是谨慎些，当个老实人为好。来！我带你去看看这些稀奇古怪的犯人，你也可以引以为戒。"

比按带着胖胖龙走进去，里面有一排带铁栏杆的牢笼，写着"龙部犯人"。

第一间牢房里，关着一个老龙婆，铁链子锁着她的琵琶骨。老龙婆坐在那里昏昏欲睡。

胖胖龙问："这老龙婆犯了什么罪？"

比按说："她家犯罪的可不止她一个，她们一家子全犯了大罪哩！一个早被判了死刑，一个拒捕，被当场击毙，还有一个在逃，天庭公安部门已经发了通缉令。

"她们家早先住在碧波潭。那老头是碧波潭龙王。只是他贪赃枉法，又包庇纵容子女。他女儿万圣公主和女婿九头虫，盗窃了王母娘娘的九叶灵芝，又到'祭赛国'金光寺下了一场血雨，盗窃了那黄金宝塔顶上的佛宝，使得金光寺的和尚蒙受冤屈，被关进监狱。孙悟空保唐僧去西天取经路过此地，听了和尚们的申诉，大怒，心想：'现在正强调法治，这小子竟敢以权谋私。'于是率领天兵，打入碧波潭，九头虫被二郎神的哮天犬咬掉了一个脑袋逃往北海，老龙王被孙悟空当场击毙，她女儿被猪八戒处以死刑。念这龙婆是从犯，认罪态度又较好，判了三年。只是天上一天，就是人间一年，由于我们这监狱是在天下面，按人间时间计算，她应关一千零九十五年哩。所以老龙婆老想把这人间的时间'兑换'成天上的。"

果然，正在打瞌睡的老龙婆看见胖胖龙走到铁栏杆边上，便睁开眼睛看着胖胖龙问："你把你天上的时间换给我怎么样？一比四百的比例。"

胖胖龙摇摇头。

老龙婆又问："一比八百的比例行吗?"

比按忙喝住她："休要胡思乱想,应该好好改造,争取减刑才是!"

比按带着胖胖龙又来到第二间牢房。牢房里关的不是龙,却是个打扮得油光粉面的矮个子男人,长着一双斗鸡眼儿。

胖胖龙惊奇地瞪圆了眼睛："咦? 怎么这里还关了个人?"

比按说："别看他是个凡人,他可是犯了天条,竟敢冒充真龙。

"有一次,八部天龙到人间去私访,化作人形之前把一身龙甲藏在山下的石缝里,正好叫这小子看见,他就穿上龙甲龙袍,到河边上照照自己的模样。突然,水中波涛涌起,分出一条道来,鱼、虾、龟、鳖等水族打着小旗跪拜欢迎。这小子一看,顿时来了劲,吹牛说自己是八部天龙的小儿子,说这次来是招一部分到天上龙部去当差。这些小河里的虾兵蟹将,哪个不想把自己的户口转到天上? 于是送礼的送礼,请吃的请吃。这小子吃得酒足饭饱,又接着到另一条河里去骗,最后竟骗到东海龙宫,才算露馅,被送到这里来了。"

接着,他们又来到了第三间牢房。这间房子里倒是关着一条龙,只是样子有些古怪。眼珠是蓝的,鼻子出奇的大。

胖胖龙好奇地问："这是外国龙吧?"

比按说："他才不是外国龙呢,你再仔细看看!"

胖胖龙眼睛又睁大了一圈,这才看清,原来那大鼻子是假的,用橡皮泥捏的,那蓝眼珠也是罩的一层玻璃纸。

比按说："他虽不是外国龙,却和外国龙勾结起来了。听说人世间走私文物赚大钱,他也想在天上开辟一条走私路线。这小子胆大包天,竟想把咱们龙族的宝贝龙驹石走私出去。"

"什么叫龙驹石?"

"这龙驹石一直深锁在天宫,后来不知怎么遗落到人间,落到一个秀才手中。一天,一个大鼻子洋人出十万块钱买这石头,这个秀才就把石头卖给了他,然后询问为什么要出这么高的价钱买这石头。大鼻子洋人打来一盆水,将石头放在水中。再一看,石头里有一匹白马的影子在飞快地跑动。

他对秀才说：'这叫龙驹石，用水泡着这块石头，让马喝了，马就可以生下龙驹，这是无价之宝呀！'大鼻子洋人得了这龙驹石，就要渡海出国。突然，海水翻腾，波涛冲天。大鼻子洋人吓得赶快将这龙驹石恭恭敬敬地扔进海中，才算风平浪静。"

说到这儿，比按沉吟了一下，又说："这洋人也算是聪明，他明白这海本是咱龙的管辖区域，不交出走私货肯定出不了这'海关'。可没想到，后来咱这'海关'竟也出现了败类。"说着，愤愤地瞥了牢房里的蓝眼睛龙一眼，"要是这龙驹石真走私出去，可不得了！"

"怎么不得了？"胖胖龙翻着眼珠，有点不明白。

"你想想，那些会赚钱的'老外'脑瓜精着呢，他们可会做买卖了。他们买了咱们的花生，装上大轮船，在轮船里就进行了加工，把花生米运回国，把花生皮做成纤维板卖给咱们，价钱比花生还贵。还有，把咱们的茅台酒买去，去掉旧包装，放进他们精心制造的瓶子里，就能卖出比原来高几倍的价钱。要是这龙驹石落到他们手里，他们还不把它放进大池子里泡，再把池水装罐，制成龙驹牌泉水，卖给天下所有的养马场?!"

胖胖龙一听也急坏了："那还了得！要是所有的马都生出龙子来，龙子再喝水，兴许又生出马驹，这样驹生龙，龙生驹，驹驹龙龙无穷尽，全世界来个龙驹大泛滥。再碰上那些一门心思想发财的家伙，将咱们做成龙驹肉罐头，龙驹皮箱、皮鞋，龙驹鬃地毯，龙驹骨肥料……"胖胖龙说着，越想越怕。他却发现牢房里的蓝眼睛龙极其注意地听着，听得耳轮子都竖了起来，眼珠里发出亮亮的光。

"你怎么不早说呢！"蓝眼睛龙隔着铁栏杆现出一脸惋惜的神情，"早知道这样，我就不卖给'老外'了！"

"你后悔了？你觉悟了？"胖胖龙以为自己的话教育了他。

蓝眼睛龙说："我不卖给'老外'，外国人干的那些我自己干，我也可以用大池子泡石头，做龙驹肉罐头、龙驹皮鞋……"

"呸！呸！"胖胖龙连唾几口，鼻子几乎都被气歪了。

"呸呸！"隔壁的一间牢房里传来同样的声音。

胖胖龙上天入地记

龙肚子里的激战

　　胖胖龙探头一望，只见隔壁这间牢房里的龙最漂亮，那鼻子、嘴、眼睛，都是正儿八经的龙模样，无可挑剔，但是却没有耳朵。更奇怪的是，这牢房中间还长着一棵枝叶翠绿的树，上面结满了又圆又大的李子。

　　那龙见胖胖龙瞅他，便嬉皮笑脸地扮了个鬼脸。

　　胖胖龙觉得这个没有耳朵的龙一定很好玩，便问："你叫什么名字？"

　　"乖龙！"没有耳朵的龙嬉笑着说。

　　"那你一定很乖吧！"胖胖龙猜测。

　　"他乖？"站在旁边的比按哭笑不得地说，"他乖得过头了，懒得出奇，从来懒得降雨。玉帝一让他下雨，他就跑，老是旷工、溜号！"

　　"谁说我没降过雨？我也降过一两回的！"乖龙嬉皮笑脸。

　　"你降的那也叫雨？"比按轻蔑地撇撇嘴，"没掉下一两滴，看见下面哪个仓库里有好吃的，或是哪个饭馆正摆宴席，便刮起一阵龙卷风，全给卷上来，饱餐一顿！"

　　"因为这件事就把他关起来了？"胖胖龙有点不安地问。他拿不准，自己以后长大行雨时，看见好吃的，会不会也这样。

　　比按皱皱眉头说："光这些事，还算不得敌我矛盾，顶多属于少年劳教，问题是他屡关屡逃，而且到处乱藏，一会儿藏到人的身体中，一会儿藏到古木的柱子里，要是在旷野无处藏身，他就会钻入牛角或牧童的衣服里，叫追捕他的雷神在牧童头顶上隆隆乱响。这一年，他已经逃跑八次了，最后这一次惹怒了玉帝，砍掉了他的耳朵。"

"砍耳朵也不错，我还有李子吃呢！"乖龙乐呵呵地说着，从树上摘下一个又红又大的李子递给胖胖龙说，"吃吧，这是我耳朵变的，哥们儿请客！"

看着胖胖龙将信将疑，乖龙又说："不信，你问你哥，这可真是我耳朵变的！"

比按无可奈何地点点头："这事也怪，这小子耳朵一落地，便生出一棵李子树，还是新品种，结出的果实叫龙耳李，肉厚且无核，而且极甜，听说在下面什么博览会上，外商订货的还不少。没想到这小子在监狱里，耳朵倒先出了国。"

"嘻嘻！"乖龙得意地笑着，"畅销西欧、北美、东南亚，一出就是七八国呢！"

胖胖龙咬了一口龙耳李，哎哟，满嘴流鲜汁，真甜。

"哥哥，你也来一口。"胖胖龙把李子递给比按。

比按还有点犹犹豫豫，但看那李子肉又鲜又红，终于忍不住嘬了一口。

"倒也！倒也！"乖龙突然拍起手来，指着比按和胖胖龙大叫。不知他往这龙耳李里放了什么迷魂药！

比按和胖胖龙头昏眼花，迷迷瞪瞪地倒在了地上，呼呼大睡起来。

不知什么时候，胖胖龙和比按醒来，发现牢房里只剩下那棵李子树，乖龙却已无影无踪。

"糟糕！那家伙跑了！"胖胖龙说。

"他跑不远。这牢狱里布满了机关，且有许多小比按守在外面，没有我的令牌，谁也逃不出去。让我看看，这家伙躲在哪儿？"比按说着，一掀身上的鳞甲，取出一面圆圆的照妖镜，举在手中，三摇五晃，镜子呼呼闪出光来。

比按用照妖镜向东一照，不见乖龙；向西一照，也没有。他再向南，向北，向上，向下，都照遍了，却连乖龙的影子也没找到。

"别白费劲了，我在这儿呢！"胖胖龙的肚子里突然传出乖龙的声音。

"糟糕！他钻到我肚子里啦！"胖胖龙惊慌地捂着肚皮。

"不要慌！我自有办法！"比按胸有成竹，"这乖龙又懒又馋，你只需三天不吃饭。我再把一块窝头放到你嘴边上，他只要闻到味儿，就会没命地钻出来啃窝头的。"

"这你可说错了，"乖龙在胖胖龙的肚子里笑嘻嘻地说，"我这里有许多好吃的呢，我可以熘肝尖儿、爆肚儿、涮百叶，还有红烧肥肠、水晶里脊……"乖龙滔滔不绝，听得胖胖龙直流口水，心想，没想到这家伙还带了那么多好吃的东西。

这么想着，胖胖龙忍不住低下头来，朝着自己的肚皮里喊："喂！我说乖龙，这些好吃的，你可别全自己独吞，多多少少也给我留一点尝尝！"

慌得比按忙说："我这傻弟弟哟，他要吃你的肝和肠呢！"

哇！胖胖龙这才明白，他吓得几乎昏了过去。拼命大叫："乖龙啊，你可千万别吃，你不知道，我这肝得过肝炎，我这肺得过肺病，我这大肠……胆固醇特高……"

"那我就吃心！"乖龙大大咧咧地说。

胖胖龙赶紧说："我那心也是坏透了的，不中吃！"

乖龙倒蛮有主意："那我就钻到你的喉咙口上张大嘴等着，你一吃东西就先到我的肚里，要饿也先饿死你！"

胖胖龙傻眼了，他最怕的就是这一手了。他觉得嗓子眼儿痒痒的——乖龙说干就干，真的跑到那儿去了。

比按一边用照妖镜照着胖胖龙的脖子，一边惊慌地叫："哟，这家伙在你嗓子眼儿旁边还支起了个小帐篷，看样子，他真准备长期安营扎寨哩！"

胖胖龙哭咧咧地："哥哥，这可怎么办？"

比按苦着脸想了想，说："只有一个办法，就是我也变成小虫钻到你肚里，把他赶出来。只是这个办法有些危险，我们在你肚里动刀动枪的，难免要碰肝触肺，你肯定会难受至极。还有，真要打起来，战争规模就难以控制，说不定从肚里打到大脑，把你打成白痴。"

胖胖龙一听，脸都吓白了："妈呀！千万别打，最好还是斡旋一下，看有没有最后一线和平解决的希望。"

乖龙在里面大叫："我绝不妥协，除非无条件把我释放！"

比按对胖胖龙说："你听听，他已把和平的大门死死关上了，看样子只有打了。"说着，嗡的一声，变成一只浑身带亮针尖的小虫，就要往胖胖龙的嘴里飞。

胖胖龙急忙闭住了嘴。

那小虫又向他鼻孔飞去，胖胖龙忙堵住鼻孔。

那小虫又向他的左耳飞去，胖胖龙的一只耳朵也有东西堵住。

"咦？这是什么？还带点香味儿。"飞在空中的比按惊疑地说。

胖胖龙想起来了，他在二哥吃吻屋里吃东西时，曾悄悄把一粒巧克力豆塞进耳朵，想留着以后再吃。他脑瓜猛然一动，真是"愚者千虑，必有一得"，在这危急关头，胖胖龙居然想出了一个巧得不能再巧的主意。

他从耳朵里取出那粒巧克力豆，一边向比按悄悄打手势、使眼色，一边大声说："哥哥，你先别进去，等我吃完了这粒巧克力豆，有些力气，再看着你们打。"

比按看了胖胖龙的手势，已经明白了是怎么回事，于是身子一晃，变得极小极小，钻进了巧克力豆。

胖胖龙随即把巧克力豆整个放进嘴里。

乖龙正在他喉咙口仰脸等着呢，心想："这个傻瓜，给我送好吃的来了！"他毫不犹豫，将落下来的巧克力豆一口吞下。

胖胖龙吧唧吧唧嘴。

乖龙得意地说："甭吧唧，巧克力已到我肚里了！"

胖胖龙笑了，大声问："哥哥，怎么样？"

比按大叫："弟弟，成功了！我已经在这乖龙的肚子里了！我先跳个国际最流行的霹雳舞给你看看！"

比按在乖龙的肚子里蹦跳着。

"妈呀！"疼得乖龙直打滚。

"妈呀！"乖龙一打滚，胖胖龙也跟着打滚儿。

比按说："弟弟，你别慌，我马上去乖龙大脑，把他弄傻！"

乖龙忙大叫："你要弄坏我大脑，我也弄坏你弟弟的大脑！"

胖胖龙慌了，身体不由得打起摆子来，发出的哆嗦声音老大，隔着两层肚皮的比按都听见了。他连忙安慰说："弟弟，你甭怕，乖龙一向懒惰，根本分不清你肚子里的各个线路，说不定会把屎包当成你的大脑呢！"

比按这么一叫，乖龙果然心虚了，在胖胖龙的肚子里乱哆嗦，弄得胖胖龙难受极了，心想："他要再这么哆嗦下去，我非得胃下垂不可！"

胖胖龙想到这儿，他也豁出去了，大声叫："哥哥！你就大胆干吧！要傻也就傻我一个，我还有九个聪明哥哥呢，你们九个轮着侍候我一个，更舒服！"

胖胖龙一咋唬，乖龙真的害怕了，在肚子里大叫："我投降！我出去！"

胖胖龙一张嘴，他口里飘出一股云雾，接着一条小龙举着小白旗飘了出去，落在地上，正是乖龙。他身体恢复原状后，仰着脸，嘴巴张得有脸的两倍大，可怜巴巴地叫："比按大叔，您也出来呀！"

"叫爷爷也没有用，这里冬暖夏凉，过了明年春节再说吧！"比按在乖龙肚子里说。

胖胖龙为乖龙求情："哥哥，你就饶了他吧！"

"不行！"比按在乖龙肚子里不依不饶，"过去他逃跑了七八次，害得我被扣了四个季度的奖金，说什么也得治他一治！十弟，这监狱不是久留之地，我指给你出去的路，你快去找你五哥吧，他干的可是好差事。他叫饕(tāo)餮(tiè)，特别喜欢吃喝，住在鼎盖上。鼎就相当人们煮肉的大锅，他当然可以放量吃了。"

胖胖龙忙叫："我记住了，他叫'掏帖'，对吧！"他专找好听的字记，又给五哥改了名字了。

胖胖龙上天入地记

身高一尺，胃长一丈

　　胖胖龙知道到哪儿去找他五哥掏帖。他飞腾在空中，使劲吸溜鼻子，哪儿味道香就奔哪儿。什么大饭店、酒家、美食楼，如过眼烟云，匆匆从他眼前飘过。飞着飞着，胖胖龙蹙紧鼻头，眼珠骤然一亮。他发现身边的香味越来越浓，而且各种香味儿争先恐后，从四面八方朝着一个方向飘。

　　胖胖龙呆了。他使劲捶了一下自己的脑袋，叫了一声："变！"脸上一下子变出十个鼻孔，再加上原来的两个，一共"一打"，个个张得溜溜圆，猛吸那香气，手忙脚乱地同香味你追我赶。

　　追着追着，胖胖龙瞧见前面头顶上有一团五彩的云，云里就像有超级吸尘器，香味儿一股脑儿地全涌上云彩。胖胖龙忙一纵身，也一个跟斗翻了上去。

　　云彩里，有个三足两耳的大铜鼎，鼎上刻满了稀奇古怪的文字，各种香味全涌进鼎里。

　　鼎盖上有一条鳞甲金闪闪的漂亮小龙，头戴一顶厨师的白帽，手里拿着不锈钢勺铲，旁边放着大大小小五颜六色的调味瓶，侧面还悬挂着一座雷达石英钟。

　　胖胖龙猜想，这龙定是他五哥掏帖，忙抹掉多余的鼻孔，落到铜鼎旁边，笑嘻嘻地说："五哥，我来得真巧，正赶上午饭！"

掏帖望着胖胖龙说："你来得一点也不巧，我一天二十五小时是吃饭的时间，只有一小时是做饭，偏偏你这个时候来，只好饿一会儿了！"

胖胖龙有点奇怪，他迷迷瞪瞪地问："不对吧？应该是二十三小时吃饭，因为一天才有二十四小时，去掉做饭的一个小时，就是二十三小时。"

掏帖笑着说："十弟，这你就不明白了！这做饭的一小时不能吃，自然吃饭时要补回来，于是我就把那时钟往回拨一个小时，这不就能吃二十五小时了。"

"噢！"胖胖龙恍然大悟，"就像夏令时改冬时制一样，往前拨表。"

掏帖说："也有点不一样，吃完了，我还想吃，就把钟再挪过一小时来，提前吃第二天的饭！"

胖胖龙说："又改成夏时制了。这主意倒不错！"他皱着眉头想了想，又说，"哥哥，这次我来了，那一小时的做饭时间也浪费不了了！"

掏帖有点不明白："怎么？"

胖胖龙说："你做时，我可以吃呀！"说着，趴到鼎边上向里探头，"我看看这里面的肉熟了没有。"只见里面一团迷雾。

铜鼎里忽然当啷一响，接着发出声音："身高一尺，胃长一丈！"

胖胖龙吓了一跳："这是什么意思？"

掏帖说："这鼎是在测量你的食量，它说，你虽然身长不满三尺，但胃撑圆了可达一丈。"

胖胖龙有点不好意思："我哪有那么大胃，它这秤不准吧，可能把分量称大了。"

掏帖说："这鼎测得极准，先前还能测吉凶存亡的大事，后来被我改变了波长，专测与食品有关的内容。"

胖胖龙忙说："波长我懂，就像听无线电一样，现在不听短波，只听中波了。"

掏帖摆摆手说："我这鼎，收音机可绝对比不上，这本是一只神鼎，乃上古大禹治水后，收集天下美铜精制而成。它能轻能重，能飞能停，能吸能放……"

胖胖龙忙打断话头："那咱们先让它出点美食试试吧！"

"出什么呢？"掏帖问。

胖胖龙愣了一下："无非是大鱼大肉，大鸡大鸭大肘子呗！"

掏帖连连摇头："你的层次真是太低，像你这种吃法，哪算得美食家，只能算食桶。这中华奇珍美味，数不胜数，博大精深。南北菜系有广东粤菜，山东鲁菜，湖南湘菜，湖北鄂菜，福建闽菜，河南豫菜，四川的川菜，北京的京菜，江苏的苏菜，浙江的浙菜，安徽的徽菜……"

看样子，他还要说个没完，胖胖龙忙说："甭管什么菜，全来全来！"

"那可不成！"掏帖使劲摇头。

"怎么不成？"胖胖龙不耐烦了，"你怕我吃不了，刚才你还说我这胃有一丈呢。而且我这胃弹性极好，撑圆了恐怕十丈也不止。快来！快来！"

掏帖颇有耐心，把胖胖龙拉到一边，附在他耳边低声说："弟弟，你不知道，现在凡是吃东西得有个名目，否则，名不正，言不顺，神鼎不会变出食品的。干脆咱们装成一个食品行业的检查团，我是团长，你是团员，在这儿搞全国饮食行业评比，当然，这就需要品尝。但是，吃的时候还得做出斯文的样子，细嚼慢咽，评头论足，最后还要评出几个金奖、银奖。"

"行啊！行啊！全听哥哥的！"胖胖龙连忙答应，他怕神鼎真的不变出食品来。

掏帖做出一副严肃的样子，拍一下铜鼎，大叫："主食大检查开始！"

只听一阵呼呼声，鼎里荡荡悠悠飘出一条三尺多宽的传送带，上面摆满了盘子，米饭有八宝饭、糯米糖饭、翡翠炒饭、什锦炒饭、煲仔饭、桂花赤豆饭；花卷有鸡丝卷、灯草卷、银丝卷、如意卷、蝴蝶卷；包子有和尚头包、石榴包、梅花包、水晶包、玫瑰豆沙包、天津狗不理包；饺子有鸳鸯饺、金鱼饺、四方饺、海螺饺、马蹄饺、眉毛饺、四喜饺……

一盘盘好吃的从面前飘过，胖胖龙看得口内生津，急不可待，哪里还顾得上斯文。"细嚼慢咽"四个字早抛到九霄云外。他把嘴张得不能再大，就像猪八戒吃人参果，哪管什么酸甜咸辣，"呼噜、呼噜！"只顾一股脑儿地往肚里倒。

掏帖开始还皱眉鼓眼地老提醒说："慢点，慢点，别忘了品尝！"后来一看，他尝半盘时，胖胖龙已吃了十盘，这亏吃得太大了。而且看来这神鼎一点儿没有表示出不满的样子。他再也憋不住了，"他干我也干！"刹那间，掏帖忘了自己检查团团长的身份，也跟着飞快地大吞大咽起来。

兄弟俩你追我赶，面食吃完了，又吃大菜，什么金华火腿、平湖糟蛋、无为熏鸡、徽州丸子、片皮乳猪、八珍鸭舌、宝塔香腰……直吃得他们肚皮滚瓜溜圆，而神鼎里的菜肴还在无止无休地飘。

"妈呀！还有那么多好吃的！"胖胖龙眼望着传送带，只恨眼大肚子小，恨不得自己肚皮变成那悬空的"无底洞"。

掏帖肚子也胀得鼓鼓的，但还不停地把食物往嘴里送："那也得吃，不然怎么能品出金奖来！"他还真有点责任心，没忘记检查工作的职责。

"不成了！实在是不成了！"胖胖龙哼哼唧唧，他的肚皮已经薄得像一层纸了。

"要是……实在吃不了，咱门只好……带走了！"掏帖迟疑了一刻，不好意思地哼唧着，"只是咱们好歹算是神，不能像人那样带。"

胖胖龙一听，忙兴高采烈地问："哥哥，你可有大口袋？"

掏帖说："我要带的话，巧妙至极，不用口袋也可以！"

掏帖摸摸索索，从云团中摸出一个小铁箱子，打开来，里面又有一个小一点的箱子，又打开，里面发现一个更小的。这样，一连打开了五六重箱子，从最里面取出一个广口的瓶子来，瓶里有两条小虫，两寸多长，黑色，形状特像青蛙。

胖胖龙问："这是什么好东西？还有七八重箱子锁着？"

掏帖说："你听我讲个故事，自会明白它的妙处。唐代吴城县有个叫陆颙（yóng）的秀才，考上了太学。一天，一群装束古怪的人带着酒菜，请他吃喝，又送给他许多金银绸缎。陆颙觉得很奇怪，心想，素不相识，我怎么能要人家的东西呢？因此他拒不接受，悄悄地躲开了。一个月以后，那人又找到陆颙说：'上次有些话我没和你讲，你喜欢吃面条吗？'陆颙说：

'我喜欢极了，而且能吃好多好多！'那个人说：'你那么爱吃，是因为肚子里有虫啊！'他拿出几粒药丸让陆颙吃下去。陆颙肚子里咕咕乱响，吐出一条黑色的青蛙状小虫来。'这虫子叫消面虫，是一件极珍奇的宝贝。'那个人说着给这小虫吃了几大盆面条，然后放在盒子里带到海边上，将这虫放在油锅里炼了七天，忽然，海水起了波浪，有一童男一童女托着一颗直径半尺的大珍珠，送给他，这是避水珠，水一见到这颗珠子，就会向两边分开，让出一条路来。那个人大喜，拿着珠子到海里龙宫取了许多金银财宝回到岸上，又把小虫从油锅里捞出来，这消面虫竟还活着，像当初一样跳跃。"

掏帖讲完了故事，掂了掂手中的瓶子说："你看看，这消面虫是世间少有的奇宝吧，我们可以让它们钻到肚里，把那些多余的食物吃掉，然后还可以给我们变出许多别的东西。这样好吧？"

胖胖龙皱着眉头想了想，说："好倒是好，只是这消面虫只吃面，我们肚里除去面，还有许多别的东西。况且它带着我们到龙宫里去拿东西，我们本身就是龙，这不成了监守自盗了吗！"

掏帖笑着说："十弟，这个你放心，现在这瓶里的消面虫是改进型，经过改进更新，已是第三代产品了，不光能消面，什么食物都消。而且也用不着到海边去放在油锅里炼，它吃完了东西，就可以吐出钞票来。"

掏帖说着，打开瓶子，取出一条消面虫塞进嘴里。胖胖龙有点胆怯，但肚子胀得实在难受，也只好闭上眼睛把小虫吞下去。

只听肚皮里发出一阵吸溜吸溜的声音，胖胖龙和掏帖的肚皮渐渐瘪了下去。

他们一张嘴，消面虫从他们嘴巴里蹦出来，身体渐渐胀得有篮球大。

"扑噜扑噜！"消面虫嘴里吐出一沓沓崭新的钞票。仔细一看都是外币，美元、英镑、日元，都有。

胖胖龙捡起钱，胡乱塞到口袋里。这会儿，他肚子又饿了，食欲大振，刚要扑向那往外飘食物的传送带，他愣住了：传送带消失了，食物也消失了，只剩下那神鼎，却已变得锈迹斑斑，连一点香雾也不往外冒了。

"糟糕！"掏帖大惊失色。

"怎么了？"胖胖龙也觉得有点不妙。

"这神鼎……"

掏帖的话还没说完，神鼎里突然发出一个老人严厉的说话声："掏帖听着，你本是主食的神龙，却贪得无厌，同你弟弟一起胡来，你知错吗？"

吓得掏帖和胖胖龙不敢吭声。

神鼎又说："我给你出一个谜，检查你称不称职，限你三日之内回答出来：'世界上什么菜最好吃？'期限一过，回答不出，我就要把你赶下鼎盖，和你弟弟一起永远被压在鼎底。"说完，一道亮光闪过，神鼎倏地不见了，只剩下掏帖和胖胖龙傻呆呆地愣在那里。

胖胖龙上天入地记

神鼎的谜语

　　胖胖龙怔怔地想了一会儿问掏帖："哥哥，要想找出什么是世界上最好吃的菜，是不是要把所有的菜全吃一遍？"

　　掏帖点点头："倒是应该这样，只有尝菜才能品出味道！"

　　胖胖龙的眉头舒展开来："这我就放心了，吃饱了再被神鼎压在下面，做个饱死鬼也值得。"

　　掏帖懊丧地苦着脸："可是，心里发愁就腹膈胀满，肠胃痉挛，弄不好还会来个胃穿孔，纵有山珍海味，又怎么吃得下？"

　　胖胖龙咧嘴笑道："哥哥，这你就错了，这三天之中，如果咱们顺利地找出了谜底，你现在不就白发愁了？退一步讲，就算找不到，情况总是在不断地变化，什么事都会发生，兴许这两天那神鼎会犯心肌梗塞，死在咱们前头，也兴许，神鼎把咱们压在它脚下时，会扭了腰，折了腿，或是被哪位砸了去卖碎铜烂铁……三天以后的事，你现在愁什么呢？"

　　掏帖听了弟弟这一番话，心中的阴云顿时消散，化忧为喜，惊疑地看着胖胖龙："哟，十弟，真看不出，你还懂点辩证法。你说得对，与其发愁等死，不如全力去争，我们现在就去找那天下最好吃的名菜！"

　　掏帖朝着云彩中那些调料瓶罐猛吹一口气，大大小小的调料瓶便游动起来，聚合在一起，三拼五拼，变成了一本精装大厚书，像一扇门似的立在云头。

胖胖龙问："这是什么书?"

掏帖说："这是天下第一菜谱。"

胖胖龙吐吐舌头："妈呀! 这样大的厚书，哪辈子能读完!"

掏帖告诉弟弟："我这菜谱，可不同于一般的凡书，里面可有个大千世界，且纵横五千年，随便你想查阅哪种名菜的出身、地址，只要跳进大书，便可身临其境。弟弟，你说，你想进哪一页。"

胖胖龙随便瞎喊了一个："五十五页!"

话刚说完，大书忽地打开，把胖胖龙和掏帖一下子吸了进去。

胖胖龙和掏帖落到一所庭院的后花园。

掏帖东张西望地看了一阵，说："这个地方我来过，咱们已经到了北宋朝代文人大学士苏东坡在黄州住所的后院。"

胖胖龙问："难道这大学士也是一道名菜? 这可没听说过!"

掏帖忙说："苏东坡可不是菜，但他发明过一道名菜。自从他被皇帝降职到这个地方做团练副使，没事可干，就经常自己做些菜肴。这不! 香味来了!"他使劲吸溜一下鼻子，轻轻飘向左边小院，胖胖龙也忙紧紧跟上。

院里有一大厨房，胖胖龙和掏帖趴在房檐上，伸出舌头，把窗棂格子舐了个小洞，从洞里看见一副儒学大师模样的苏东坡正把猪肉切成二两多重的方块。垫着葱、姜，放进锅里，嘴里吟唱道："大江东去，浪淘尽，千古风流人物。"

掏帖读过一些书，懂得苏东坡写的这首词乃是千古绝唱，他忍不住低声夸赞："好词! 好词!"

胖胖龙却说："好肉! 好肉!"原来他眼里只盯着锅里呢。他看见苏东坡往锅里加上少量的水、黄酒、糖、酱油，又放到文火上焖制。

胖胖龙看见那灶下的小火苗，忍不住低声问："似这样的小火，也不知道什么时候才熟!"

掏帖说："这才显出制作的功夫，一会儿熟了才香呢，只是咱们吃不到。"

胖胖龙急了："为什么？难道苏东坡他一个人全吃了不成！一个文人还有这么大的肠胃！"

掏帖说："不！书上记载，一会儿有客人来找他下棋，那两个客人才有这口福。"

胖胖龙说："那我们就变成客人好了。"

掏帖连忙摆手："不成！这书岂能乱删乱改！"

胖胖龙说："书怎么就改不得？咱们就当第二次印刷，重新出修订本。"

说着，胖胖龙抬起头升到半空，他远远见，两个穿长衫的秀才，正摇着扇子潇潇洒洒地朝大门走来。

"变！"胖胖龙一摇头。真怪，他干的事只要和吃的有关，法术竟特别灵。眨眼的工夫，他已变成一个仆人的模样，站在大门口笑眯眯地迎着两个秀才说："两位可是找苏学士的？对不起，他今天闹肚子了，请你们改日再来吧！"

看见那两个秀才往回走，胖胖龙乐不可支。

站在云彩上的掏帖轻轻摇摇头说："唉，看来只有出修订本了。"

胖胖龙和掏帖变成两个秀才的模样，进了苏东坡的书房，看见一副围棋已摆在书桌上。

苏东坡一看见他们就笑道："我正等着与你们两位对弈呢。"

胖胖龙迷迷糊糊地问："不是弈，是吃吧？"

"对吃？"苏东坡一愣。

"就是！你那锅里的……"

胖胖龙的话还没说完，掏帖忙用袖子轻轻掩住他的嘴，然后对苏东坡说："这'吃'，乃是'黑子吃白子，白子吃黑子'之'吃'，这锅是城郭之'郭'，围棋围子就好比筑城郭。"连掏帖都不明白跟这胖胖龙在一块儿，自己竟变得这么聪明！原来是着急急的！

果然，苏东坡夸奖："妙哉！妙哉！比喻极恰当啊！"

当下，苏东坡与掏帖在棋盘上摆开战场，你来我往。苏东坡棋艺虽精，掏帖尚可招架，甭管怎么说，好歹他也是个业余四段呢。

这一盘棋下得够慢的，胖胖龙等得好不耐烦，他身上就像钻了蚂蚁，一边搔搔蹭蹭，一边嘟嘟囔囔："也不知道什么时候熟。"

掏帖装做没听见，苏东坡也好像没听见。

"该熟了吧?"胖胖龙不耐烦了。

突然，他感到上下嘴唇像是被封住了，一动也动弹不得。原来掏帖不知使了什么手段，把一块透明胶布牢牢地贴在他嘴上。胖胖龙忙伸手去撕，这块胶布好像是泡泡糖，越撕越大，糊住了半边脸，险些连鼻孔也糊上，吓得胖胖龙连忙缩回了手，老老实实地待在那里。

一直下到日头偏西，这盘棋才算下完。苏东坡数完棋子目数，猛然一拍脑袋，喊道："糟了! 火上还做着肉呢，我早忘了，这会儿大概已经烧焦了。"他跌跌撞撞地朝厨房跑去。

这边，掏帖已去掉了胖胖龙嘴上的胶布。

胖胖龙埋怨道："我早告诉你们熟了，你偏下这臭棋，这回好了吧!"

掏帖笑着说："弟弟，你懂什么，这才叫东坡肉。"

这时，传来一股扑鼻的香气，馋得胖胖龙直流口水。只见东坡端来一大盘色泽焦黄鲜艳的猪肉。胖胖龙和掏帖忍不住跑上前，各抓起一块，其肉酥香可口。

"真香! 真香!"胖胖龙大叫，"这是天下第一好吃的菜!"

"是可算天下第一!"掏帖也说。

这时候，只听得一声响，他们头顶上飘下一块大金牌，上面写着"不"字。

掏帖泄气地说："神鼎说'不是'!"

那金牌悠荡了两下，化作一块长板，"啪! 啪!"照着胖胖龙、掏帖屁股打了两下，好疼好疼! 他们还没明白这是怎么回事，接着又是几下，被打到了大书的外面。

真假和尚齐跳墙

掏帖站在云头上，捂着被打疼的屁股，看着立在旁边的大厚书，埋怨胖胖龙："你刚才翻到五十五页，找东坡肉，这'五'可是不吉利的数字，咱们差点被'捂'在那儿。这回我看六十六页，'六六顺'如何。"

掏帖喊了一声："六十六页！"

立在云头的大书豁然打开，又把这两条小龙吸了进去。他们迷迷瞪瞪，听到一阵木鱼声，睁开眼睛，才发现已落在一座幽静的寺庙里。

掏帖侧耳细听了一会儿，不禁面露喜色，低声说："好极了！"

"好什么？和尚吃斋念佛，见不得一点荤腥，这儿会有什么好菜！"

掏帖满脸神秘："不！这大概就是我一直想来而始终没找到的地方。"

"哥哥，你想当和尚？"胖胖龙吃惊地问。

掏帖笑眯眯地说："不仅要当和尚，而且要急得跳一回墙。"

"不是狗急了才跳墙吗，怎么和尚也跳？"

"不跳墙是吃不得美味的！"掏帖一摸脑袋，摇身变成了一个身披袈裟的小和尚。胖胖龙也赶快跟着变。

两个小和尚敲着木鱼，口念"阿弥陀佛"，直往寺庙的后院里走。他们看见后庙的偏殿里有一个老和尚坐在蒲团上，身披袈裟，闭目垂眉，口中念念有词，神魂仿佛早已飞出了三界之外，入了佛家仙境。毫无疑问，是一位高僧。

掏帖不声不响地站在老和尚身后，眼睛却不由自主地瞥着对面那道高高的院墙。

胖胖龙问："哥哥，你在看什么？"

掏帖说："这高墙后面有好吃的东西！"

胖胖龙听了，顿时来了精神，低声念了一句："长！"他的脖子顿时长出一丈多，成了个长脖子小和尚。隔着院墙，胖胖龙看见墙外面正是一家大菜馆的厨房，桌案上摆的全是名贵的菜料：海参、广肚、鲜贝、鱼翅、鲍鱼、火腿、猪蹄筋、香菇、冬笋、鸽蛋……足足有十几种，旁边还有配料：绍酒、骨汤、白萝卜球、香料。两个胖厨师小心地将这些菜料一一放入酒坛，又用几张鲜荷叶将坛口密封好，酒坛上写上"全福寿"三个字，放在文火上煨制。

胖胖龙缩回了脖子，喜滋滋地问掏帖："哥哥，你可听说过叫'全福寿'的菜？"

掏帖低声说："听说过，不过这菜以后又改了名呢。"

不一会儿，一股香气从墙那边飘了过来，令人陶醉。香气越来越浓，把那一面墙都熏得香喷喷的，连松树的枝杈都扭向了墙头。

念经的老和尚，起初还口中诵经，目不斜视，渐渐地被香气诱得鼻孔竟胀大了一圈。

这边，胖胖龙早已急不可耐，恨不得能一头撞过墙去。掏帖紧紧拉住他说："十弟，勿动，只有等这老和尚吃时，咱们才能借他的光。否则，你还没过墙，就会被神鼎用金牌打到大书外面去。"

胖胖龙只好耐着性子，眼巴巴地等着那老和尚。

老和尚还坐在蒲团上，静得像一座铜钟。不过仔细一看，随着香味越来越浓，老和尚的五官都挪了位置，嘴一点点地歪向了墙边，成了个歪嘴和尚。

胖胖龙乐了，心里说："有门儿，有门儿！"

又过了一会儿，只听老和尚口中诵的佛经也走了样儿，成了：广肚、海参、鲜贝、鱼翅……老和尚念着念着，突然一惊，大梦初醒似的高声说："我乃得道高僧，怎能受这妖气迷惑？况且，佛家'八斋戒'中，第一戒就是'不杀生'，这菜肴里有不少杀生之物；第五戒是'不饮酒'，这里不光用酒坛，且有绍酒；第八戒，'正午过后不吃饭'，现在正是下午三点……"

胖胖龙一听，可急坏了，急忙搭言："那老和尚你也太死板，佛家不杀生，你不会把那广肚当萝卜、海参当白菜？那绍酒是掺假的，连可乐都比不上。至于时间，你只要把表往回拨四个小时，不就全解决了！"

"对呀！"那老和尚一下子乐得蹦起来，三步两步跑到墙边，噌噌噌爬上墙去。

胖胖龙急了："这老和尚一定练过少林功夫，爬得真快！"

等他和掏帖也爬过墙去，老和尚已坐在桌案边，打开了荷叶封的酒坛。顿时香气四溢，令人垂涎欲滴。

胖胖龙和掏帖赶快跑过去，一言不发地坐下大吃，老和尚也不说话。他们都知道，这种时候，多说一句，就会少吃一口。吃完了，他俩几乎一齐抹着嘴说："这'佛跳墙'可是天下最好吃的菜肴。"

"呼——"从屋顶上飘下一块金牌，上面清清楚楚地写着"不"字。

胖胖龙和掏帖傻眼了，忙一齐捂住屁股，没等金牌变成板子，就闭眼狠命往空中一跳。

"砰！咚！"他们仿佛撞破了一扇门。睁眼一看，来到了一个完全陌生的地方。从街上行人的服饰看，好像到了更古的时代。

掏帖说："一定是我们撞到了书的另一页里来了。"

迎面有一个人慌慌张张朝他们走来，仰着脸哭咧咧地自言自语："救命呀！天要塌下来了可怎么办？"

胖胖龙看他头发蓬乱，两眼发直，忍不住小声对哥哥说："这人大概是疯子，天怎么会塌下来呢？"

掏帖皱着眉头想了一会儿说："我明白了，咱们一定来到了杞国。有个叫'杞人忧天'的寓言，讲的就是这个家伙。真不明白，这个一天到晚怕天塌下来的糊涂虫，怎么到我这大菜谱书里来了呢？我们快跟上他看看！"

胖胖龙和掏帖急忙追上去。杞人进了一家大门口，对门里的一位老人说："老哥，万一天要塌下来，我可怎么办呀？"

老人笑嘻嘻地说："今天我请你吃一道好菜！"

杞人还胆战心惊地："天就要塌下来了，我怎么能吃得下呢？"

老人不由分说，把杞人拉到屋里。一看屋里已有了两个小和尚，原来胖胖龙和掏帖已抢先一步进来了。

桌上放着一大盘色似琥珀的肉肘，喷香可口，也不知道是怎么做的。杞人抓起一块吃了，又抓起一块吃了，再抓起一块，他一边嚼着，一边嘟嚷："好吃，好吃，真是好吃！快把这烹调的方法告诉我，我回去也要好好学做！"

老人问杞人："天不塌了？"

杞人摸摸脑袋笑了："我把这事忘了。看来我还得多吃才好！"

掏帖在一边看到这情景，忍不住拍手说："我总算明白什么是最好的菜了。这能治好精神病的'杞忧烘皮肘'显然应该是天下最好吃的菜！"

他的话刚说完，一块金牌正落到胖胖龙手上，胖胖龙睁大眼睛瞅上面的字。

掏帖心怦怦乱跳，问："这牌子上还写的是'不'字？"

胖胖龙摇摇头。

掏帖乐了："那一定写的是'是'字了！"

胖胖龙又摇摇头。

掏帖十分奇怪："那写的是什么呢？"

胖胖龙说："上面写的是'呸'。"

"呸呸呸！"半空中又传来几声"呸"，接着飘飘悠悠地现出了神鼎的形体："掏帖、胖胖龙听着，三日之期已过两日，你们却误入迷津，离谜底越来越远，看来，不叫你们吃点苦头是不行了。"话音刚落，鼎口中刮起五彩旋风，将掏帖和胖胖龙围在当中，越旋越大，形成一股龙卷风。

两条小龙头重脚轻，被卷到了天上。也不知刮了多久，那风终于平息下来。掏帖和胖胖龙睁开眼睛，不禁大吃一惊：龙卷风竟化成一个透明的大玻璃花瓶，把他们装在瓶中。这花瓶有五丈多高，瓶壁滑溜溜的，瓶口上飘着白云。

"哥哥，怎么办？"胖胖龙惊慌失措地问。

掏帖身子一躬，叫了一声"长"，他的身体骤然长高了十丈，那瓶子居然也跟着他长出十丈。

胖胖龙也卖弄神通，叫声"变"，变成了小蜜蜂，嗡嗡地飞起来。他打着旋儿，刚接近瓶口，上面突然闪过一道电光，将胖胖龙打落下来，狠狠地跌在瓶底。

"别费劲了，"掏帖泄气地说，"这是如意瓶，它随意变化，可大可小，可肥可瘦，咱们无论如何逃不出去！"

"难道咱们就在这里等死不成？"胖胖龙气愤地问。

掏帖苦着脸没有吭声。

两条小龙在瓶里待了一天一夜，已经饿得肚子咕咕乱叫了。

胖胖龙说："哥哥，我肚子饿！"

掏帖说："我也是，咱们好好求求神鼎，放咱们出去吧！"

于是，两条小龙搜肠刮肚，说尽了甜言蜜语。那神鼎却再没露面。

到了第三天，两条小龙饿得眼冒金星。

胖胖龙说："这神鼎一定吃硬不吃软，咱们干脆骂他吧！"

两条小龙又刮肚搜肠，把从出娘胎到现在学到的难听字眼儿，全厚着脸皮骂出来。神鼎依然没有露面。

到了第四天，两条小龙连嘴皮都懒得动了。他们对卧在瓶底，大眼瞪小眼。

"要是有块肉就好了。"胖胖龙从嗓子眼里哼唧。

"有块馒头也行。"掏帖也从嗓子眼儿里发出声音。

"窝头也行！"胖胖龙这会儿要求也不高了。

这时候，玻璃瓶底忽然冒出一座一尺多高的小玻璃房子，房子里出来一男一女两个小玻璃人，扛着玻璃犁耙，牵着一头小玻璃毛驴。

胖胖龙心想："真可惜，这毛驴不是面做的。"

两个小玻璃人赶着小毛驴居然在玻璃瓶底犁出了一块地，从口袋里取出一些极小极小的种子种下去。

真奇怪，地里马上长出了小绿苗，而且越长越快，长到两寸多高时，开始结出麦子和玉米。不一会儿，麦子和玉米变得金黄，两个小人忙着收割，匆匆拿到小玻璃房子里。胖胖龙从外面看得极清楚，两个小人在房子里将麦子、玉米脱皮、去壳，又磨成面粉，做成馒头、窝头放进蒸锅，屋子里飘出了香气。

掏帖喜滋滋地说："这准是神鼎派来的，给咱们做吃的来了。"

胖胖龙舔着嘴唇："要知道这样，还不如坚持要烤鸭呢！"

小馒头、小窝头熟了，白白的，黄黄的，放了两大盘子。

胖胖龙和掏帖馋得口水都流出来了，可是眨眼间，他们便目瞪口呆：胖胖龙和掏帖还没明白怎么回事，两个小人已端着盘子钻入瓶底不见了。

胖胖龙急忙一把掀开玻璃房顶，发现屋里只剩下一堆不能吃的麦壳和玉米棒了。

掏帖愣愣地望了一会儿说："我们把这麦壳和玉米棒磨碎了做成糠窝头吃吧！"

胖胖龙眨着眼睛："好像这玩意儿是喂猪的吧！"他在天上坐摇篮那会儿，看见下面猪场的猪就吃这个。

掏帖说："那也比饿死强！"

于是两条小龙转动小磨，磨碎麦壳、玉米核，和成面，再上蒸锅，做熟了两个皮球大的糠窝头。

掏帖咬了一口："哇！真甜，比蜜还甜！"

胖胖龙也咬了一口："哇！真香！比肉还香！我从来没吃过这么好吃的东西，这一定是天下第一好菜了！"

掏帖迟疑着："不对吧，这糠窝头怎么会是第一？再说，窝头也是主食，咱们没吃菜！"

胖胖龙大大咧咧："什么菜不菜的,只要饿极了吃什么都香!"

掏帖一愣："饿?"他猛然拍手叫,"我明白了,这'饿'才是天下第一好菜!只要尝了'饿'这道菜,吃什么主食都会香甜无比!"

他的话没说完,瓶底腾起一团彩雾,将他们罩住,彩雾消失后,两条小龙已在朗朗天空的云团之上,闪亮的神鼎正立在云团里。掏帖乐了,胖胖龙也乐了。

胖胖龙上天入地记

快刀割"视肉"

掏帖对胖胖龙说:"你找六哥,一路上免不了风餐露宿,为了使你不致肚饿,我送一个好东西给你!"说着,他爬到神鼎边上,从里面拿出一个小动物。这小动物长得像猪又像鹿,才有两寸大小。

掏帖朝小动物一吹,它马上长成两尺多高,背上还带着一把刀。

掏帖说:"这小家伙叫视肉。从它身上割下一块肉,它马上又长出来,取之不尽,用之不竭,而且割下的肉也立刻变熟,如同经过炸烤熏烧,味道极美。"

胖胖龙一听,眉开眼笑,急忙把视肉抱进怀里,说了声:"谢谢五哥了。"说完了转身就走,他怕万一掏帖舍不得再要回去。

"十弟,你六哥特别喜欢水,就住在桥头上。"

胖胖龙问:"他叫什么名字?"

掏帖说:"他的名字写作蚍蝚,这两个字我也不认得,查《辞海》、《辞源》都没有,只好胡乱叫做巴夏。"

胖胖龙说:"巴夏这个名字好记。"说完一个跟斗翻出去,两手却紧紧跑住怀里的视肉。

不知在空中翻了多少个滚儿,等胖胖龙定下身来,早已不见了掏帖的影子。胖胖龙坐在一块白云上，从视肉背上摘下小刀。

"我来尝尝这视肉到底是什么味道！"胖胖龙说着举起小刀从视肉屁股上割下一块肉，吃在嘴里，如同烤肉，真是香得很。再一看视肉屁股已经完好如初，还彬彬有礼地晃着小脑袋，笑眯眯地对胖胖龙说："请品尝，请多关照！"

"哇！这视肉还会说日本话。"胖胖龙乐得眉开眼笑。他又割下一块放进嘴里，视肉屁股马上又长出新肉，又说了一句："请多关照！"

"当然！当然！"胖胖龙连连答应。他来劲了，索性不停地割，"刷刷刷！"只见刀光闪闪，肉片纷飞，那速度就像刀削面一样，胖胖龙的嘴张得比刀削面的锅还大。

突然，啪的一声，胖胖龙的嘴巴挨了一下。

胖胖龙愣神一看，这嘴巴竟是视肉用蹄子踢的。这小兽正撅着嘴，怒容满面地瞪着他。

"怎么啦？你不是让我多关照吗？"胖胖龙奇怪地问。

视肉厉声说："我长得再快也比不上你割得快，像你这种割法，恐怕用不了一天，我就会被剔成一把骨头了。"

胖胖龙仔细一看。果真视肉屁股小了一点儿，他忙说："这回，我慢点儿割。"

胖胖龙又举起了刀，那视肉实在是好吃，每次割一点儿太不过瘾，胖胖龙心想，刀子变大一些就好了。他心里暗暗念动咒语，手中的刀子果然变大了，足有两尺长，这样一刀下去，割下视肉的半个屁股绝对没问题。

胖胖龙举起刀子还没来得及瞄准。那视肉早已发现了。它趁胖胖龙不注意，一纵身，从他怀里挣脱出来，两腿如车轮般快，眨眼间已跑出五十丈远，慌得胖胖龙举起刀就追，一边心里后悔不迭："我要是先割掉它的腿，它就跑不了啦。"

两个在空中一追一逃，跑得正欢，云彩下面飘来一阵喊声："十弟，你到哪里去？"

胖胖龙低头一看，只见下面翻滚的河水中冒出一条龙来，浑身水淋淋的，飞上桥头，立在一根桥柱上望着他。胖胖龙乐了，这准是他六哥。他的帮手来了。胖胖龙直着嗓门大喊："巴夏哥哥，快帮助我捉住这块肉。"

巴夏低头朝河里吸了一口水，仰面朝空中一喷。那水柱冲上百十丈高，速度超过十个高压水龙头，又快又准，一下子将视肉击中。视肉落了下去，被巴夏接住。胖胖龙也顺势翻下云层，从巴夏手里接过视肉，牢牢抱在怀里。

"十弟，你怎么这样拼命地追肉？莫非天上的肉都要提价？"巴夏问。

胖胖龙笑说："不是，是我眼睛害了病哩。"

巴夏有点不明白："怎么肉也和眼病有关？"

胖胖龙眯缝眼说："哥哥，你不知道。我爱吃肉爱得太狠，眼睛只盯着这块肉，抓不着它，我就什么也看不见哩。"

巴夏也笑了："你这毛病大概也像我爱游泳一样，我到哪儿去都要带着个游泳池呢。"

胖胖龙奇怪地问："游泳池那么大，你装在哪儿了？又怎么带得走？"

巴夏说："随便你在哪儿找个地方，我演示给你看。"

胖胖龙跳上云头，往远处望。那边有一排繁华的街道。其中一条街上雾气腾腾，像一条食品街。

"六哥，咱们就去那儿吧！"胖胖龙在空中翻起了跟斗，他身后刮起一股风，巴夏也腾云驾雾地跟了上来。

两条小龙飞到热闹市区的上空，停住脚。变化成两个小学生落下云头。

街上人流熙熙攘攘，一个黄脸的瘦男人经过他们身边，一面毛手毛脚地乱摸自己的口袋，一边嘟嘟囔囔："不行了，我得买包烟去，我的烟瘾犯了。"

瘦男人这么一说，巴夏变得坐卧不安起来，也嘟嘟囔囔："不行！不行！我的瘾也犯了，好难受啊！"他手里不知什么时候多了一根小拐杖，透明得像水晶。

胖胖龙奇怪地问："六哥，你也抽烟？"

巴夏说："不是烟瘾，是水瘾。"他跌跌撞撞跑到路边的一块大空地上，用小水晶拐杖沿着地面画起来。等他画完了一大圈，"哗！"圈内顿时涌起一丈多高的水浪，变成一个碧波荡漾的游泳池。巴夏扑通一声跳进去，在水中畅快地游来游去。

"通！"胖胖龙也跳进去了。

"通通通！"许多看热闹的小孩儿大人都跳进游泳池去游泳了。

胖胖龙发现跟孩子们在一块特好玩。孩子们在水中扎猛子，打水仗，快活地叫叫嚷嚷。

巴夏显然早和这些孩子们熟悉了，他灵巧地在水中游来游去，一会儿变成一只乌龟，乱蹬四条小腿，一会儿他又变成一只小海豚沿着孩子们的大腿钻来钻去。

胖胖龙也来了劲儿，他卖弄神通，叫声"变"，变成一只肉墩墩的小乌贼，将头露出水面，将墨汁乱喷一气，把周围的小孩儿喷了个满脸花。

"抓住他！"孩子们叫喊着，一齐向他扑来。

胖胖龙忙潜入水底，变成一条电鳗。两个男孩子抓住了他的头和尾巴，胖胖龙急忙放电。

"不好！他的电压太高。"两个男孩子被电触得浑身乱抖，连尿都撒出来了。

胖胖龙急忙降低电压，叫一声"变"，想变回原来小学生的模样。这回他变得太慌张，竟变成了上半身是长着个红鼻头的胖老头，下半身却是条鱼尾巴。

"哈！老头儿美人鱼。"孩子们兴高采烈地叫，玩得更开心。

胖胖龙他们只顾玩耍，一点儿也没有注意到，岸边来了一个穿西服的胖子，他戴着金丝边眼镜，夹着个大皮包。他鼓着眼珠朝游泳池使劲看了一会儿，然后不慌不忙地打开大皮包，从里面拿出一个火柴盒大的小机器，接着又拿出一个，一连拿出了四五个。

西装胖子望着游泳池，嘴里不停地嘟嘟嚷嚷："天哪！这么好的水，这么好的游泳池。周围应该铺上水磨石地面才对。"

西装胖子拧动了一个机器的旋钮。小机器呼的一下胀大了，原来这是最新式的铺路机。它围着游泳池转，驶过的地方，地面都变成了光亮亮的水磨石。

西装胖子还在唠叨："正规的游泳池总得有更衣室和淋浴室。"他又拧动了第二台小机器的旋钮。这台机器也胀大了，而且张开了大嘴，从嘴里推出一大排漂亮的房子。"真好！真好呀！"水中游泳的孩子们看到这情景都不禁欢呼起来。

"好吧！"西装胖子笑眯眯地说，"好的还在后头呢！我还要把它改装成室内游泳池，安上空调设备，移植来各种热带花草。"

西装胖子说着像弹钢琴一样，连按剩下几台小机器的按钮。小机器都胀大了，如同变戏法，一台机器弹出彩色的玻璃钢墙壁，在空中自动组合，结合成一幢漂亮的玻璃钢大楼，把游泳池罩在里面。天花板上布满了五颜六色的彩灯，闪着宝石一样的光泽。

一台机器里走出了一队穿漂亮衣服的服务员，笑容可掬地端着各种糕点和清凉饮料……

一台机器里喷出鲜花、绿草、各种热带植物……

在水池里游泳的孩子们都看呆了。

"现在请你们每人拿一瓶饮料到门口外面，我有个很好的建议同你们讲。"西装胖子声音甜腻腻的。

一听有饮料喝，孩子们都上了岸，胖胖龙冲得最快。他们跑到大楼外面，看见西装胖子把一块漂亮的牌子挂在门旁边，上面写着：超豪华游泳池，一小时五十元，只收外汇。

"啊？怎么要钱了？"孩子们吃惊地大叫。

"当然。"西装胖子笑眯眯地说，"这和我开饭馆的道理是一样的。我只要把小饭馆的门面进行装修，把小吃店的牌子改成餐厅，价钱就要提高两倍。再把餐厅改修成饭店，价钱又要提高两倍。"原来他是个开饭馆的。

孩子们没有外汇，巴夏和胖胖龙也没有外汇，他们都进不去。

胖胖龙生气地对巴夏说："六哥，这胖子真坏，他想用你的水发财呢！

你能把水池变没吗?"

巴夏说:"变没了倒容易,只是这样我也没有地方游泳了。万一水瘾发作了,可受不了。我来个移水法,把游泳池移到另一处去。"胖胖龙赞成:"这主意好。"他又眨眨眼睛笑说,"但也别让这个地方空着。随便从哪儿移过一个大粪池来,好好治治这胖子。"

巴夏忍不住笑了:"十弟,你可真够坏的!"

兄弟两人趁别的孩子不注意,一起升到空中。巴夏恢复了真身,仍是一条腾云驾雾的小龙,他握着那柄龙头水晶杖,迎风一晃,只见一池碧水从漂亮的大楼里神奇地穿墙而出,忽忽悠悠,飘到另一条街上。

胖胖龙忙飞过去,降落云头,往下一看,不禁吐了一下舌头。

原来这池碧水正落在一所小学校里。小学校的围墙成了游泳池的边沿。小学生们把课桌当成了小船,快活地坐在上面。老师进出教室都游泳,而且什么姿势都有,自由式,蛙式,还有狗刨式。

胖胖龙高兴地咧嘴乐了。他觉得这也不错,他正想再同小孩一起玩玩呢,他特别喜欢看老师用狗刨式游泳。

"游泳池落的地方合适吗?"巴夏收起水晶杖问。

"合适!合适!再也没有比这更合适的地方了。"胖胖龙挤着眼睛说。

巴夏低头一看,吓了一大跳:"哇!落到学校地盘里了,这怎么得了!"

胖胖龙不以为然:"这有什么,我跑了许多地方,看见占用小学校舍的有的是。"

巴夏连连摇头:"十弟,这你就错了,咱们天龙脸皮薄,比不得凡人,咱们要是抢占校舍,则被同类看为是最丢脸的事。"

胖胖龙踩在云团上,睁大眼睛使劲四下瞭望,然后搔着脑袋说:"下面可是一点儿空地都没有了,看你的游泳池往哪儿放?"

巴夏微笑着说:"十弟放心,我自有妙法。我来造个'悬水',让这游泳池悬浮在比屋顶高一米的地方,可随风飘移。这样不光咱俩可以过水瘾,连小朋友们也可以爬上屋顶戏水。"

巴夏抓起水晶杖,用嘴对着水晶杖的龙头吹起气来,下面校园中的游泳池轻轻上升，一直升到两丈多高，在一排排瓦房顶上像浮云一样缓缓飘动。许多小孩看见了，都爬上屋顶、树尖，跳进游泳池。

巴夏得意洋洋："我这悬水不同于一般的普通水。一是这悬水张力极大，水聚在空中，用手扒开了又能自动合上；二是水池的四周及水底有一层极结实的透明水皮，在水中游泳的人绝对漏不下去；第三……"

巴夏的话还没说完，胖胖龙已打断他的话头说："六哥！你快看！"

胖胖龙上天入地记

紫金葫芦里的小白毛驴

巴夏回过头，顺着胖胖龙手指的方向望，只见悬浮的游泳池后面，紧跟着一艘气垫船。西装胖子正坐在气垫船上，手持一把亮晶晶的刀子，正将那悬水一块块切下来，就像切一块块透明的果冻一样。

西装胖子将切下的一块块悬水放进他身后的一个箱子里。

"啊！他在偷我的悬水！"巴夏有点着急。

胖胖龙咧咧嘴："偷得还不少呢，你往下看。"

巴夏伸长了脖子，他看见西装胖子的气垫船后，一个个盛满悬水的箱子正吊着降落伞往地面上落呢。

"妈呀！偷了那么多！"巴夏心疼得大叫。

胖胖龙苦着脸："还不只是偷哩，你再往下看。"

巴夏脖子又伸长了一尺，看见下边地面上，已建起了一座新商店，上面写着：

出售返老还童悬水可乐

瓶装十元

罐装二十元

排队买的人还特多。巴夏慌了，急忙从身上取出龙头水晶拐杖看，水晶杖已比原来缩短了三寸。

巴夏大惊失色："这样下去，我的水晶杖就会缩没的。"

胖胖龙也慌忙说："快把水收回来吧!"

巴夏拼命用嘴对着水晶杖的龙头吸水。

"刷刷刷!"游泳池的水全消失了，那些正游泳的小孩从半空中掉下去。糟糕! 把他们给忘了，幸好下面一米的地方是屋顶，他们只是摔疼了屁股，一点没受伤。

"对不起! 真对不起!"巴夏和胖胖龙在半空中向孩子们连连鞠躬，一面往高空升去，他们怕那财迷的西装胖子再穷追不舍地跟上来，而龙的法律规定，他们不能轻易用法力伤人。

"总算摆脱了这个家伙。"巴夏喘着气。

"总算找到你们了。"他们身后突然响起一个气喘吁吁的声音。

两条小龙吓了一跳。回头一看，是一个黑胡子秃顶老头，站在一团云彩上大喘着气。这老头也会驾云? 可有点奇怪。

老头长着一个又红又圆的酒糟鼻子，穿着古里古怪的长袍，手里却托着四五罐"返老还童牌"悬水。

"这悬水可是你们生产的?"酒糟鼻老头瞪着他们问。

巴夏和胖胖龙傻呵呵地点点头。

"总算找到生产厂家了。"酒糟鼻老头松了一口气，"你这悬水有尿臊味，好像有小孩撒过尿。我不买了，我要退钱!"

"这我们可不管。"巴夏慌忙摆手。

胖胖龙也晃脑袋："又不是我们卖给你的。谁卖给你，你找谁去!"

"啊?"酒糟老头的鼻子都快气歪了，愤愤地说，"这叫什么事啊? 买了假货劣货，来退货，商店推给厂家，厂家推给商店，推来推去地坑老百姓，叫我追了三个月，几乎跑断了腿。"

"等一等!"胖胖龙皱起了眉头，"你这老头净胡说，这悬水造出来才不到半日，你怎么会跑三个月?"

"我胡说?"老头的眼珠几乎都瞪出来了,"天上一日,地上一年,你这小龙难道不知?"

巴夏一听,忙客客气气地说:"噢,这么说,您老的户口也在天上,属于仙籍?"

酒糟老头大大咧咧地说:"不错,不过我一天也到人间遛几次。"

胖胖龙瞅着老头说:"我知道你干什么去了。"

"你怎么知道?"酒糟老头惊奇地翻着白眼儿。

胖胖龙很有把握地说:"一看你手里这几罐带尿的悬水,就知道你专门去买处理品了。"

"呸!"酒糟老头干啐了一口,没味地说,"我是……去参加名酒评比会去了。"

"这么说,您老还是品尝酒类的专家呀!"巴夏肃然起敬。

"不!我只尝不品。"酒糟老头愣愣地说。

胖胖龙笑了:"我明白了,你是去偷酒喝的呀!嘿,和我差不多。我爱吃,你爱喝,怪不得你长了那么大的酒糟鼻子。"

巴夏忙向胖胖龙使眼色:"不许这么说老先生。"他以为老头一定要发怒了。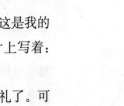

不料酒糟鼻老头却眉开眼笑地对胖胖龙说:"你说得对极了。这是我的名片。"他从长袍里取出一个散发着酒香的纸片递给胖胖龙。纸片上写着:洪崖先生,职务:姑射真人的管家。

胖胖龙心想:"他给我名片,我也应该给他名片,不给就太失礼了。可我没有名片啊。"胖胖龙灵机一动,从口袋里取出两寸多长的小兽"视肉"来,笑嘻嘻地说:"这是我的工作证,只许看不许动。"

洪崖先生笑得眼睛都眯缝了:"这个视肉我可认得,视肉视肉,有酒有肉。"他从袍子里取出一个古色古香的小杯子。一晃酒杯,里面冒出美酒,高出杯面半尺,味道其香无比。

"酒逢知己千杯少。"洪崖先生拉过胖胖龙。

"肉不投机半块多。"胖胖龙顺嘴胡诌着,用小刀切下一块视肉递给洪崖。

巴夏对胖胖龙说："你是小孩，不要喝酒。"

"话不投机半句多。"洪崖说着把巴夏推到了一边。又吸干杯子里的美酒，顷刻间美酒又涨满了，胖胖龙忙接过去，他早被那香味馋坏了。

两个人你来我往，一杯又一杯，一块又一块，也不知喝了多少，直喝得眼冒五彩光圈，身体摇摇晃晃，连视肉和旁边的巴夏也被熏得晕晕乎乎，站立不稳，睡倒在地上。

洪崖老头醉眼迷迷地从长袍子里拿出一块牌子立在前面，上面写着：严禁烟火。

胖胖龙醉得结结巴巴地问："好……好像……加油站才竖这牌子吧？"

洪崖老头笑嘻嘻："你有所不知，我比那加油站还厉害。我这酒叫千日醉，喝下肚去，出的汗流的泪都是酒精，一点就着。"

"啊！"胖胖龙吓了一跳，他觉得背上有点湿，"不好，我出酒精了，这要烧起来可怎么办？"

洪崖迷迷瞪瞪："我这有最超级的灭火器。"他把手伸进怀里，摸了半天，取出一个小紫金葫芦，稍稍挪开一点葫芦盖儿，立即有一股寒气从里面飘出，冷飕飕的，胖胖龙连一滴汗也出不来了。

"这里面是什么好吃的东西？冰激凌吗？"胖胖龙眼盯着葫芦问。

"这可……不能吃。"洪崖忙把葫芦往怀里塞。可是这会儿，他已经醉得不成样子了，两只手只顾抖抖索索，找不准地方。小紫金葫芦顺着袍子滑落下来，落到云彩上。洪崖老头也倒在云团上，呼呼大睡起来。

胖胖龙走过去，悄悄把小紫金葫芦捡起来，他现在口渴得很，正想吃点儿冰激凌雪糕什么的，他把小紫金葫芦举到嘴边，里面冒出一股丝丝凉气。胖胖龙忍不住去打开葫芦盖子。

"十弟，千万别打开葫芦盖！"已经醒来的巴夏坐在云彩上喊。

可是来不及了，胖胖龙已经把嘴凑到葫芦口上。

"砰！"胖胖龙的嘴唇挨了一下，几乎把他的门牙踢掉。葫芦里跑出一个浑身雪白的小东西，原来是头小白毛驴。刚才胖胖龙挨的那一下，正是小白毛驴炮的蹶子。

小白毛驴仰头叫了一声，胖胖龙顿时感到浑身冷飕飕的，脚下的云彩也冻得硬邦邦，成了冰块。胖胖龙想抓住小白毛驴。小白毛驴身体一晃，钻进冰凉的云层里不见了。

"十弟！你惹下大祸了！"巴夏惊慌地顿着脚。

"怎么啦?"胖胖龙莫名其妙。

巴夏说："这小白毛驴名字叫做雪精，身上只要抖落一根白毛，地上便下一丈的厚雪。雪神姑射真人让洪崖先生看管雪精。洪崖先生醉酒误事，让你把这雪精放跑了。"

正说着，洪崖老头醒来，一看空空的紫金葫芦，大惊失色："我的雪精哪儿去了?"

胖胖龙结巴着："我……看它……钻到云彩下面去了。"

"不好！"洪崖老头慌张地说，"这雪精的一根毛便是一丈雪。它跑到人间，要是碰见哪个调皮鬼从它屁股上揪下一把毛来，这雪恐怕要从地上下到天空，要有几百丈厚！这个乱子可就闹大了，无论如何要赶快将它捉回来！"

洪崖老头说着，从怀里取出一面照妖镜来，朝下四面一扫，只见东南方向，那叫做雪精的小白毛驴正在大江上面奔驰，在它身后腾起一团团雪白的浪花。

"快追！"洪崖大叫一声。

三个人忙驾起云团，从空中追去。

小白毛驴变得像真驴子一样大，四蹄猛奔，踏得江浪哗哗乱响，它身后掀起的波涛冻成了冰块，在翻滚的江中跑出了一条冰道。

胖胖龙他们在空中猛翻跟斗，不一会儿，已经飞临小白毛驴的头顶上空。洪崖老头跟在云彩边上望着下面的小白毛驴，恨恨地说："这雪精竟敢趁我醉酒私自逃跑，真是可恶，看我把它钓上来。"

胖胖龙笑说："从来只听说过钓鱼，没听说过钓毛驴的，再说，你哪儿去弄鱼钩和鱼线?"

洪崖老头说："这个容易。"他解下袍带，用一头拴住小紫金葫芦，抛下去。只见那袍带随风变长，忽忽悠悠地荡下去，直飘向小白毛驴。小白毛驴急忙改变路线，忽而向左，忽而向右。紫金葫芦却像长了眼睛，紧随其后。

胖胖龙惊喜地叫："哈哈，这玩意儿比追踪飞机的导弹还厉害。"

洪崖老头神气地撇撇嘴："导弹算什么，那东西只能一次性使用，我这紫金葫芦可不一样，随你跑到哪儿也能追回来，而且还可以反复追，多次使用。"

紫金葫芦离小白毛驴只有一尺远了，小白毛驴着了慌，扬起后蹄连踢出几十团雪浪，在身后筑起了一座高高的冰墙。

紫金葫芦里放出一团火焰，在冰墙上融化出一个冰洞，从洞中穿过，葫芦嘴伸出一尺长，眼看就要吸住小白毛驴的屁股了。

"哈哈，手到擒来。"洪崖老头高兴得大笑。

胖胖龙和巴夏在云团上探头望着，忽然一齐吃惊地叫："不好了!"

"怎么啦?"洪崖老头急忙低下头看。

只见江水中涌出一只黑糊糊的大铁锚，比紫金葫芦的动作还快，抢先一步钩住了小毛驴的四蹄，拖入滔滔江水之中。

洪崖老头大怒："什么人如此大胆，竟敢抢我的雪精?"

江心翻起波涛，冒出一个长长的黑家伙，无臂无腿，两只贼亮亮的眼睛像灯笼，直直地竖立在他们面前，咕咕噜噜地说："熟摸米吾……"

胖胖龙使劲竖起耳朵听着，皱起眉头说："这家伙学问不低呀，他还会讲外国话。"

巴夏笑着说："什么外国话? 他是大舌头，说话都说不清楚。我猜想他是在说'什么你的我的，谁捞着就是谁的'，我说得对吧?"巴夏转过脸去问那细长的黑家伙。

黑家伙傻呵呵地点点头。

洪崖老头威严地对胖胖龙说："你替我告诉他，他这是强盗的逻辑。"洪崖老头其实知道黑家伙能直接听懂他的话。但对方有翻译，他也应该摆摆谱，要个翻译，否则就矮那黑家伙一头了。

胖胖龙赶忙装出翻译的模样，大着舌头，咕咕噜噜地说了一通。

不知道是胖胖龙翻译错了，还是那黑家伙根本听不懂。黑家伙愣愣地望了他们一会儿，突然低下头去，一头扎进水中。在他身后两丈远的江面上，腾起黑糊糊的大铁锚，拖着圆桶粗的黑绳索直向他们钩来。

"钩钩蛇！"巴夏大叫一声，飞腾到空中。

洪崖一哆嗦："俺老头什么都不怕，只怕蛇。"他也一个跟斗翻上了高空。

只有胖胖龙还在那儿傻呵呵地练吐大舌头，他还想把刚才的话再给黑家伙翻译一遍。直到那翻卷的大黑钩子飞到他身边，胖胖龙才想起要逃跑，但已经晚了。钩钩蛇伸出大尾巴将胖胖龙拦腰卷住，往水里拖去。

胖胖龙并不怕水，可是一接近水面，他觉得有点不对。这一片水面和周围的水不一样，是灰黄色的，并且泛出一种刺鼻的硫黄味，熏得胖胖龙几乎晕过去。胖胖龙大叫一声，声音震动了云层。

胖胖龙上天入地记

衣衫褴褛的龙头剑客

正在这时，一团青光从远处天边急速飞来，嗖嗖嗖地呼啸着，眨眼间便飞到了胖胖龙跟前。原来这是一把闪光的长剑，剑锋极锐利，一下就刺中了大黑蛇的尾部。

大黑蛇狂叫了一声，尾部的钩子松开了，胖胖龙趁机歪歪扭扭地翻上云层，低头往下看。

江面上，那团剑光和钩钩蛇斗得正凶，钩钩蛇的头又从水中翻了上来，正是先前那个细长的黑家伙。他的眼睛像铜盆，伸出的舌头又粗又长，像一把软柄毒枪，弯弯曲曲，如闪电般刺去。

但飞剑形影不定，只听呼呼风响，钩钩蛇的头部、嘴部出现道道伤痕，滴出黑血来。

"噌！"剑光一闪，钩钩蛇的舌尖被斩断了，飞剑急速射向他喉部。

钩钩蛇大叫一声，喉咙里喷出一股浓浓的黄烟。烟里带着呛人的硫黄气味，扑向飞剑。飞剑跟跄了一下，急忙闪开，飞向云天。钩钩蛇随即扎下水去，眨眼间江面上又风平浪静。

胖胖龙他们在空中都看呆了。再找那长剑，却看见旁边的云彩上立着一个长着龙头的剑客，手持一把没柄的青剑，剑光闪烁，剑身却已锈迹斑斑。再看这龙头剑客，也是衣衫褴褛，灰尘满面。

巴夏吃惊地望着龙头剑客："眦（yá）眦（zǐ）七弟，是你？"

胖胖龙忙问："你也是我哥哥？"

巴夏说："这就是你七哥眦眦，他性情暴烈，特别喜欢动刀动枪，所以平时住在刀环上。"

胖胖龙笑道："眦眦——牙自，念顺口了就是鸭子。"

"杀！十弟！"牙自横眉立目，牙缝里挤出个"杀"字，吓得胖胖龙一哆嗦。妈呀！这位哥哥怎么刚一见面就要杀他。胖胖龙急忙躲到巴夏背后。

巴夏安慰他："十弟，不要慌。你七哥哪里是想杀你，他性格太好杀，说话都总带个'杀'字。已形成习惯了。"

胖胖龙嘟囔说："形成习惯了，就老带'杀'字，难道见了爸爸，也叫杀爸爸，见了老师叫杀老师不成？"

巴夏说："你说的正是。逢年过节，你七哥给人家去拜年，也对人家说'杀你们全家新年好'，有一次都叫托塔李天王给踢出来了。"

胖胖龙说："我这位哥哥倒是耿直。"

他望着牙自，问："七哥，你的衣服怎么这样破烂？"

"杀！"牙自瞪着眼珠，原来他不会眨眼睛，"十弟，说来话长，只因为我性情急躁，喜欢玩刀子，玉帝特命我驻守刀柄。天下所有的宝剑柄都是我的住处，哪儿一动刀动枪，我就赶去杀个痛快，这样过得很是逍遥自在。一天，我闲得无聊，口里'杀、杀、杀'地来到南天门，看见四大金刚，还没来得及躲开，便被他们用降魔杵打得我灵魂出壳儿，并把我打入北海冰川下面关押起来。直到昨天，玉帝才下了圣旨，赐给了我一道金牌，让我到天宫龙部报到，不想在半路上正碰见了钩钩蛇与你们为难，我便化作长剑……"

胖胖龙说："钩钩蛇把洪崖先生的小白毛驴拖下水了。"

洪崖说："请牙自务必把我的雪精救出来。"

牙自说："杀杀！这钩钩蛇该斩该杀。只是他躲进被污染的江水里，还会喷吐浊气，现在又不知藏在何处，找他要浪费很多时间。而我到天宫龙部报到是不能延误时间的。"

胖胖龙自告奋勇:"哥哥,我可以替你去天宫龙部报到。"

牙自说:"杀!十弟,我这报到是重新分配工作。你可知道,听说这天上分配工作,也吸收了人间的一些做法。比如说,招聘要搞双向选择,他们愿意招,我还得自己愿意干才行。那么多工作,你知道挑哪种?"

胖胖龙很有把握:"这个你放心,哪个工作'热门',我给你报哪个工作,无非是挣钱多、地位高的工作。"

牙自连忙摇头:"杀!不不!我只要一条,找个能让我'杀、杀、杀'的单位。"

胖胖龙笑着说:"我记住就是了。哥哥,你看来真是本性难移呀!"

胖胖龙把脸一抹,变成了牙自的模样,又从牙自手里接过金牌,一个跟斗云向高空中翻去。

胖胖龙拿着金牌,顺利地进了南天门,来到天宫龙部。

天宫龙部是一座巨大的龙形宫殿,宫门有十余丈高。胖胖龙飘进宫殿,只见殿内祥云缭绕。八条金龙分别坐在宝座之上,威风凛凛,令人肃然起敬。

"下面来的小龙可是牙自?"一条金龙厉声问道。

胖胖龙答应一声,上前跪下,递上金牌。

第二条金龙望着他说:"你的案子我们重新复查过了,当初仅凭一句'杀、杀、杀'的话,你还没有采取任何行动,便把你打入北海冰川之下。"

胖胖龙连忙插嘴:"那只不过是七哥……不,是我的一句口头禅,也并没想杀谁。"

第二条金龙说:"那更是冤案了。你蒙受委屈,遭了不少罪,现在给你平反了,自然应该好好照顾你。"

第三条金龙打开一个烫金的紫绒本子说:"我来查查,哪个部门缺人,你好去那里任职。"他边看边念,"车部、房部、服装部、花部……"

胖胖龙耸耳听着,忍不住问:"有没有'吃'部?"

第三条金龙一愣:"什么部?"

"吃部，就是吃山珍海味西餐大菜的吃部。"

金龙连忙摇头："没有没有！我这儿哪来的吃部？就是真有，恐怕你也不能去，专业不对口，我记得你是属刀部的。"

胖胖龙这才想起自己是冒充哥哥来求职的。他慌忙说："不错！不错！我是属刀部的，生性好杀。"为了装得逼真，他还直眉瞪眼，朝上面猛喊，"杀！杀！杀！"声音大极了，听得八条金龙直眨巴眼睛，一齐嘀嘀咕咕："这家伙性子还没改，还是派他去刀部吧！"

胖胖龙说："对极了，我就愿意住在刀柄上。"

第一条金龙开口说："牙自，你到那破山剑上去任职怎样？"

胖胖龙问："这破山剑又是干什么用的？"

第一条金龙说："这破山剑也有两把，一雌一雄。那雄剑不知何时早已落到人间，被一个秀才掘地时发现了，拿到市上去卖，一个碧眼高鼻的外国人出一千块钱买，秀才不卖，洋人出到十万，秀才仍然不卖，洋人便追到他家，增加到一百万，约好第二天来取。这天夜里，风清月朗，秀才与妻子在月下一齐欣赏宝剑，院中有块大青石，秀才无意中用剑尖一指青石，只听哐啷一声巨响，一道剑光把大青石劈成两半。第二天，那洋人推来一车钱币，一看这宝剑，连连摇头叹息说：'这宝剑的剑光已用完了。这是破山剑，只可用一次，我原来想买去破宝山的，现在已经被你毁了。'"

胖胖龙听了眨着眼问："这么说，破山剑只能用一次？"

第一条金龙说："不错，是一次性使用，并且现在也只剩一把雌剑。不过，你到人间只要找准了一座大宝山，用雌破山剑取了里面的珍宝，即使提前退职，你也可终生受用了。"

胖胖龙使劲摆脑袋："不干！不干！一次性的买卖我不干。"

第二条金龙皱皱眉头："这小家伙好难对付。莫非你心里早打了主意，想用我们的镇部之宝越王八剑？"

胖胖龙眼珠一亮："越王八剑是干什么用的？"

第二条金龙说："这越王八剑可不比平常之剑。共有八把。第一把叫掩(yǎn)日，一指太阳，则光线尽暗；第二把叫做断水，用它划水，水即分离；第三把叫转魂，一指月亮，月亮倒转；第四把叫悬剪，空中飞鸟一过，即被斩断；第五把叫惊鲵，到海里能指挥鲸；第六把叫灭魂，拿着它夜行，鬼魅逃避；第七把叫却邪，妖怪见了它低头；第八把叫真钢，切金断玉，如削土木。"

"不要！不要！一把也不要！"胖胖龙头摇得像拨浪鼓。

八条金龙全听愣了，他们还根本没说给他呢，他却先说不要了。天哪！他到底想要什么呀？金龙们你看我，我看你，大眼儿瞪小眼儿，一个个张嘴结舌，半晌说不出话来。心里都在想：这小子大概是疯啦！平时来龙部求职的龙们都是老老实实，叫干什么就干什么，像这样调皮捣蛋的，还从来没见过。这小子野心太大了，有心把他赶出去，可他拿的是玉帝的金牌，是名正言顺而来，对他又动不得武。

金龙们气得脸都变了色，说话结结巴巴："难……难道……你还想要玉皇大帝的倚天剑不成？"

难怪金龙们吃惊，这倚天剑可是巨大无比。有一句诗曰"背靠青天抽宝剑"，说的就是这倚天剑。此剑一挥，可以把天截成两半。连玉皇大帝本人都没使过。

胖胖龙看着金龙们狼狈的样子，觉得十分好笑，他大大咧咧地说："我才不要什么倚天剑呢，那样沉重的剑百年还动不了一次，怎么过得了'杀'的瘾？我七哥再三嘱咐过我，只要那能'杀、杀、杀'的剑。"胖胖龙使劲说着，不留神说漏了嘴，幸而金龙们全没听清。

"杀杀杀！现在又不是打仗，哪儿来老杀的刀呢？"金龙们为了难，个个愁眉苦脸。

想了许久，第一条金龙才吞吞吐吐地说："有一处的刀倒是整天杀个不停，而又不犯法，但不知你可愿意去？"

胖胖龙忙支棱起耳朵："什么地方？"

第一条金龙犹犹豫豫地说："只有到那天宫屠宰场去当那宰牛宰猪的刀柄，才能整日地杀杀杀，只是……"

他的话还没说完，胖胖龙已抢着叫："我去！我去！"

金龙们都笑了。他们万没想到，这是一条傻龙。这么个没人干的破工作，就把他轻而易举地打发了。他们怕胖胖龙再反悔，急急忙忙在聘书上画圈的画圈、盖章的盖章，过去几天也办不成的事，现在几秒钟就办完了。

胖胖龙欢欢喜喜地拿着聘书，出了龙部宫殿。驾着云走出不远，迎面碰上牙自他们驾云走来。

胖胖龙问："小白毛驴救回来了？"

洪崖笑吟吟地一举手中的紫金葫芦："在这里呢，那钩钩蛇也被你哥哥斩成十余段了。"

巴夏问胖胖龙："十弟，你给你七哥要了什么工作？"

胖胖龙得意洋洋地把聘书一举："天宫屠宰场。"

巴夏大惊："天哪！十弟，你怎么要了这么个下等的工作，那岂是咱们真龙干的？"

胖胖龙有些慌张："我记得哥哥只要杀杀杀！"

牙自点点头说："十弟说得不错，看来你最懂我的心思。我给你们看一个我最喜欢的东西，你们就会明白了。"

牙自小心地从衣袋里取出一只盒子，恭恭敬敬地说："庖丁友，请出来吧！"

盒子里冒出一股青烟。青烟散后，只见云彩中站着一个穿短衣短裤的年轻汉子，身后有一条青牛。

胖胖龙好奇地问："这个人是谁？"

洪崖也说："这是哪路神仙，我怎么没见过？"

牙自说："别出声，仔细看。"

穿短衫的汉子手握一把宰牛刀，走到青牛跟前，用手摸摸牛，用肩靠靠牛，用脚蹬蹬，他的动作轻盈得像舞蹈，宰牛刀在他手中好像银线一样地划动，刀刃发出美妙而有节奏的响声。胖胖龙还没明白是怎么回事，那头青牛已被解体了，骨头和肉分成两堆。

胖胖龙他们都惊呆了，他们从来没看过这么高超的宰牛技术。

胖胖龙问短布衫的庖丁："你是怎么练就了这么一手本领的？"

庖丁说："我开始宰牛时，看见的是整个牛的身体。三年之后，我就用不着看整只牛了。到现在，我不是用眼睛看，而是用心灵感应去宰牛，我闭上眼睛也能看到牛身上处处是缝隙，让薄刀片顺着缝隙自然游动。宰牛对我来说是轻而易举，而这把刀始终如新。"

庖丁说完，彬彬有礼地鞠了个躬，微笑着同牛体一起化成烟雾，重新钻入盒内。

牙自小心地把盒子放入怀中，感慨地说："过去我以为自己好杀，杀的本领很高。这次被关进北海冰川，我才明白，连'什么该杀、什么不该杀'的道理我都不甚清楚，倒不如去干那宰牛杀猪的勾当，既可以放心大胆地去玩刀子，快活快活，又犯不了错误。况且这宰牛的技术也是无止境的，足够我边杀边学。"

牙自这么一说，巴夏也就不吭声了。

兄弟们又说了一会儿话，然后各奔东西。牙自去天宫屠宰场上任，临走前告诉胖胖龙："你八哥就在云彩下面那座庙里，住在香炉上，名叫金猊(ní)，他长得像狮子，特别喜欢香火。"

胖胖龙说："我记住了，他叫金泥。"胖胖龙是个白字先生，他又给哥哥改名了。

胖胖龙上天入地记

香炉上的"公关小姐"

胖胖龙落下云头，果然见下面有一座庙宇。红墙，黄琉璃瓦，院中翠柏森森，十分幽静。

胖胖龙骑在墙头上，探头探脑地向庙里张望。这庙共有三重院，每个院子里都有一座大殿。殿前都有一只青铜香炉。前院香炉上雕刻的铜狮子头忽然扭动了一下，伸长脖子向香炉里张望。

胖胖龙猜想，这大概是他八哥。他急忙骑在墙头上叫："金泥哥，我是你十弟胖胖龙，特意来看你了。"

那狮子头晃了一下脑袋，眨眨眼睛说："是十弟呀！我早已听说过你。咱们龙王爸爸怎么样？"

胖胖龙信口答道："他很好，就是有些惦念你们，特意叫我来看看。你可有什么好吃的鱼肉、好喝的甜酒，等我回去时给爸爸带去。"

金泥皱起眉头，奇怪地问："爸爸难道忘了？我早已斋戒，不吃五谷杂粮及肉类，只喜欢闻香火。"

胖胖龙这才记起，这位哥哥喜欢香火才住在香炉上。但胖胖龙脑子转得很快，尤其是在吃的方面。他眼珠一转，笑嘻嘻地说："爸爸怎么能不记得呢？他老人家是说，人家烧香的、磕头的，总不会空手来，总要带些贡品来。像什么香馍馍、细点心、卤煮猪头、熏鸡熏鸭之类，你是不吃，兴许那庙里的菩萨胃口也不好，吃不了许多，总有剩下的，让你装在一个大点的口袋里，我好给爸爸背去。"

金泥恍然大悟："噢！是这么回事，难得你有这份孝心。我们这里香火极盛，好吃的东西确实攒了不少，我先带你去看看。"

金泥说着，一晃头，变成一条狮子头小龙，飘离香炉，带着胖胖龙绕过大殿，走到殿后的大松树下面，用手一指，大松树顶上浮现出一座高房子。

金泥说："这就是我们的仓库。"他带着胖胖龙飘进高房子，只见里面堆满了香喷喷的点心，及各种肉类贡品，还有不少大鲜桃鲜果，香气扑鼻，馋得胖胖龙顿时流出了口水。他眼珠一转说："八哥，爸爸临来时还嘱咐我，遇见什么好吃的东西，叫他先尝一尝，觉得味道好，再叫我带。"

金泥皱起眉头："可是咱们爸爸远在千里之外，他怎么能伸出这么长的舌头？"

胖胖龙笑道："哥哥，这你就不明白了，咱们爸爸虽然到不了这里，他却有一种神奇的本事，叫做'借舌之法'，借用我的舌头和嘴来品尝。"

金泥将信将疑："爸爸还有这样的本事？"

胖胖龙煞有介事："当然，当然。俗话说，十指连心，本来爸爸的心和咱们就是相通的。况且，最近他又采用了人间的无线电遥控装置，安在我的舌根下边。我把东西吃到嘴里，那香味立刻传到爸爸那里去。"胖胖龙说着，舌头使劲一阵乱抖，大叫着说："不好了，不好了，爸爸把电波发过来了，快上菜！快上菜！"

金泥急忙把细点心送到胖胖龙嘴边，接着是熏肉、鲜桃……

胖胖龙美美地吃着，一边笑眯眯地说："哥哥，你们这里烧香进贡的人一定很多吧？"

金泥点点头："是的，是的，我们这里香火盛。"

胖胖龙羡慕地说："看样子，庙里的日子也挺好过。"

金泥连连摇头："不都是这样，有的庙宇破破烂烂，没有多少烧香的，甚至还有庙宇倒塌的。"

胖胖龙问："这是为什么?"

金泥笑道："这很简单,就看你这庙里的神会不会经营。"

胖胖龙说："这么说,你们的经济效益还是不错的了?"

金泥说："这是自然,就拿我这在香炉上值勤的来说吧。开始干得不好,但慢慢也练出来了。"

正在这时,庙里响起了悠扬的钟声。金泥看看窗外的天色,忙说:"烧香的人来了,我也该上班了。十弟,你先在这里休息吧。"

胖胖龙这会儿肚皮已吃得饱饱的。他脑瓜一热,一把拉住金泥说:"哥哥,我替你去值勤。"胖胖龙也想到香炉上去玩玩,看看热闹。

"你?"金泥有些吃惊。

"对!我。"胖胖龙神气地说,"昨天,我替七哥去天龙部找工作,就干得很漂亮。"

金泥还有些迟疑:"十弟,我这工作可不同于一般。在这里,烧香的头一个打交道的就是我。我就相当于那搞公共关系的。只有把关系搞好了,才能留住香客。"

胖胖龙大大咧咧地说:"我知道,我知道,这叫公关小姐。哥哥,你放心好了。再说,爸爸也让我出来锻炼锻炼。"

金泥想了想说:"那也好,你要干好了,后面还有几个香炉,我向菩萨申请,给你补个缺儿,你也算有了一份工作。"

金泥从口袋里取出一面小镜子说:"这叫阴阳镜,能从里面看见人们的过去和将来。若有烧香的,你先用镜子将他一照,调查清楚他是什么人,然后再见机行事。"

胖胖龙接过阴阳镜,将脸一抹,叫声"变",变成金泥的狮子头模样说:"我去了,你尽管放心地陪菩萨聊大天儿去吧。"

胖胖龙飞出小房子,扭头一看,松树顶上的房子已经隐去了。

前面庙门打开,已经有人捧着香烛、提着鲜果进来。胖胖龙急忙落到最前面的香炉上,来个隐身,只露出个铜狮子头,正儿八经地等着。

只见四个轿夫抬着一顶又矮又宽的轿子，放在香炉前一丈远的地方。轿夫不掀轿帘，而是把轿子四面打开。原来里面坐着一个很胖很胖的老头，身体比汽油桶还粗，怪不得要拆轿子，他胖得出不来。

这胖老头眉毛胡子全白了。他喘着气一挥手，马上有人抬来一担香火，还有许多好吃的点心，胖胖龙看得眼珠都圆了。

胖老头在两个人的搀扶下，费劲地点了一炷香，插进香炉，香烟袅袅冒了出来。

"求菩萨保佑我健康长寿，至少再活五十年。"胖老头恭恭敬敬地说。

胖胖龙在袅袅的香烟雾中，悄悄拿出阴阳镜对老头一照，镜子里清晰地现出胖老头的健康状况。啊！这老头病可不少：胆固醇高，冠心病，脂肪肝，脑血管半堵塞……而且情景越来越不好。胖胖龙看着，忍不住大叫："哇！你的病可真不少。不要说活五十年，恐怕连五年都活不过去。瞧瞧！瞧瞧！"胖胖龙十分认真地用阴阳镜为胖老头检查，口中滔滔不绝："三天之后，你就会心绞痛，五天后会得脑血栓，口歪眼斜，谁让你老吃不运动……"

胖胖龙的话还没说完，胖老头已气歪了鼻子。他气鼓鼓地把插好的香一拔，对旁边跟来的人说："把东西全抬走，一点儿渣儿不许剩下，咱们到别的庙里烧香去。"

胖胖龙眼睁睁地望着他们把东西抬出了庙门。他还有点不明白，他说的可全是实话呀！

胖胖龙正愣愣地发着呆，一个背书包的中学生进到庙里，十分虔诚地把一炷香插到香炉上，一边闭着眼鞠躬，一边口中悄悄念道："求菩萨保佑，派个神灵代替我的脑瓜去考数学，考个高分，让我考上重点中学。"

胖胖龙一听，咧嘴笑了，他连阴阳镜都不拿，便指着中学生的鼻子尖说："你这小孩真是糊涂，这考试作弊可是错事，不要说神仙不能去，就是真去了，他也只懂得四书五经之类，从未见过那 X 加 Y，考得也许还不如你呢。我看，你有这烧香拜佛的工夫，不如回去老老实实地做几道题……"

"呸！"那中学生气恼地唾了香炉一口，唾沫正落在胖胖龙鼻尖上，又骂了一句难听的话扭身走了。

中学生刚出去，又进来一个穿白西服的人，这个人不是走进来的，而是踩着一朵云飘进来的，显然不是个凡人。胖胖龙没等他走到跟前，便拿着阴阳镜对准了他。

镜子里出现了一只白鹿，十分漂亮，却只有三条腿。原来那穿白西服的不是人，而是一只鹿。白鹿飘到香炉前，手举灵芝草，放到香炉前，垂下头说："这是从百丈悬崖上采来的灵芝，我用来代香献佛，请神灵保佑。"

胖胖龙心里说："这礼物可不轻啊！前面两个烧香的都被我气走了，这个一定要认真对待才是。"

于是胖胖龙捏着嗓子细声细气地问："你要神保佑什么，尽管说出来好了。"

白鹿说："我只有三条腿，听说昆仑山顶有棵还魂树，结有还魂果，吃一颗，即可再生一足，求神保佑我顺利得到这颗还魂果。"

胖胖龙说："我用阴阳镜替你看看，结果如何。"

胖胖龙把手中的阴阳镜摇了一摇。镜里晃出了过去的情景。一位龙婆骑着白鹿遨游于山野间。白鹿趁龙婆进山洞休息时，偷偷溜下山去啃食庄稼。白鹿食量极大，一啃便是十几亩，而且连啃带糟蹋。农神发怒，斩断了白鹿的一条腿，它成了三足鹿。

胖胖龙看着，自言自语："你是因为偷吃庄稼才丢了一条腿的呀！"

白鹿脸刷地红了。

胖胖龙又说："我再来看看你以后的情景。"他将阴阳镜对着白鹿摇了两摇，阴阳镜里又出现了新的画面……

胖胖龙惊叫一声："哇！你吃了还魂果也没有用，因为你又去偷吃庄稼，还得被砍掉一条腿，你只剩两条腿了。"

白鹿听了大怒，一下子现出原形，扬起蹄子掀倒了香炉。

胖胖龙没有防备，一下子跌了个嘴啃泥。等他醒悟过来，三足鹿早已叼起灵芝，一阵烟似的跑出庙去。

香炉倒地发出响声惊动了后院的金泥，他急忙腾云飘了过来。看到这情景，忙扶起香炉，吃惊地问："十弟，你怎么弄得这样狼狈？"

胖胖龙嘟嘟囔囔讲了刚才的情景。

金泥听了连连摇头："不行！不行！像你这样做法，把烧香的都气跑了，我们就得喝西北风去。"

胖胖龙反问："我说的都是阴阳镜里照出来的，难道还要骗他们不成？"

金泥说："这倒不必。刚才我忘记告诉你五字真经了，你只要按照五字经去做即可。"

胖胖龙眨着眼睛问："什么五字经？"

"这五字经就是'报喜不报忧'，你看那边不是又来了个烧香的吗，我先演示给你看。"金泥朝庙门一指，随即缩小身体落到香炉上。

进庙的是一个穿牛仔裤、蝙蝠衫的小伙子，戴着一副大墨镜，晃晃悠悠地走过来。

胖胖龙用阴阳镜一照，发现小伙子除去左右两只手外，衣服下摆中，还隐隐约约晃动着一只手的影子。哟！三只手，是个小偷。

这个小偷走到香炉跟前，贼眉鼠眼地东张西望了一阵。看看四下没人，第三只手从衣襟下伸出来，拿着五六个钱包嗖嗖嗖全扔到香炉下面。

胖胖龙吓了一跳，忙用耳语提醒哥哥："这小偷到这儿藏赃物来了，这可不能要，不然咱们就会犯窝赃的罪了。"

金泥点点头说："这个我懂，法律常识我还多多少少学过一点儿。"说着，金泥使个法术，那几个扔到香炉下面的钱包，又像长了翅膀一样嗖嗖嗖飞回去，落到小偷怀里。

小偷吓了一跳，动着嘴巴，低声嘀嘀咕咕："嘿嘿！这神还挺灵，常听说到这庙里烧香十分管用，今儿个我也来试试。"

小偷颠儿颠儿地向旁边的香房跑去，不一会儿，便买来一大捆香，他把香点着了，扎进香炉里，然后趴在地上朝香磕了几个响头，笑嘻嘻地说："恳求大慈大悲的神灵，保佑我工作顺利，行动万次无事故，明天开市大吉。"

"得！"胖胖龙心里说，"这回可给哥哥出难题了，看他怎么对付。"

金泥挤挤鼻子，哼哼唧唧地答道："你且稍等片刻，我用阴阳镜看看你的命运如何。"

金泥从胖胖龙手中接过阴阳镜，连摇两摇，镜子里像过电影一样闪过几幅画面：这个小偷在繁华的大商场里偷东西，偷了满满一提包；一副锃亮的手铐哗地套住了他的两手；小偷被关在铁栏杆的监狱里……

金泥望着阴阳镜直咂嘴，低声嘀咕："哎呀，没一点喜事，而这镜子里演示的画面必须如实告诉小偷，否则神镜就会失灵。"

胖胖龙一听，忙做出要飞离香炉的姿态，一边有点幸灾乐祸地说："留神那小偷推倒香炉。"

"怎么？"金泥还有点不明白。

胖胖龙振振有词地说："你告诉小偷他被抓被关的事，他能不恼？也许推倒香炉还是轻的呢！"

金泥扑哧一声笑了，卖弄地说："十弟，这回叫你见识见识哥哥的'嘴上功夫'。"

金泥咳嗽一声，故意拿腔拿调地说："那烧香的听着。"

小偷忙竖起耳朵，耸耸肩膀，身体一晃三弯地说："是嘞，神仙大爷，我听着呢。"

金泥说："明天，你就能开市大吉，而且有进无出，白得一提包贵重物品。"

小偷一听，乐得连连点头："您说得对极了，我这工作从来是有进无出。"

金泥又说："你不光能得钱财，还能一下子得两块亮晶晶的手表。"

"哟！谢谢您了。"小偷乐得眯缝了眼了，"那您最好让我得雷达牌手表，一块表就值一万多块呢！"

胖胖龙心里说："哥哥嘴真巧，他把手铐说成手表来哄这蠢家伙。"

金泥又说："我看你这工作，无固定地点，无固定上下班时间，连住处都得东换西换，老不得安宁。"

小偷连连点头："可不是，您说得太对了！神仙大爷，您可有什么巧妙

099

的办法让我安稳些?"

金泥说:"有,有。从明天起,你便可以有最固定最保险的住处,再不必担惊受怕,东躲西藏了。"

"哎哟! 这太好了。"小偷乐得直蹦高,他还一点儿不知道这安全的去处就是监狱呢,他欢喜得连连作揖,"神仙大爷,我再买几炷高香给您点上。"小偷乐颠颠地蹦出了庙门。

胖胖龙望着他的背影说:"明天,你就该连哭都哭不出来了。"

金泥得意地拍着胖胖龙的肩膀问:"十弟,你看我这报喜不报忧的手段怎样?"

胖胖龙说:"对付小偷还行,对付好人就……"

金泥打断他的话头说:"对付好人更灵呢!"

胖胖龙用眼珠翻着哥哥:"我是说用这五字经对付好人就不应该了。"

金泥一听,顿时红了脸,不好意思地说:"这报喜不报忧不是我独创的,在人间都挺普及呢。"

胖胖龙心直口快:"普及也罢,独创也罢,反正这油嘴滑舌我是不愿干的。哥哥,我劝你也别这样。"

金泥听了再不吭声。

兄弟俩谈得不甚投机,胖胖龙不想久留了,他对金泥说:"哥哥,请你多保重,我该去看望九哥了,你可知道他住在哪里?"

金泥说:"你九哥叫椒图,是我们兄弟中长相最丑的一个。他的形状像螺蚌,性格孤僻,也和螺蚌一样老是关闭着,所以他干的是守门的工作。你到紧锁大门的地方找他就是。"

胖胖龙上天入地记

天门、地门、龙门

胖胖龙辞别了八哥金泥。他立在云头上想:"八哥叫我到有门的地方去找九哥。这天下的门多得数不胜数,像这样瞎猫碰死耗子地去乱撞,就是找到老也找不完。我想九哥再丑也属于龙族,总不会守一般的门。我应该去找那些伟大的门、奇特的门。"

胖胖龙皱起眉头,掰着手指头,开始清点起天下伟大、奇特的门来。这第一大门,当属天宫之门,自然要先到那里去。

胖胖龙说干就干,一个跟斗翻向天宫。远远望见云彩中巍峨的南天门,胖胖龙哆嗦了一下,他赶快扭头又往回翻跟斗。胖胖龙想起了自己过去在九重半天上惹的祸,那捅破天的事要是被玉帝追究起来,可不得了。

胖胖龙决定先不上天宫。他又掰着指头分析,除去天宫之门,这第二大门,自然要属地狱之门。于是胖胖龙又一个跟斗朝下,卖弄神通,分开土层,钻进土里,直奔十八层地狱。

胖胖龙在土里钻了一里多深,忽然又觉得有些不对。这十八层地狱可不是随便去的。倘若阎王爷见了胖胖龙一高兴,把他留下来,他不就成了鬼龙了吗?成了鬼可就见不得爹妈了。

"不好!不好!"胖胖龙又连忙摇头,赶快扭转方向往上钻。

101

这回胖胖龙使的劲头太大，居然翻了一连串的跟斗，腾上天空，又向东翻去。等他刹住脚步，已不知翻到哪里。只见下面一条黄色大河，波涛滚滚向东流去。而河水中有许多鲤鱼正拼命顶风破浪，逆水西行。

胖胖龙低头看了一会儿，忍不住自言自语："这些鲤鱼真是奇怪，为什么不顺水乘风、自由自在地游，反而逆水受风吹浪打的罪呢？我先下去看看。"

胖胖龙多了个心眼儿，他怕自己的真身吓跑了那些鲤鱼，忙念动咒语，摇身一变，变成一条肥肥胖胖的鲤鱼，从高空落下，连翻几个跟斗，一头扎入水中，混入鲤鱼群中，同他们一起逆着水游。

"喂！你们这是去哪儿？"胖胖龙问旁边的鲤鱼。

鲤鱼们翻了他一眼，又都扭过脸去，默不作声地继续往前游。

胖胖龙以为他们没听见，又把嗓门提高了八度："你们这是干什么去呀？"

鲤鱼们一边不停地往前蹿，一面轻蔑地用眼角瞥他，看得胖胖龙好不自在。

他嘟嘟囔囔："这是怎么了？问这个有什么过错？干吗那样用眼翻我？"

胖胖龙身后的一条老鲤鱼奋力摆动了几下尾巴，赶上前来，盯着胖胖龙问："你真不知道咱们去干什么？"

胖胖龙连忙点头："当然，当然。"

"可是只要是鲤鱼都应该明白呀！"老鲤鱼怀疑地瞅着他。

"我，我……我是条呆傻鲤鱼，"胖胖龙支支吾吾，"我小时候常抽羊角风，我妈妈一直管我叫大傻，前几天才治好了这病。"说着，他故意歪歪嘴，做出一副傻样。

"噢，原来是这样。"老鲤鱼恍然大悟，"告诉你，大家准备去跳龙门。每条鲤鱼一出世，爸爸妈妈就会向他们灌输龙门的事，跳过了龙门就可以变成龙，哪个爹妈不望子成龙呢?！就连像你这样的傻鱼，你妈妈嘴上虽然没和你讲过，只怕心里也盼着你成龙呢！"

胖胖龙笑说："老爹说得不错，我虽傻，当不成健全的龙，但爸爸也希望我成为一条傻龙，妈妈希望我成为抽羊角风的龙呢！"

老鲤鱼的脸有些微红："不要叫我老爹，我也是去跳龙门的。"

胖胖龙吃惊地问："您这一大把年纪了，怎么不趁年轻时早点跳？"

老鲤鱼讪讪地说："早就开始跳了，一直没跳过去。"

胖胖龙怕老鲤鱼不好意思，忙说："我明白了，这就像人间的考大学，每次总有一部分人考不上，但总还是考。"

老鲤鱼厉声说："那考大学怎比得过这跳龙门，考大学至少四五个中录取一个。我们这跳龙门，大家从江河湖海、四面八方拥到这黄河来，争相跳跃龙门，恐怕千条万条中还跳不过一条呢。"

老鲤鱼几次提到龙门，胖胖龙心里不由得一动，他注意地问："这龙门可有守门的？"

老鲤鱼大叫："那小学的期中考试还有两个监考的老师呢，何况这龙门。"

胖胖龙一听乐了："说不定我哥哥就在那里守门呢。"

"啊！你哥哥守龙门？"旁边游动的鲤鱼一下子全围过来，跟胖胖龙套近乎。

"你哥哥已跳上龙门去了？"一条鲤鱼问。

"当然。"胖胖龙煞有介事地说，"我要是不傻的话也早上去了，他们说，你先在下面傻两年吧。"

"兄弟，"一条大鲤鱼亲热地蹭了胖胖龙一下说，"这回我带来了两颗从海蚌里衔来的珍珠，请帮我送给你哥哥吧。"

"我这有一截珊瑚。"另一条鲤鱼说。

"唉唉，真是风气不正，连跳龙门也走开后门了。"老鲤鱼连连叹气。

正说着，鱼群突然大乱，一团黑水从旁边涌了过来，鲤鱼们扑着浪花，争相奔逃，那团黑水越来越近。

胖胖龙看见，黑水中有一条怪鱼，样子十分奇怪，身体前面形状像鲤鱼，后面却是鸟的尾巴，肚子下还伸出六条腿来。怪鱼的六腿像桨一样急速划动，飞速向鱼群追来。

老鲤鱼动作迟缓，跑得慢，一下子被那团黑水裹住。但老鲤鱼并不惊慌，不慌不忙地叫："阁下找错人了，我已经五十次没跳过龙门了。"怪鱼听了便松开老鲤鱼。

胖胖龙好奇地游上前去，想看看是怎么回事，却被怪鱼迎头用六腿抱住，微笑着说："别怕，别怕，我有好事找你。"说着从嘴里喷出一团黑气，把胖胖龙喷得晕了过去。

胖胖龙睁开眼睛，发现自己在一个深潭里。四周水草葱茏，景色优美，怪鱼正卧在一块漂亮的玉石上，玉石后面的壁上有一座漂亮的宫门。

怪鱼望着胖胖龙说："鲤鱼兄，你不要怕，我不是妖怪，也是鱼类，叫鲐（gé）鲐鱼，今特有一事相求。"

胖胖龙问："什么事？"

鲐鲐鱼说："这龙门，所有的鱼都想跳。不瞒你说，我也跳过几次，只是龙门太高，我跳的本领又差，根本跳不过去。我看你身强体壮，想让你替我跳。"

"代替你跳？"胖胖龙疑惑地瞪起眼睛，"这怎么能成？天下哪有这样的事？"

鲐鲐鱼笑了："兄弟，你真是少见多怪。那陆地上便有代考中专、代考大学，就连出国考托福也少不了顶替的事。我不会让你白干的，事成之后，我将这玉石后面的水下仙宫让给你，里面各种美味应有尽有，居住面积五千平方米不止。"

胖胖龙歪着头问："我要是不干呢？"

鲐鲐鱼阴险地笑笑说："恐怕是不可能的了。刚才你昏迷之际，我已经往你肚里放了一粒'鲐鲐珠'，只要一念咒语，你就会肚疼不止。"

胖胖龙想："这鲐鲐鱼可够坏的，我先假意答应他，然后再见机行事。"

于是他装出很害怕的样子说："千万别念咒语，我代跳就是。"

鲐鲐鱼口中不知念了些什么，身体一下子缩得小小的，像跳蚤一样蹦到胖胖龙背上，紧紧抓住他叫："走啊！出了这深潭，就是黄河河道。"

胖胖龙无计可施，只好老老实实地向河口游去。

胖胖龙上天入地记

雷锤和三昧真火

胖胖龙混在大群的鲤鱼中，逆着滔滔的黄河水往上游。河水越来越急，浪涛越来越大。一些体弱的鲤鱼顶不住了，顺着流水漂走了。但更多的鲤鱼奋力搏击着风浪，自然而然地汇集到一起，组成一条大鱼形，一起在大浪中穿梭前进。

看到这种情景，胖胖龙心里赞叹："还是集体的力量大呀！"

他们一起艰难地转过了几道湾，河面陡然变得狭窄。只见前面两岸山崖如刀削斧砍，河水中间突起一面笔直的百丈大悬崖，滔滔河水从上面直泻下来，形成一个惊涛震天的白色大瀑布。真是黄河之水天上来呀！

"龙门！龙门！"鲤鱼们都兴奋地叫着，奋力朝前游。

然而浪涛太猛，一群鲤鱼游上去，被巨浪打回来；又一群鲤鱼拥上去，又被巨浪打回来。

偶尔有两三条大鲤鱼穿过波浪，冲到瀑布脚下，顺着瀑布往上蹿，冲上去不到一丈，便被从天而落的大水砸下来，砸得白色鳞片乱飞，落到瀑布底下不见了。

胖胖龙抬脸仰望那高如天际的水流，心里感叹说："这样险要的龙门，不要说万条鱼里跳不过一条，就是万万条也上不去啊！"

看那些不怕死的鲤鱼们仍然前仆后继，不停地往上冲，胖胖龙心里十分感动。他想起了刚才鲤鱼们组成的大鱼形，心里一热，大声喊："单个儿冲谁也上不去，靠集体的力量试试。"

鲤鱼们似乎听懂了胖胖龙的话，一起向他身边靠拢来。成千上万条鲤鱼簇拥在一起，一齐往前游。

一个滔天大浪砸下来，一群鲤鱼被砸散了，立刻有新的鲤鱼群补上来，整个河面都布满了"鱼流"，几乎看不见水了。

一步，两步，"鱼流"缓缓向前移动。在庞大无比的鱼形面前，浪涛显得弱小了，鲤鱼群终于游到了瀑布下面。"搭成鱼梯，一排顶住一排往上冲!"胖胖龙如同兵团司令，大声指挥。

鲤鱼们立刻一排顶住一排，向着白色的大瀑布往上顶。一丈，两丈……越来越高，三十丈……九十九丈，他们竖起的鱼队眼看就要接近瀑布顶了。胖胖龙一阵喜悦，他为这些凡鱼即将取得胜利高兴得心里发抖。他几乎忘记了背上的鲐鲐鱼。

"快! 快! 超过他们。"鲐鲐鱼使劲敲他的背。

"要按照次序，否则队形就乱了。"胖胖龙告诉鲐鲐鱼。

"你这个笨家伙，真是傻透了!"鲐鲐鱼愤怒地咒骂，在他背上狂跳。

但胖胖龙始终待在自己的位置上。他明白这队形绝不能乱。

怎么了，怎么最前面突然不动了? 胖胖龙十分奇怪，他睁大眼睛使劲朝前望去。他吃惊地张大了嘴。

在距离龙门顶上还有一丈远的地方，最前面的几条鲤鱼互相挤着、拉着，都拼命往上蹿，他们嘴里疯狂地叫喊："我先上!"

"不! 我先上!"

"要上一块上，不然谁都别上!"

最上面的一条鲤鱼用尾巴拼命踹下面的，下面的鲤鱼用嘴巴咬住他的尾巴，而第三条鲤鱼趁机踩住了第二条鲤鱼的肩膀，第四条则在旁边用尾巴给他们使绊。

胖胖龙惊呆了。天哪! 这些鲤鱼怎么都这样自私呢?

胖胖龙焦急地大叫："不要互相拆台，能上去一条也是好的。这样谁也上不去。"

可是没有一条鲤鱼听他的，彼此之间反而厮打得更厉害，而且一点点扩大，从上边一直打到下边，队形开始乱了。

"不要这样，大家要靠紧！"胖胖龙叫。

"去你的吧！"骑在胖胖龙身上的鲐鲐鱼狂怒地用尾巴砸他的脑袋，嘴里骂着极难听的话，"笨蛋！跟着你算是倒霉了，见你的鬼去吧！"鲐鲐鱼诅咒着，用腿一弹，跳到另一条鲤鱼背上，这条鱼正拼命地踩着别人的背往上蹿。

整个鱼群混战成一团，越打越乱，终于被打散了。头顶的巨浪，铺天盖地地向他们压来，鲤鱼们惊叫着，雪片一样落下去，沉入了深深的瀑布底。

胖胖龙在一片惊叫声中，忙现了原身，变成一条胖胖龙，一个跟斗从水里翻向空中。在半空中，他听到有个声音在叫喊："十弟，你怎么到了这里？"

胖胖龙抬头一看，高高的龙门顶上，飘出了一朵云彩，云彩上有个半张着的螺蚌壳。壳里站着个怪模怪样的家伙，鼻子和嘴唇都极厚，长得十分丑陋，但从那模糊不清的脸形还能看出一点龙的模样。"啊，真丑！"胖胖龙心里说，"恐怕九个哥哥中，这个是最丑的一个了。"

胖胖龙踩着云团飘上去，走近螺蚌壳。他发现螺蚌壳下面还有四个小轮子，他问那怪龙："椒图哥，这轮子是做什么用的?"

椒图说："我性格喜好关闭，躲在螺蚌壳里老不出来，身体已和蚌壳连在一起了，行走起来很不方便，便特意安了四个小风火轮。"

胖胖龙又问："这龙门是你看守的?"

椒图说："我也是刚刚上任。以前我一直在基层部门干，守过神仙的庙门、江河湖海水晶宫的门，还守过昆仑山宝藏的门。由于我一直忠于职守，没有出过丝毫差错，王母娘娘念我有功，特向玉帝推荐，派我守这龙门。"

胖胖龙说："这可是个高级工作。"

椒图说："可不是，只要鲤鱼一跳过这龙门，便立刻有五彩云朵将他围住，接着降下天火，烧掉他的鲤鱼尾巴，他就可以变成龙，飞腾上天。"

胖胖龙看椒图手里拿着一柄铜锤和一个古色古香的花瓶，忍不住好奇地问："哥哥，你手里拿的这玩意儿，就是放彩云、烧鱼尾巴，帮助他们变成龙的吧？"

椒图连连摇头："我这是用来守门的，专门把闯进来的打下去。"

胖胖龙一惊，有些不平地说："那些鲤鱼不顾性命，历尽千辛万苦，千万条中好不容易有一条跃上这龙门，你怎么好意思打呢？"

椒图笑了："十弟，你误会了。那真正靠本事自己上来的，我怎能舍得下手打。但那靠走后门、拉关系，借用权势靠山混上来的，又岂能让他们溜过去？我的几个前任就是在这方面吃贿赂、拉关系，营私舞弊，闹得鱼龙混杂，被撤了职，这才调了我来。"

胖胖龙睁大眼睛问："九哥，这龙门你怎么守法？"

椒图咬着牙说："我要铁面无私，六亲不认。那借用权势溜上来的，我就用这雷锤把他打下去；那靠关系后门上来的，我就用这火瓶里的三昧真火烧得他哇哇叫着跌下去。"

胖胖龙高兴得拍手叫："好！好！"他忍不住赞叹，"九哥，没想到你外表虽然丑陋，但心灵却是极美。你就像那宝玉和氏璧，外面是粗石里面是美玉。"

正在这时，椒图警惕地竖起了耳朵，示意胖胖龙别出声。只听龙门下面的瀑布中，传来一阵呜呜的响声。一条鲤鱼从瀑布底顺着水帘飞快地往上冲，速度极快，还带着刺耳的响声。离这龙门顶还有一丈多远时，胖胖龙和椒图才看清，那黑鲤鱼不是游上来的，而是卧在一个电动冲浪板上滑上来的。

"大胆的黑鲤鱼！竟敢明目张胆作弊！"椒图瞪圆了眼珠，大吼一声，抢起铜锤。

黑鲤鱼将冲浪板停在离他们五尺远的地方，不慌不忙地一张嘴，从嘴里飞出一颗珠子，飞上来，在空中打了个转儿，落到椒图手中。珠子裂成两半，露出里面的丝绸布团儿。椒图打开一看，另一只举锤的手停在空中落不下去。

"九哥，你怎么了？"胖胖龙奇怪地问。

椒图不声不响地将丝绸团儿递过来，胖胖龙看丝绸布上写着这样的话——

椒图贤侄：

黑鲤是我亲儿，由于犯天条被剥掉龙鳞，罚为湖中黑鲤。现在他想趁此机会重回天庭龙部。望贤侄手下留情，将他放过龙门。

洞庭湖龙王

"九哥，咱们又哪儿来这么个叔叔？"胖胖龙奇怪地问。

椒图为难地说："这洞庭湖龙王是我的老上级，我守洞庭龙宫门时，他一向待我亲如父子。"

黑鲤鱼在电动冲浪板上趁机亲热地大声说："椒图哥，我老爸向你问好哩！"说着，就要催动冲浪板往上冲。

胖胖龙急了："哥哥，这个后门可不能开！你要是下不得手我替你抢锤。"

椒图眼里闪过一道亮光，咬着牙说："我自己来。"

他朝黑鲤鱼喊："兄弟，对不住，跳这龙门掺不得半点儿假。你还是趁早回去，练好真本事再跳这龙门。"

黑鲤鱼叫："哥哥，你马虎一秒钟我就过去了。"他硬是操纵冲浪板呜呜地往上冲。

椒图挥下铜锤，只见当嘟一声巨响，锤里闪出一束电光，将黑鲤鱼打落下去，变成一个黑点儿沉入水底。

"好样的。"胖胖龙鼓励哥哥。

胖胖龙的话还没说完，椒图紧皱着眉头嘟囔着："瞧，又来了一个。"

胖胖龙低头朝下一看。河水中飘起一团翠绿的云雾。当中裹住一个红点儿，沿着水流边沿冉冉地飘了上来，越来越近。

绿雾飘到跟前，胖胖龙看清了，是一张大圆荷叶，上面托着一条漂亮的小红金鱼。

"哟！这么娇嫩的小鱼也想混过龙门？"胖胖龙看得直吐舌头。

小金鱼娓娓地答道："请守门的椒图朝上看！"

椒图仰起脸，他头顶上也飘来一朵云彩，云彩上站着一位锦衣仙使。椒图一看认得，他是王母娘娘的殿前仙使。椒图连忙上前施礼。

锦衣仙使说："这小鱼本是王母娘娘瑶池里的一条小金鱼。瑶池水涨，她流落人间。王母娘娘对她格外偏爱，你就让她过了龙门吧。"

椒图低头想了一会儿，又抬起头来："仙使，玉帝派我到这里来，三令五申，不得营私……"

锦衣仙使打断他的话说："我刚才讲的可是王母娘娘的意思，别忘了你是怎么上来的！"

椒图涨红脸："椒图本性耿直，让我守一天龙门，椒图就要认一天死理。这小金鱼，你快下去吧，不然我就要放三昧真火了。"

仙使变了脸色，尖声尖气地说："难道，这守龙门的差事你以后不想干了？"

胖胖龙眼珠一转，大惊小怪地朝小金鱼喊："妈呀！天火烧出来了，快跑，快跑呀！"

慌得小金鱼裹起绿荷叶，晃晃悠悠地落下去。

仙使怒气冲冲驾起云团飞走了。

椒图脸色铁青："豁出去了，大不了，这守龙门的官我不当了，还去守我那小庙门罢了。"

椒图转过脸对胖胖龙说："十弟，你快走吧！看来留在这里凶多吉少。"

胖胖龙笑说："不！我同你一起守住这龙门，说不定一会儿玉帝亲自来走后门，你一个人怎么能顶得住？"

椒图一愣，随即两人互相对望着哈哈大笑。

白胡子老头对孩子们说：故事里的麒麟玩"对眼儿"，的确神得很，可这是童话！在现实生活中，你们可不能学着玩"对眼儿!"一对眼儿，可丑哩，看什么都会出毛病……

怪眼麒麟奇遇记

戴眼镜的怪眼麒麟

天上的神仙也都有交通工具。比如，太上老君骑的是青牛，寿星老骑的是梅花鹿，观音菩萨坐的是莲花宝座。到了玉皇大帝，则是六条金龙拉的玉辇了。

送子娘娘在天上的地位不高，是个小神仙，但她的坐骑可是高档货。为什么呢？工作需要。送子娘娘专门去下面人世间送小孩。下面人间，哪家要生小孩都得送子娘娘预先送。这送婴儿，用骡子用马不成，骡、马一惊了，把婴儿摔下来怎么办？用狮子老虎更不成，它们的凶相会吓坏了婴儿。挑来挑去，唯有麒麟最合适。

麒麟长得漂亮：鹿的身形，牛的尾巴，马的蹄子，头上长独角，身披龙的鳞片。

麒麟的性情温和得出奇：不践踏一株小草，不碰落一片花瓣，不伤害一只小蚂蚁。

只有麒麟能经得起那些调皮婴儿的折腾：不怕拽耳朵，不怕揪尾巴，不怕踹屁股，不怕在他背上拉屎撒尿。

所以玉皇大帝特批送子娘娘一只麒麟，不过这麒麟好像有点傻，至少见过他的神仙都这么说。他的眼睛本来好好的，又黑又亮，可现在有点怪，因为他整天练对眼儿，没事就把两颗黑眼珠往鼻梁中间凑，弄得眼珠黑白特分明。见了娘娘先鞠一个躬，叫一声："娘娘一，"然后又鞠一个躬，叫，"娘娘二。"怎么呢，因为他是对眼儿，看人都是双影儿。

多漂亮的麒麟啊！怎么眼睛这样啊？送子娘娘皱着眉头直咂吧嘴儿。她忍不住看着麒麟的对眼儿，觉得是有些怪里怪气，送子娘娘忍不住又看了一眼，坏了，送子娘娘的两只黑眼珠也往中间凑，也对起来了，吓得她出了一身冷汗，赶快扭过头去。

"你最好戴上副眼镜。"送子娘娘想了半天，终于想出了一个挺不错的主意。

"是，娘娘。"怪眼麒麟十分温顺。他戴上了一副金丝眼镜。

"你觉得怎么样？"送子娘娘得意地问。

"挺好的。"怪眼麒麟高兴地说，"谢谢娘娘一，谢谢娘娘二，谢谢娘娘三，谢谢娘娘四。"坏了，他的眼儿更对了，从玻璃片后面看，娘娘成了四个人。送子娘娘急忙丧气地给他摘下眼镜。

等到吃早饭时，送子娘娘开始高兴了。麒麟的食物不同一般，是千年的灵芝草。送子娘娘把一株灵芝草送到麒麟面前。

怪眼麒麟认真地看了看说："两株！"

送子娘娘乐了，忙又给麒麟戴上眼镜问："几株？"

怪眼麒麟说："四株，我一顿饭只吃四株灵芝草。"

送子娘娘心里说："看来对眼儿也不错，能帮我省好多饲料，现在天上灵芝草的价格也越来越贵了。"

该到上班的时候了。送子娘娘命人从库房拿来两个羽毛摇篮，里面躺着熟睡的婴儿。送子娘娘命令怪眼麒麟把摇篮放在背的两边，自己正准备骑上去。怪眼麒麟忙戴上金丝眼镜，看了看，然后大声说："十二个！"

"什么？"送子娘娘一愣。

"我背上坐了十二个人。"怪眼麒麟说。

送子娘娘气得嘴都快歪了，原来这麒麟一点也不傻呀！她看见麒麟出大门时迈了四次门槛，心里总算有点明白，他是对眼儿嘛，眼睛有点怪，倒不是成心磨洋工。

送子娘娘骑在麒麟背上在彩云当中行走，心里琢磨："到了人间，他要是成心给我捣乱，硬说背上有十二个人，不仅要白跑十一家的院子，还要把我给送出四分之三去，这怎么得了?!"

这么想着，送子娘娘使个法术，将左耳的玉石耳坠摘下来，往空中一抛，玉石耳坠化作一只百灵鸟，在空中转了一圈，落在怪眼麒麟的头上，叼起金丝眼镜就飞。

怪眼麒麟着了慌："不好！玩怪抢眼镜。"说着，他晃了晃脑袋，独角像枪筒一样飞出一颗红珠子，直冲百灵鸟。

"不要打要害，只打尾巴。"怪眼麒麟忙不迭地说。他心肠不错，怕伤了小鸟。

红珠子果然听话，本来马上就要击中百灵鸟的头部，却突然转了个方向，击中小百灵的尾巴。

送子娘娘心里暗暗叫苦。原来，她就怕玉石耳坠坏了，才将玉石化作鸟尾巴。心想谁打鸟也不会去打尾巴，没想到怪眼麒麟的红珠子偏偏打尾巴。

只听啪的一声响，百灵鸟的尾巴变成碎玉石落下来。红珠子也正稳稳当当地托着金丝眼镜往怪眼麒麟的鼻梁上落。

"你叫我的耳坠碎，我也叫你的眼镜碎。"送子娘娘一弹细细的指尖，一颗绿珠子闪电般飞向空中的金丝眼镜。

怪眼麒麟忙将脖子伸长一尺，用鼻梁去接眼镜。已经晚了，绿珠子打在镜片上，将玻璃片打出了横横纵纵的裂纹，但碎玻璃片还都连在一起，闪闪烁烁。

怪眼麒麟忙戴上破眼镜，再扭头看背上，可就不止十二个人了，吓得他自己都大叫："妈呀！一千七百八十二人。"

气得送子娘娘一拉缰绳，扭头就往回走，看来今天这送子无论如何是去不得了——挨家挨户地送一千多口子，还不把她累死?

但走出没多远，送子娘娘又停住了，让怪眼麒麟又转身回去。送子娘娘还是有点基本觉悟的，赌气归赌气，这工作总还是要做的，况且要是碰见别的神仙，知道自己是叫坐骑给气回来的，这也太丢面子。

送子娘娘眉头一皱，又想出了新的办法。她手里多了一副黑眼罩，向怪眼麒麟说："把这个戴在眼睛上。"

怪眼麒麟顺从地戴上，说："娘娘，戴上这眼镜什么也看不见了。"

送子娘娘嘴巴上使着劲儿："我就是叫你看不见。知道吗，什么人戴这种眼镜？"

怪眼麒麟疑疑惑惑地说："好像是毛驴。"

"对了，驴拉磨时就戴上这黑眼罩。"送子娘娘说，她看见麒麟又要张嘴，赶忙止住他的话头，"记住，怪眼儿，我不和你说话，你就不许再说话。"

怪眼麒麟果然温顺听话，紧闭嘴巴再不吭一声。他戴着黑眼罩腾云驾雾，眨眼间便跑出了八百里。

送子娘娘命令怪眼麒麟降下云层，已依稀看见下面人间火柴盒大的房屋和走动着的小人。她跳下麒麟，站在一朵彩云上，手里握着一柄绿如意，轻轻一晃，一个羽毛摇篮便从麒麟背上飘了起来，载着熟睡的婴儿忽忽悠悠落到下面的一座院落里。

送子娘娘又是一晃绿如意，另一个羽毛摇篮也轻轻飘下去。怪眼麒麟稳稳当当踩在云朵上一动不动。

"怪眼儿，别动，我还要捎带办些事情。"送子娘娘说着，挥动左边宽大的水袖。袖口里飘出一只小竹筐，里面卧着两只眼睛还没睁开的小兔崽儿。送子娘娘又一晃右袖，袖口里飘出一个小布袋，露出一个小羊羔的脑袋。小筐和小口袋也都轻悠悠地飘下去。

送子娘娘本来只应送婴儿，怎么竟送起小动物的崽儿来了？其实用不着奇怪。现在天上的经济也搞活了，送子娘娘除去送人子，还兼送飞禽走兽后代的业务。就像地上的粮店，除去卖大米、白面，还兼卖油条、包子一样，只要多出力，就可以增加额外收入。

忽悠悠，飘下去的羽毛摇篮、小筐、小布袋又从云彩下面飘了回来。

里面装满了各种颜色的仙草、仙果、仙露，香气扑鼻，这些都是天地之气自然汇集成的，你付出多少劳动，便汇集出多少，即使是神仙也都严格按劳取酬。

送子娘娘美滋滋地将仙草、仙果等放在麒麟背上，然后跳上去，一拍麒麟屁股，兴高采烈地叫一声："怪眼儿，咱们走！"

怪眼麒麟立刻蹽开四蹄，沿着彩云向蓝天奔腾而去。

人一高兴了话就特别多，尤其是女人，有个不恰当的比喻：一百个女人在一块等于五十只呱呱叫的鸭子。这会儿，云彩上虽然就送子娘娘一个，按数学换算，虽然是半只鸭子，可是她可是神鸭呀，当然话更多，和谁说？没有别的伴儿，自然是怪眼麒麟。

"小怪，今天你干得不错！"送子娘娘一高兴，对怪眼麒麟的称呼都变得亲热了，"刚才我不让你说话呀，纯粹是为了咱们的工作。你背上驮着我，再驮着羽毛摇篮，就相当于一辆在天空跑的车。地上开车的司机都不能和别人说话，不信以后有机会，你到人间去坐一回公共汽车，司机后边的座位上都有一块牌子：'请勿与司机交谈！'咱们虽然是天上的神，可也得遵守这交通规则，你说对不对？"

"对！对！"怪眼麒麟戴着黑眼罩老老实实地直点头。

看见怪眼麒麟赞同自己，送子娘娘更加高兴，同时觉得一直让他蒙着眼睛当瞎子有点过意不去，于是她拍着麒麟的头说："其实啊，我让你戴这黑眼罩也是为你好。下面的人给拉磨的毛驴戴眼罩是为什么？可不是怕它偷豆子，是……是怕它眼睛累着。你想想，老睁着眼珠多累呀，眼睛涩涩的，那滋味别提多难受了……"送子娘娘说着，作出十分难受的样子。

"哎呀！老让我一个人戴，太过意不去了。"怪眼麒麟十分感动，"咱们轮着戴，您也戴一会儿。"他十分真诚地说。

怪眼麒麟说这番话确实是真心实意的。那黑眼罩就像生了翅膀，忽地一下子落在送子娘娘的眼睛上。俗话说心诚则灵，真是一点也不假，怪眼麒麟这回的法术灵极了。黑眼罩紧紧地贴在送子娘娘的眼睛上面，送子娘娘真的像毛驴一样啦。谁让她不说实话呢！

怪眼麒麟奇遇记

送子娘娘的大彩电

路遥知马力，日久见人心。干了一个月，送子娘娘便认定：她的坐骑虽然对眼儿，但哪儿也找不出比对眼儿更好的麒麟了。实话说，玉皇大帝就是再拿三只英俊的麒麟来换，送子娘娘也舍不得把怪眼麒麟换走。

怪眼麒麟太能干了。随着营业额不断扩大，派给怪眼麒麟的活越来越多。最多的一次，他驮了五个婴儿、三只熊猫崽儿、六只猴崽儿、三十五只猪崽、一百八十二只龟崽儿，总数都快超过正规军一个营了。要是别的麒麟，早就撂挑子或要求增加工资了。

但怪眼麒麟一声不吭。他每次往人间送婴儿和动物崽儿，左边背一个大筐，右边背一个大筐，中间背一个大筐子，脖子上挎个大篮子，四条腿各绑一个袋子，尾巴上吊着个瓶子，头顶上还顶着个特大羽毛摇篮，里面平平稳稳放着熟睡的婴儿们和动物崽儿们。

怪眼麒麟就驮着这么多东西，风驰电掣，云里来雾里去。而且不用送子娘娘陪着，是独立操作。天上的神仙看了都羡慕极了，以为这都是因为对眼儿的缘故。太上老君想把自己的青牛弄成对眼儿，寿星老想把自己的梅花鹿弄成对眼儿，一时间，天上闹开了对眼儿热，各种制造对眼儿的美容厅应运而生，就像人间的单眼皮改双眼皮一样，也都纷纷挂出招牌。

只不过人间美容厅挂出的招牌是：一秒钟，登时美。

天上美容厅挂出的招牌是：一秒钟，登时对。

不过怪眼麒麟也有不好的地方，就是有些地方与送子娘娘的工作不太配合。

送子娘娘送的婴儿，这也是一种产品。就好比厂家，生产的产品不一定都是合格的，也有一级品、二级品、等外品，甚至残品、次品。

按天上的规定，这些都得送出去。送子娘娘就想好坏搭配。这搭配也不是她的创造，在人间早就有了，比如瘦肉搭肥膘，好烟搭坏烟，这种办法在送子娘娘这儿，就成了：高智商婴儿搭配一个呆傻婴儿，聪明猪崽儿搭配一个呆傻猪崽儿。

这对后者来讲还问题不大，甭管聪明猪、傻猪，长肥了都得做红烧肉或香肠。但婴儿可就有点难办了。

怪眼麒麟不知道从哪儿知道，人间还有一个实行"三包"，他也来个包退包换。每次到人间送子，他总得带回几个退换回来的残次品，沿途还捡一些没人要的弃儿，弄得送子娘娘都得开个呆傻婴儿园了，搞得她哭不得笑不得。

这天夜晚天气很好，蓝蓝的天宇间，银河水泛着闪闪烁烁的波光，弯弯的月牙儿升到了九重天上，送子娘娘同怪眼麒麟坐在一团彩云上乘凉。

送子娘娘问怪眼麒麟："你最近到人间送子，可看到有些什么好玩的东西？"

怪眼麒麟说："看到了。我看见了玩魔方和变形金刚的，还有玩电子游戏机的。"

送子娘娘笑说："这些都是小孩子家的玩意儿，也难怪，你也是个小孩儿。我问你，你看到什么新的化妆品了吗？"

怪眼麒麟迷迷瞪瞪地说："听说那化妆品好像更新到第四代了。"

"什么？"送子娘娘一惊，"几天没看电视，就发展那么快？"说着她从袖子里抖出一个橡皮大的小盒子，放在掌心上吹一口仙气。

小盒子立刻呼呼胀大了，嗬，五十三英寸大彩电，像小电影一样，图像特别清晰，播放的正是化妆品广告：

> 抗皱返老还童霜，
> 只抹一瓶瓶瓶瓶，
> 老太太变成小姑娘！

　　电视画面上，一个满脸皱纹缺齿扁嘴的老太婆从一个小瓶里弄出一点抗皱霜往脸上轻轻一抹，不但脸上的皱纹通通消失，而且变得细皮嫩肉，嘴里齐刷刷长出一排小白牙，老太婆惊喜得大叫："哎哟！我的妈呀，奶牙长出来了！"

　　送子娘娘坐在云朵上看着电视，也不由自主地说出声来："咦？这抗皱霜还能治牙病！这倒不错，这天上的医院和地上的差不多，也是牙科的号最难挂，我何不弄一瓶抗皱霜，留着以备牙病。"

　　电视画面继续做广告：

> 好好好！好好好！
> 填坑去斑移痣膏，
> 坑儿填平了，
> 雀斑全去掉，
> 痣儿位置移得巧。

　　送子娘娘听了直皱眉咂嘴儿："这去掉雀斑倒是听说过，可填坑是怎么回事呢？还有黑痣，应该点掉才对，怎么会移得巧呢？"

　　电视画面上，有一个又丑又胖的姑娘，她的脸长得很古怪，右半边满是麻坑，左半边满是雀斑，中间的鼻尖上有一颗又黑又大的痣。

　　送子娘娘真佩服那些做广告的，他们不知从哪儿找来这样的模特。

　　电视里的丑姑娘一抹上填坑去斑移痣膏，奇迹立刻出现——姑娘左边脸上的雀斑全都活动起来，像小黑蚂蚁一样纷纷爬过鼻梁，爬到右边脸上的麻坑里，忽然雀斑的颜色变浅，把那些坑儿全填得平平整整，整个脸蛋顿时变得又光滑又细嫩。

送子娘娘看得眼珠全瞪圆了，简直佩服得五体投地，她忍不住拍手叫："真绝，真绝！用左边的雀斑填右边的麻坑，这叫取之于斯，用之于斯。"送子娘娘摇头晃脑地哼哼起来。

怪眼麒麟笑眯眯地说："我看这挺像打仗的，左边的黑蚁兵团在向右边的阵地进攻，只是他们进攻的方法不得当，要是我，先占领中间山头那块黑色高地。"他把鼻尖上的黑痣看成高地了。

"别说话，别说话，'高地'开始移动了。"送子娘娘也不知不觉受了怪眼麒麟的影响。

那姑娘鼻尖上的黑痣果然顺着鼻梁慢慢向上滑动，滑到额头中间，便定在那里，颜色由黑变成鲜红色。

"哇！美人痣，移得真是巧，这去斑填坑移痣膏太棒了！"送子娘娘大声赞叹，然后急急忙忙一甩双袖，袖口里立刻飘出鼓鼓囊囊的两个小挎包，一个装满了钞票，一个装满了金条。

"怪眼，"送子娘娘亲热地对麒麟说，"烦你辛苦一趟，下到人间为我买些最高级的化妆品来。"

怪眼麒麟痛快地答应："娘娘，我这就去。"他说干就干，把小挎包往背上一搭，就要腾云驾雾。

"慢着，"送子娘娘叫住他，"你到了下面，买化妆品要向女同志打听，她们懂。"

怪眼麒麟认真地说："我记住了，找女同志问。"

"还有，这回可别买处理品，拣最贵的买。"送子娘娘又大声嘱咐。这些年来她已积攒了不少钞票，她也接受了一种时髦的观念：有钱不花，丢了白搭。

怪眼麒麟兴冲冲地踩着云雾往前走。他很高兴能出来遛遛，像所有孩子一样，他也希望晚上自己出去玩，可是送子娘娘不让，说现在天上也有拐骗神仙崽的坏神仙，她怕怪眼麒麟被拐卖了。

怪眼麒麟东张西望，欣赏天空的夜景，四周繁星闪闪烁烁，脚下彩云飘飘悠悠。极远的地方，有一片亮光，那是玉皇大帝的宫殿，近处的头顶高空，传来袅袅的仙乐和歌声，又不知哪个洞府的神仙在开音乐会。

怪眼麒麟正沿着云路往前走，猛然发现前面有两面山峰似的大门。他心里一愣："怎么？到了南天门了？难道我走迷了路？"

怪眼麒麟使劲揉揉眼睛，仔细一瞧，觉得有点儿不对。

南天门巍峨漂亮，缀满了霓虹灯似的宝石；这两扇大门却是黑黢黢的。

南天门有四大金刚把守；这两扇门却静静的没有一个人。

怪眼麒麟再仰脸向上看，看见门顶上隆起十个大鼓包儿，挺像城楼的箭垛，怪眼麒麟觉得有些眼熟，似乎在哪里见过，他顾不得再细想，腾起身体，用独角去顶大黑门。

黑门软软乎乎，像是用肉做的。

黑门后面传出声音："别挠，别挠，痒痒死我了。"

接着两扇肉门往两边移开，中间探出一颗脑袋来，啊！是赤脚大仙，两扇肉山似的大门原来是他的大脚丫子。

这赤脚大仙可是赫赫有名，在整个仙界无神不晓。

细说起来，他的知名度和孙悟空还颇有关系。当初孙悟空被太白金星请到天上做弼马温，孙大圣先在蟠桃园偷吃了蟠桃，后来又在天空摇摇晃晃，正碰上这赤脚大仙，赤脚大仙是去王母娘娘的瑶池赴宴，孙悟空便哄骗他说："玉帝因我翻跟斗快，特叫我通知诸位神仙，先去通明殿演礼，然后再去赴宴。"

赤脚大仙信以为真，傻乎乎地转身去了通明殿。孙悟空却变成赤脚大仙的模样，一个跟斗翻到瑶池，拔下一撮毛化作瞌睡虫，将那些正准备酒宴的仙官、力士、童子，弄得昏昏睡睡，然后自己大吃二喝，喝得醉醺醺，又撞到太上老君的兜率宫偷吃了仙丹，最后更引发了大闹天宫。

骗人的孙悟空赫赫有名，被骗的赤脚大仙也跟着出名，一段时期，天上的神仙一见了赤脚大仙，总是在背后指指点点地说："就是那个大脚被孙悟空骗过。"闹到后来，西方极乐世界的神仙组织旅游团，还特别把赤脚大仙这里作为参观的一景。这使赤脚大仙觉得很光彩，在别人的怂恿下他还特意制作了一张名片，上面写着：

赤脚大罗仙

曾经龙宫借宝乱蟠桃偷吃仙丹大闹天宫保唐僧取经捉七十二洞妖怪全终全始被西方极乐世界法力无边的如来佛加升为斗战胜佛的孙悟空骗过的赤脚大仙人。

名片上的句子极长，又不加标点，这里面很有讲究。因为万一你要是看花了眼，或是气短，念这样的句子要大喘气，或者缺少耐心看不下去，则很容易把这些功绩都看成是赤脚大仙的。

不过实事求是地讲，赤脚大仙从没用过这名片，他还算是个老实的神仙，并且在天上的神缘不错，怪眼麒麟就挺喜欢和他接近。

赤脚大仙一看是怪眼麒麟，忙喊："缩缩缩缩。"那两座肉山似的大脚丫立刻缩小，变得同普通神一般大，赤脚大仙从云彩上跳下来。

怪眼麒麟问他；"大脚丫，你在做什么？"赤脚大仙平时喜欢和神崽儿们打打闹闹，没大没小，所以神崽儿们都叫他大脚丫。

赤脚大仙尴尬地笑说："瞧这儿没人，我亮亮脚丫子。"

怪眼麒麟这才闻到一股难闻的气味，但绝不是臭味。他有些奇怪地问："大脚丫，你的脚今天怎么这样空闲？难道是赚钱赚多啦？"

别看赤脚大仙穿得破破烂烂，他可有钱哩！天上也到了凭本事赚钱的时代，赤脚大仙的技术专长全在脚上。

在玉皇大帝的宫殿群北面，有一条热闹的天街，大商店大饭店鳞次栉比，那地方就相当于下面人间的南京路和王府井，寸土寸金，几乎所有的神都想在这儿找一块地盘，但希望渺茫。

赤脚大仙用不着着急，他的地盘是随身带的。他走到天街上，临时找一小块空地方坐下，便盘起腿来，脚心朝上，闭上眼睛念念有词："长长长!"两只脚腕立刻像朝天柱一样飞快往高了长。

赤脚大仙再说:"大大大!"两只脚掌立刻向四边延伸,形成一块空中场地。赤脚大仙的脚又白又净,可软可硬,可小可大,还专门洒上了香水。

天庭甲级队足球联赛,在这大脚丫上"赛"。

日本式神仙大相扑,在这大脚丫上"扑"。

露天卡拉 OK 也在这大脚丫上"卡"。

最近,一个到人间私访的夜游神又给赤脚大仙出了不少新招儿。这些新招儿包括:

更新门面。在五个脚趾上装上宝石霓虹灯,脚掌上铺上玻璃马赛克,这样门票可提高一倍。

增添设备。在场内安装音响、空调,门票又可提高一倍。

扩大经营面。除去搞舞厅,还可以同时搞酒吧,备有冷饮、西式糕点、小吃,门票又可提高。

这些建议颇为诱人,连送子娘娘都十分羡慕,恨不得也生出一双大脚来。送子娘娘的脚还是旧式的"三寸金莲",撑足了劲儿,也比不过赤脚大仙的一个大脚指头。

可现在,赤脚大仙却远离天街,一个人孤零零地跑到这里来,所以怪眼麒麟要问。

赤脚大仙见麒麟问他脚丫,顿时变得愁眉苦脸:"老怪,你看我这脚丫,都成这样子啦!还能使吗?"他管怪眼麒麟叫"老怪",这样显得亲切。

怪眼麒麟低下头,这才发现大仙的脚丫都变成黑糊糊的了。

"脚怎么啦?"怪眼麒麟吃惊地问。

"黑烟熏的。"赤脚大仙垂头丧气地说,"那一天我坐在云彩上装修大脚。突然下面呼呼地冒上黑烟,我朝下一看,不得了,下面海湾战争打得正凶,科威特的五百多口油井都被点着了,滚滚黑烟直蹿上来,我慌忙去拿收烟袋,等把云彩顶上的这些黑烟收尽,这才记起了脚丫,一看已熏得黑黑的,更倒霉的是,竟得了脚气,脚丫缝里痒痒不止。嫦娥和七仙女本来要在我这脚丫场地上搞服装模特表演,现在也取消了。"赤脚大仙说着连连叹气。

怪眼麒麟想了想说："送子娘娘叫我到人间去买化妆品，那里如果有好的脚气药，我替你买些来。"

赤脚大仙连忙说："太谢谢你了！老怪，顺便你再买些洗涤净，我这黑脚也想彻底洗洗。"

于是，怪眼麒麟辞别赤脚大仙，降到一层层云下面，直奔灯火通明的人间。

怪眼麒麟奇遇记

飘飞的日游神

离地面还有一百米时，怪眼麒麟念个口诀，叫一声"变"，他就变成一个胖胖乎乎的孩童，长得倒挺好看，只是眼儿还是对着的。他悄悄落到一座房子的灯影下面，趁人不注意，拐进旁边的夜市大街，混进了熙熙攘攘的人群。

第一次在地面上走，怪眼麒麟有点心慌，他悄悄鼓励自己："用不着害怕，我虽然人是假的，但手中的钞票是真的，不像有些人，人倒是真的，钞票却是假的。"

的确，怪眼麒麟的口袋里装满了真纸币，所以他不慌了。他虽然不认识多少字，可是他的鼻子会闻味，他鼻头只要轻轻一吸溜，就能知道哪儿在做烤鸭、哪儿在做红烧肉。怪眼麒麟对这些味不感兴趣，他是吃素的，况且他这次主要的目的是找化妆品。他东闻西闻，进了一个十分漂亮的大商店，里面玻璃柜台上摆满了各种颜色、各种形状的瓶瓶盒盒，还张贴了不少广告画，其中几张还和怪眼麒麟在天上大彩电里看过的一模一样，这是化妆品商店，没错。

只是那么多品种令人眼花缭乱，怪眼麒麟不知买哪一个。他记起送子娘娘嘱咐过，有不懂的问女同志。他便在商店里寻找，看见一个穿花格衬衫、留披肩发的背影，怪眼麒麟跑过去，叫一声："大姐！"等那人回过头来，他马上闭住了嘴，原来这位"大姐"是个小胡子男人。

怪眼麒麟吃惊地想："怪不得天上巨灵神也留起了钢丝发，原来是向地面上的男人学的。现在的时代变化真快呀，男人留长发，那么女的就一定是短发了。"

怪眼麒麟又找一个留短发的人，一问还是男的。怪眼麒麟以为这一位头发短得还不够，他想找一个更短的问，短得不能再短的自然是光头，可是没有——和尚一般不到化妆品商店来。

怪眼麒麟正像没头苍蝇似的在商店里乱转悠，他背后突然响起一个尖细的声音："那胖孩子，你在这儿瞎遛什么？是不是找不到妈妈啦？"

怪眼麒麟回头一看，只见背后站着一个人，头顶上一边没头发，一边头发像公鸡尾巴似的向上竖起，怪眼麒麟不知道这是新流行的发式叫"朋克头"。他只觉得挺难看，心里有点害怕，心想别遇见的是疯子。再一看那人眼睛并不直，弯弯细细的眉毛挺好看，戴着耳环，尖尖的指甲和嘴唇都涂得红红的。怪眼麒麟判断：这人大概是女的。时代发展再快，也还没发展到男的抹口红、戴耳环吧？

怪眼麒麟试探地叫一声："大姐。""朋克头"应了，这是女的，没错。

怪眼麒麟老老实实地说："我不找妈，我找高级化妆品。"

"噢。"朋克头女子笑了，其实要是不看她的头发，只看脸也挺好看的。

朋克头女子和气地拍着怪眼麒麟问："你是给你妈买化妆品的吧？"

怪眼麒麟含含糊糊地点点头，心想这回送子娘娘也成了老麒麟了。

朋克头女子像是查户口："你妈多大了？"

怪眼麒麟这可拿不准，他犹犹豫豫地说："怎么也得有两千来岁了吧。"他这是往最小的说呢，天上的神仙哪个也得有四五千岁了，他哪知道人间和天上不一样呢？

"两千？"朋克头女子吃惊地望着他，"你不识数吧？"又仔细盯着他的脸看了一会儿说，"哦，还是个对眼儿。"

怪眼麒麟一听，赶忙使劲儿对给她看。前面说过，怪眼麒麟从小就喜欢对眼儿。

这样一来，朋克头女子笑得更开心了。

怪眼麒麟趁机赶快问："您说怎么才能区分出最好最高级的化妆品呢?"

朋克头女子皱着细眉毛："这里面学问可大着呢，这可不是一时半时能讲清的。"她摆出颇有研究的权威架势。

怪眼麒麟没有吭声，他从朋克头女子扮的人不人鬼不鬼的模样，就猜出她肚子里的学问不怎么样，可万一送子娘娘喜欢呢。

"这样吧!"朋克头女子突然快言快语地说，"我告诉你最简单最有效的区分方法吧，绝对灵。"

怪眼麒麟竖起了耳朵。

朋克头女子说："记住，买化妆品，你只要看化妆品瓶上的字就行。"

怪眼麒麟忙说："我不认识字。"

女朋克说："用不着认识，你只要能区分出是中文字，还是外文字就行了。那瓶上的字全是中文的，就是低档化妆品。记住了吗?"

"记住了，全是中文字的，是低档。"

女朋克又说："要是一半中文、一半外文的，这就是中档。"

怪眼麒麟疑惑地问："那高档的化妆品瓶上一定全是外文字母了?"

"对! 对!"女朋克连连拍手。

怪眼麒麟发愁地说："可惜我一点也不懂外文。"

女朋克一拍大腿："不懂才最高级呢!"

怪眼麒麟心里说，闹了半天，越不懂越高级，要是有宇宙语的，恐怕是最最高级的了。

怪眼麒麟将信将疑地到玻璃柜台边上一问，果真，封皮上带外文字母越多的化妆品越贵。他买了两瓶最高级的。又匆匆到旁边的医药商店买了一瓶脚气灵、一大瓶洗涤净。然后腾上云头，现了原身。向东南方向飞奔而去。

事情办得很顺利，怪眼麒麟兴致勃勃地尥开四蹄，只顾一路猛奔，却不防前面云团上卧着一个醉醺醺的披盔甲的武将。这是日游神，和夜游神是双胞胎，兄弟俩都是天上的流浪神汉，一个白天游荡，一个夜晚游荡。

这日游神刚从一座仙山的酒库里喝得酩酊大醉，躺在云团上酣睡。怪眼麒麟蹄子被他的腿绊住，一下子摔了个大跟斗，背上的三个瓶子也掉了下来。

怪眼麒麟顾不得疼痛，慌忙去捡，总算找到了两瓶，第三瓶却不知道哪里去了。

"好……好……酒，再来一瓶。"日游神已迷迷瞪瞪地坐起来，说着醉话，他手里正握着那瓶洗涤净。

"这不是酒。"怪眼麒麟急忙去抢。

已经晚了，日游神抓起瓶子，掀开盖子咕嘟嘟全喝下肚去。他肚子里咕咕一阵乱响，酒与洗涤净好像发生了化学反应，一串串五颜六色的气泡从他嘴里冒出来。他的肚皮也越胀越鼓，成了一个圆圆的球，最后竟轻轻地飘了起来，一边吐着彩色气泡，一边向闪烁着繁星的幽蓝天空深处飘去。

怪眼麒麟目瞪口呆地望着，直到日游神变成一个看不见的小黑点，他才快快不乐地从地上捡起洗涤净的大瓶子，里面已经空空的，连一滴都不剩了。

怪眼麒麟拿着剩下的两个瓶子，走出一里多远，见赤脚大仙正坐在一朵云彩上眼巴巴地望着他。

"药水可买来了？"赤脚大仙问。

"买到了，可日游神把洗涤净拿去当酒喝了。"怪眼麒麟说。

"那快把脚气药水给我吧！那醉醺醺的小子又来了，别把脚气水也拿去当酒。"赤脚大仙急急忙忙地向怪眼麒麟说。

怪眼麒麟仰脸一望，果然头顶上空，一个亮点又慢慢飘落下来，大概日游神肚中的气泡已经吐净了。

怪眼麒麟赶快把脚气药水丢给赤脚大仙，转身就走，他怕日游神盯上那瓶高级美容霜。

怪眼麒麟跑进宫殿，送子娘娘早已等得不耐烦，已经坐在云霓梳妆镜前，做好了一切美容的准备工作。

"买来了?"送子娘娘问。

"买来了。"怪眼麒麟把美容霜递过去。

"可是最高级的?"

"当然,瓶上全是外文字母。"怪眼麒麟把朋克头女子的话记得牢牢的。

送子娘娘举着精致的小瓶,颇为认真地看着上面的外文字母:"哦,进口货,'老外'抹的货,质量定不会差。"

她打开盖子,轻轻地用小巧的鼻子闻闻:"嗯,这种味道,好像从没闻过。"

怪眼麒麟说:"这是外国味。"

送子娘娘用尖尖的小拇指从瓶里勾出一点儿淡绿色的膏,按在脸蛋上,轻轻地一揉。

"咦,怎么有点痛?"送子娘娘惊愕地扬起弯弯细眉。

"也许……外国的美容霜抹起来都有点痛。"怪眼麒麟信口乱猜。

"啊!怎么还出现了小坑坑儿?"送子娘娘惊叫。

"就是啊,那电视广告上说美容霜应是祛斑填坑才对,怎么反倒在脸上挖起坑来了?"怪眼麒麟也疑疑惑惑。猛然,他明白了是怎么回事,一定是他把瓶子给拿错了。

"娘娘,快给我。"怪眼麒麟抓起小瓶就往外跑。

怪眼麒麟翻了一串的跟斗云,老远就闻见一股奇异的香味。

啊!赤脚大仙正翘着两只大脚丫子带劲地往脚丫缝里抹药膏呢,那药膏是粉红色的。

"慢着,大脚,这药膏……"怪眼麒麟着急地叫。

赤脚大仙喜滋滋地说:"这脚气药膏倒是挺香,只是见效慢了些。"

"错了,错了,这瓶才是给你的。"怪眼麒麟急忙用绿药膏换回粉红色的膏。然后一个跟斗翻了回去。

这一回,他跟斗翻得太猛,竟从宫殿的天窗顶上掉了下去,正落在送子娘娘的梳妆台旁边。

"娘娘,这一瓶是您的。"怪眼麒麟把粉红色膏递过去。

"嗯，这个抹上去才舒服些。"送子娘娘对着云霓镜边抹边自语，"只是怎么才半瓶啊?"

怪眼麒麟吞吞吐吐："刚才赤脚大仙用过了一些。"他不会说谎。

"这大老爷儿们也抹这个?"送子娘娘十分奇怪，她轻轻吸溜着鼻子。

"不是，他是抹在脚上，治脚气。"怪眼麒麟老老实实地说。

哇! 顿时，送子娘娘觉得脸上充满了脚丫泥味。

"你怎么不早说?"她大骂怪眼麒麟。

"您不是吩咐过，您不问，我就不要讲话吗?"怪眼麒麟搔着脑门儿说。

送子娘娘无话可说了。她连忙打水洗脸，连洗了七七四十九盆水，那脚丫味好像还挺浓。

"砰砰砰!"宫门外响起了敲门声，声音挺大，像是用砖头在砸门。

怪眼麒麟奇遇记

福神的脚印

怪眼麒麟还没来得及去开宫门。宫门已被撞开了，飞进来三个黄灿灿的大金元宝，是谁这么阔，用金元宝作为敲门砖？

门外飘进来一个圆圆乎乎、胖胖墩墩的老头，笑眉笑眼儿，一团和气。头顶上边一尺高的地方，悬空飘着一颗亮晶晶的小金星。

送子娘娘惊喜地问："哟！什么风把你给吹来了？"

胖老头笑眯眯地说："不是东风、西风、南风、北风，是钞票风。"说着他一挥宽大的袖子。

一股奇异的风从门外刮了进来，花花绿绿的，全是由钞票组成。

怪眼麒麟吃惊地睁圆了眼："啊！这老头真有钱！"

"当然，他是福神。"送子娘娘笑着，急急忙忙拿出个口袋，去收钞票风。

"怪儿，你也别闲着，快帮我捡这老头的脚印。"送子娘娘吩咐麒麟。

怪眼麒麟低头一看，嗬！这老头踩出的脚印也一个个全是金的，轻轻一揭，就可以从地上拿起来。

这会儿，送子娘娘又把锅锅盆盆碗碗摆了一地："喂！老福，快下场雨吧！"

"行啊!"福神一挥袖子。

"哗啦啦!哗啦哗!"如雨似的金钱从半空中落下来,铺了满满一地。

怪眼麒麟傻乎乎地想:"刮钞票风,下金钱雨,不知这老头放屁是否也能放出金气来。"

送子娘娘收拾好金币钞票,笑着埋怨说:"老福,咱们业务上断了联系后,你就把我忘了,再也不登我这穷门槛了。"

过去,送子娘娘送子,福神送福。俗话说"多子多福",可见他们业务联系蛮密切——福神除去送福气之外,还兼管送子的业务。但到后来,地球的人口多得要爆炸,送子娘娘的生意倒蛮兴旺,福神却受不了了,怎么呢?子太多了,福气不够分配的。

下面人间,那一家只有一个孩子的,福神送去的福气还够他们吃香的喝辣的。

一家有两个、三个孩子的,福神送去的福气尚可维持。

一家有五个以上孩子的,送去的福气就只够吃窝窝头了。

等到一家有七八个孩子的,连吃饭的碗都不够,就只能一勺一勺往桌上扣粥,当小猪崽儿喂了。

福神挺有预见性。他想,照这样下去,不但让下面的人富不了,自己也会穷得叮当响。于是他以身体有病为由,辞去了送子的工作,自己把自己除了名了。并且还不知从哪儿弄来一条标语贴在背上:"只生一个好。"他也宣传起计划生育来了。

现在,送子娘娘责问他,福神有点不好意思,他哼哼唧唧地打岔:

"你的,你的眼睛怎么有点对呀?"

"是吗?"送子娘娘吓了一跳。

送子娘娘顶重视自己的容貌的。她走到镜子边一看,两颗黑眼珠果真聚到鼻梁中间了。

"啊呀!真是近朱者赤,近墨者黑,老跟着对眼儿的在一块儿,自己的眼儿也就不知不觉地对起来了。看来这怪眼麒麟我是不能骑了。"送子娘娘大惊小怪地说。

福神赶快笑眯眯地接过话茬儿："那正好，我正想向你借匹坐骑呢。"

"你想借麒麟？"送子娘娘警惕地问。

"是啊，是啊。我的左手腕子崴了，走不了路啦。"福神伸出手腕子，那儿贴着一贴金制的伤湿止痛膏。

怪眼麒麟笑着说："福神老爹，您说错了吧？应该是脚崴了，才不能走路呢。"

"不！是手腕子崴。"福神一本正经地说，"你不明白，在天上我是用脚走路，到了人间就该用手啰。"

"怎么回事？"怪眼麒麟不解地问。

"人间贴'福'字全倒着贴，取个谐音，福倒——福到。这样一来，我进门时就得倒着拿大顶进去。凑巧，昨天我到人间，有一户人家门槛前边缺了块砖，我一手踩上去，扭了腕子。我这左手腕子和左脚腕子又是一根筋连着，手痛脚也痛，在天上也走不了，所以想向你借个坐骑。"

"我这麒麟眼睛可有点对，看什么都是双的。"送子娘娘有点舍不得，竭力讲麒麟的短处。

没想到福神却高兴得一拍大腿大叫："好极了！我就喜欢把什么都看成双的。"

"老福头你在胡说。"送子娘娘翻眼看着他。

"这可不是胡说。"福神一脸认真，"你难道没听别人讲过'福无双至，祸不单行'吗？到哪儿都是我孤单单的一个。有这对眼儿把我看成两个，也省得我孤单。再说我就借一小段时间。"说着，他拉起怪眼麒麟就往外走。

送子娘娘忙在后面嘱咐："你可别亏待了我的麒麟，他一顿可吃四株灵芝草，还得加夜宵！"

福神跳到怪眼麒麟的背上，双腿一夹，怪眼麒麟立刻踩着云朵向东南飞奔而去。

福神的宫殿在八重天上，怪眼麒麟本以为那一定是金碧辉煌。可眼前的宫殿却十分陈旧，比送子娘娘的差多了。

"老福神，您就住在这儿？"怪眼麒麟奇怪地问。

"不错，就是这里。"福神笑眯眯地说。

"你金子银子随便来，何不变出一所金宫殿？"怪眼麒麟问。

"福神福神，福气给别人，自己是不能享用的。不然怎么连坐骑我都得向送子娘娘去借呢！"福神说着，用手一指，宫殿的大门敞开了。

里面拥出一群小孩子，面孔十分可爱，看样子顶多不过三五岁，但奇怪的是，个个都是个子不足三尺的小人儿。

这些小人一见福神立刻欢喜地叫着、跳着，拥上前来，往福神身上爬，抱腿的抱腿、搂脖子的搂脖子、揪胡子的揪胡子，亲热异常。

"我又给你们找来了一个新伙伴。"福神拍着怪眼麒麟的背。

"哇！"小人儿们立刻围上来，跳到怪眼麒麟的背上，玩耍起来。

"哈！对眼儿！"小人儿们看着他的眼睛。

"嘻嘻！真好玩，我也对对！"一个小人说着，使劲把眼珠往中间凑。

"对得一点也不好，瞧我的。"另一个小人说，使劲动着眼珠。

"我也对！我也对！"所有的小人儿都对起眼儿来，但他们显然都不如怪眼麒麟对得好。

小人们都羡慕地望着怪眼麒麟的眼睛，急切地问："快告诉我们，你是怎么对的？"

怪眼麒麟特高兴，到底小孩子和大人的看法就是不一样。过去他对了那么长时间，可没有一个大人说他对得好，没有一个大人把这看成是一种本事，反而觉得这很糟糕。

怪眼麒麟带劲地说："我来教你们——只要眼珠使劲看鼻梁上边，就能对到一起。"

果然，没过一会儿，所有的小人儿都成了对眼儿了，他们玩得很开心。

怪眼麒麟叫一个最小的翘鼻头的小人骑到自己的脖子上，因为翘鼻头小人儿眼睛对得最好，两颗黑眼珠都碰到一块了。怪眼麒麟很佩服他，挺愿意和他讲话。

怪眼麒麟悄悄问："你们一直是住在这里吗？"

"不!"翘鼻头小人摇摇头,神秘地朝云彩下面一指,"我们是从下面人间上来的,同福神一起从下面上来的。"

怪眼麒麟一愣:"福神也是从人间来的?"

"对了!你听我说——"翘鼻头小人儿把脸贴在怪眼麒麟的耳朵上悄悄地说了起来,"我们原来都是地面上汉朝时期的人,不知怎么搞的,自生下来,就再也不长个儿了。"

怪眼麒麟听到这儿,脸一热,心想:"准是送子娘娘送的处理品造成的,说不定自己也有份儿。"

怪眼麒麟脸儿红红的,幸而翘鼻头小人儿没有注意,还只顾自己讲:

"我们住在道州,叫汉武帝知道了,他想,这些小孩跟玩意儿似的挺好玩。于是,他下令挑选漂亮的小人儿送到皇宫里给他当玩具玩。每年都有几百个小人儿被迫离开父母,到宫里当奴隶。后来道州一个叫杨成的刺史看不下去,便冒死给汉武帝写了一封信。信上说:按照法律规定,咱们国家只有个儿矮的老百姓,而没有个儿矮的奴隶呀。他这么一说,汉武帝感到很惭愧,以后不再那样做了。道州的老百姓很感激杨成,便给他立座祠庙。后来玉皇大帝也知道了,正巧原来的福神犯了错误,便命杨成上天去当福神了。"

怪眼麒麟猜测地问:"于是,玉皇大帝也叫你们这些小人儿跟着上天当差了?"

"不!不!"翘鼻头小人儿头摇得像拨浪鼓,"哪里是来当差,是来退货。"

"啊!"怪眼麒麟吓了一跳,连大气都不敢喘,心想:"这回送子娘娘可要赔本了。"

翘鼻头小人继续说:"杨成接到玉皇大帝的圣旨准备要升天时,忙把我们这些小人儿全叫到他家的院子里,站在云头的几位仙女用细柳枝一洒仙露,他的院子就升起来了。到了天上,我们大家都舍不得离开他,在这里一直待到现在。"

怪眼麒麟眨眨眼睛说:"恐怕以后也不能退换了。你们待了这么长时间，早超过保修期了。"

正说着，只听福神说："孩子们，快随我进殿，咱们造福的时间到了。"

一群小人儿叫叫嚷嚷地拥着福神和怪眼麒麟进到大殿里，只见大殿里空空荡荡。

怪眼麒麟假装内行地问："咱们是光刮钞票风还是下金钱雨？"

福神扑哧一笑："你这目光太狭隘，福气可不光是指的钱，它的内涵极大极深。你看——"

福神说着向大殿顶部一指。

大殿顶部光焰灿灿，出现了一个亮亮的金轮。

顿时，怪眼麒麟被烤得浑身发热，再一看，福神和周围的小人儿也都热得脱了衣服，露出了光光的肚皮。

"这大概是进行日光浴吧。"怪眼麒麟好奇地猜想。

福神又是往上一指，只见大殿顶部发出呜呜的声音，一点点往下塌陷。

"妈呀！这老头吝啬得连房子都舍不得修，这回可要被压在里面了。"怪眼麒麟想往外跑，可脚像粘在地上一样，动也动不了。

沉重的大殿顶已压到他身上。

福神和小人儿们拼命用双手支撑住大殿。

"呼呼呼！"他们身上全冒出了汗珠，五颜六色的亮晶晶的汗珠在空中飘来飘去。

"噢！原来你们是用汗珠来制造珍珠呢。"怪眼麒麟恍然大悟。

"不！这不是珍珠，这是用汗水凝成的福气珠。"福神气喘吁吁地说着。

金轮突然消失了，宫殿又恢复了原状。小人儿们快活地跳着、跑着，用小网子去网飘在空中的福气珠。把它们收集在一起，放进一个袋子里。

福神捏紧袋口，问小人儿们："都准备好了吗？"

小人儿们兴致勃勃盯着袋子说："准备好了。"

福神一张开口袋，只听里面发出一阵嘈嘈杂杂的人喊马嘶声。

许多两寸多高的小人儿拉着小车从口袋里跑了出来，小人儿都穿着红衣服，戴着黑帽子。

小人儿们拉着小车在大殿里乱跑。

"追呀！抓呀！"小人儿们叫喊着猛追猛捉。

"这是什么东西？"怪眼麒麟问。

"这叫肉芝。"福神笑眯眯地说，"捉住吃了，不仅可以延年益寿，还可以得道成仙。"

"我也捉一个试试。"怪眼麒麟看小人儿们玩得快活，便也挤到他们中间去捉。

怪眼麒麟不如小人儿们灵活，捉了半天，只追到几辆空车子，他试着把小木车轱辘放进嘴巴里嚼，那味道和灵芝草差不多。

怪眼麒麟奇遇记

恶兽穷奇的高帽子

福神骑着怪眼麒麟到人间去送福。

怪眼麒麟降落云头，远远看见村庄边上有一座院落。门上正倒贴着一个大"福"字。

福神对怪眼麒麟说："你停下来，我好下去送'福'。"

怪眼麒麟说："我把您送到门口。"

福神忙说："这可不行！"说着就要下来。

怪眼麒麟说："您跟我还客气什么呀？我有的是劲儿。"说着他加快脚步向那院落跑去。

怪眼麒麟是好心，他想让福神多坐一会儿。他忘记福神是倒着进门才对。

离院门还有一米远，门上的倒"福"字突然发出一片亮光。

福神赶忙一个跟斗倒过身来，人家既然是倒着贴，他要是正着进，不就显得太失礼了吗！

可是福神的腿还一直夹着怪眼麒麟的背呢。

福神一翻跟斗，就把怪眼麒麟翻到上面去了，不是福神骑麒麟，而是麒麟骑福神了。

"福神，我这就下去。"怪眼麒麟红着脸喊。

"别动，别误了大事！"福神在下面气喘吁吁，用两手倒立着往前走。

福神想，进了门槛就可以翻过身来。没有想到，进到院子里，看见屋门口又贴着一个倒着的"福"字，看来还得倒着进。

福神坚持着进到屋里。他有点头晕，怎么呢，屋正中间贴着一个更大的、倒着的福字。这家主人太虔诚，恐怕请不来福神。

于是福神也只好在那倒着的大"福"字前面拿大顶。

当然这户人家看不见，因为神在人面前全是隐身的。

福神送福，福气装在他的福袋里。

福袋带在身上，每次进到人家里，福神用手拿大顶，用脚从福袋里拿东西。福神是属猴的，可以手脚并用。

现在却不能。因为福神的脚也没闲着，他的两腿还紧紧地夹住怪眼麒麟。他一松腿，怪眼麒麟就会掉下来，砸坏下面的香炉、贡品和桌子，那他就不是送福而是送祸了。

"喂！对眼儿，请帮助我把福气袋打开。"福神仰脸对上面的怪眼麒麟说。

怪眼麒麟瞪着眼寻找。他头一次发现，他倒着看东西，眼睛"对"的程度也是原来的两倍，他现在看见福神腰间挂着四个福气袋。

"有四个呀！打开哪个袋子呀？"怪眼麒麟问。

"哪个都行。"福神一面含混地回答，一面迷迷瞪瞪地想："我就一个福气袋，怎么会变成四个？"

怪眼麒麟伸手去摘第一个福气袋。空的，什么也没抓到。

怪眼麒麟又去抓第二个福气袋。这回没抓空，他抓到了福神的痒痒肉。

福神痒痒得浑身皮肉乱动，支撑的两只手臂发抖。

"快打开，快打开！"福神着急得直叫。

"不行了，不行了。"怪眼麒麟在上面也着急地叫。

"怎么啦？"

"我要撒尿。"怪眼麒麟哼哼唧唧地说。

福神有点奇怪，从来只听说过"懒驴上磨屎尿多"，可没听说过麒麟也这样。

"不行了，不行了。"怪眼麒麟在上面着急地乱叫。

"哗！"福神还没来得及答话，只感觉后背已热乎乎、湿漉漉的。他懊丧地嘟囔着，突然心中一喜，有办法了。

福神放开嗓门大声说："那请福神的人家听着，本神给你送的仙水来了，就在你的后院菜园子里，挖地三丈，必见仙水。"说着福神使劲一晃身体，他背上飘起一条透明的水带，穿过墙壁，直奔后面的菜园。

怪眼麒麟忍不住捂着嘴笑："嘻嘻，这尿也成了仙水了。"

福神送完了"福"，自然可以离开院子。福神离开时就用不着倒着了。他一个跟斗翻过来，跳上麒麟背，腾到半空中。

福神对麒麟说："对眼儿，刚才我并没有骗人，你这尿可不同凡响，咱们到后面菜园看看就是。"

果然，后面菜园里，那一户人家老老少少正在拼命挖井。挖到两丈八尺，就有一眼泉水涌了出来。

泉水浇在园子里的蔬菜上，就像沾了仙气，眨眼间，黄瓜长得一丈多长，西红柿、茄子长得像小房子一般大。

"真没想到。"怪眼麒麟在半空看着，笑嘻嘻地说。

"等着吧，好戏还在后头。"福神眯缝起眼睛。

只见下面吵吵嚷嚷。原来这儿涌出仙泉水的消息早惊动了村村户户，一时间下面变得人山人海。许多人拥到泉边，用手捧着泉水喝。

"真不好意思。"怪眼麒麟有点害羞。

"这没什么。"福神似乎习以为常，"有一种燕子用唾沫做成的燕窝是珍贵补品，有一种香獐的肚脐眼可以做高级香料，就是最普通的蛇毒和蜈蚣，还可以入药治病。何况你是神兽麒麟！我想，若将这泉水化验一下，那营养成分一定差不了。"

下面，真有一群穿白大褂的人拿着瓶瓶罐罐，摆弄来摆弄去，最后大声宣布：这奇异的泉水中含有多种维生素，还可以治病防癌。

"嘻嘻！没想到，我的尿还这么珍贵！"怪眼麒麟笑得眯缝了眼睛。

他旁边的一团云彩里突然传出一个声音："早知道这样，我也可以尿几泡。"

"你那尿绝对不行。"福神望着黑云团厉声说。

"老福头，你说话不要太刻薄了。"黑云团里笑嘻嘻地说。

"我说的是实话。"福神厉声说，"就是好花好草，沾了你的尿也得变成狗尿苔。"

怪眼麒麟望着漆黑的云团奇怪地问："这里面是谁?"

福神不客气地说："不是好东西。"

怪眼麒麟小声说："您这么讲他，他不好意思了。"

"他还不好意思？他的脸比城墙拐角还要厚呢。"福神冷笑着。

"你说得对极了，真叫我高兴。"随着话音，黑云团里蹦出一个稀奇古怪的家伙来。

这家伙长着虎的身子，一张白色的狗头脸，四肢着地，爪子长长的成钩状，嘴唇外龇着尖尖的长牙，样子又凶恶又奸诈。

"你是谁?"怪眼麒麟不由得后退一步。

"穷奇，我叫穷奇。"怪兽笑嘻嘻地说，"这是我的名片。"他一张嘴，用舌头送出一张名片来。

怪眼麒麟看那名片上写满了外文字，他有点不好意思地说："我不懂外文。"

"没关系，我还有中文的。"穷奇笑眯眯地又一张嘴，他的舌头拱出一大串五颜六色的名片来，"多了，拿多了。"他慌忙又把名片吞回去。

"你哪儿来那么多名片?"麒麟有点奇怪。

"吃人吃的。"在旁边的福神突然冷冷地插话，"这家伙吃人一向不吐骨头。"

"您说错了，是吃人不吐名片。"穷奇嬉皮笑脸地更正。

福神不理穷奇，转过脸来告诉怪眼麒麟："这穷奇是天下有名的恶兽。吃人，而且专门吃好人。碰见忠诚正直善良的人，一个不放过。而对于那些邪恶奸诈的坏人，他不仅不吃，反而赠给他们礼物。对这个家伙，你尤其要警惕。"

"好，说得好！"穷奇听了突然大叫，"我还是第一次碰见像您这样正直敢言的人。"

"你甭给我戴高帽，我知道你一向利嘴滑舌，用给别人戴高帽迷惑人。"福神戒备地说。

穷奇一愣，马上换上笑脸："可我不敢给您戴呀！这不，我这帽子还没拿出来呢，您就识破了。说实在的，我还是头一次碰到像您这样不喜欢吹捧的神仙。在您面前，我是什么招儿也使不出来。"

"你知道了就好。"福神得意地说。

这时候，怪眼麒麟无意中仰起脸来，他看见福神上面一米的地方，隐隐约约有一团帽子状的透明烟云在缓缓缭绕，把福神头顶上那颗小金星都遮得模模糊糊。

"福神老爹，您头上有云雾帽子。"怪眼麒麟忍不住说。

"啊！"福神大吃一惊，忙问，"几顶？"

这回，麒麟对起眼珠来看了："两顶！"他眼睛一对，看东西又成双了。

"两顶！怎么只一会儿，就给我戴上两个高帽子，该死的穷奇，看我怎么治你！"福神气得大叫。

"真是冤枉，明明是一顶。"穷奇惊慌起来，他瞪着怪眼麒麟骂道，"你这家伙坏了我的大事。"

穷奇一晃身体，背上双翅一扇，扇起一股黑雾。黑雾散后，穷奇便不见了。

福神站在云团上，挥动长袍的大袖在头顶上乱晃了一阵，然后问怪眼麒麟：

"我头上的帽子还有吗？"

怪眼麒麟说："这云雾帽子一扇就散，可扇完了，它又聚到您头顶上了。"

福神懊丧地说："这下坏了。该着我老头丢丑了，怪眼麒麟，你把耳朵捂上。"

"这是干什么？"怪眼麒麟奇怪地问。

福神眨眨眼睛，哼哼唧唧地说："一会我要从腹腔里发出一股怪异的超声波，用它来摧毁云雾高帽。这声波可是厉害至极，不捂住就会把你的耳朵震聋的。"

怪眼麒麟一听，慌忙把两只耳朵堵得严严实实，他还有点不放心地问："福神老爹，您看，这么捂成吗？"

福神点点头，然后示意怪眼麒麟转过身去。

看见怪眼麒麟老实地用背对着他。福神偷偷哭了。

其实，福神所说的奇异超声波是骗怪眼麒麟的鬼话。福神由于听信穷奇的吹捧，被戴上了高帽。除去高帽的唯一方法，是把自己过去的一些错事抖搂出来，用自我批评的方法去除掉高帽。福神是怕怪眼麒麟听见，所以才骗他捂住耳朵。

福神紧蹙眉头，绞尽脑汁地想自己的错事，一边口中喃喃自语。

这边怪眼麒麟捂着耳朵，突然想起，福神只顾叫他捂住耳朵，可别把自己的耳朵忘了。

福神老爹那么关心他，他也应该关心福神老爹，提醒福神老爹，别忘记捂耳朵，不然也会被奇异超声波震聋的。

怪眼麒麟的心肠多好呀！他转过身去，看见福神仰着脸，嘴巴在动，认为他果真忘了捂耳朵。

怪眼麒麟急坏了，他想宁可自己耳朵聋了，也得保住福神老爹的耳朵。

怪眼麒麟直立起身来，伸手要去捂福神的耳朵，突然他听见了福神的自言自语：

"有一次，我抠完脚丫，没洗手就吃了仙桃，不知这算不算错误。还有一次，我同小人儿一起在瑶池里偷偷地游过一回泳，把鞋子掉进水里，后来在王母宴会上的一坛御酒里发现了，我把鞋子偷偷藏了起来，把酒分给大家喝了……"

福神大声自语着，他的头上冒出一团团白气，袅袅升起来，冲散了悬在他头顶上的烟雾帽子，那金色的小星又开始烁烁闪光。

"行了，帽子没了！"怪眼麒麟在他后面大声喊。

福神吃惊地转过身去："你全听见了？"

"听见了，不就是掉鞋子和抠脚丫的事吗？"怪眼麒麟笑着反问。

福神脸红红的，像一个熟透了的桃子。

怪眼麒麟问："福神老爹，穷奇的高帽有什么害处，怎么叫你这样紧张？"

福神说："你哪里知道，穷奇的高帽叫谄媚帽，他花言巧语，叫你戴上一顶，你脑瓜就会变得晕晕乎乎。要是戴上两顶，那就坏了，你算被他迷住了——他叫你干什么，你就干什么；他问你要什么，你就给什么。"

说到这里，福神突然疑惑地眯缝眼睛："奇怪呀奇怪。穷奇那怪兽既然已经给我戴上了两顶谄媚帽，怎么他不要我的聚宝盆，还被吓跑了呢？"

福神想着，猛然一捶脑袋："哇，我上了对眼儿的当了，怪眼麒麟把一顶帽子对成了两顶，害得多说了一条错误，在对眼儿面前多献一份丑。"福神后悔极了。

怪眼麒麟发现脚下有个硬硬的东西，他低头一看，是只黑糊糊的盒子。

怪眼麒麟奇遇记

峡谷中的古代贤士

"这是什么?"怪眼麒麟捡起盒子递给福神。

福神看着盒子上稀奇古怪的文字说:"这是怪兽穷奇的邪恶匣子,他逃得太慌张,丢在这里了。让我看看,穷奇又想干什么坏事。"

福神朝黑色盒子吐了一口唾沫。

怪眼麒麟笑说:"把穷奇的盒子当痰盂了。"

福神说:"别说话,快看。"

黑盒子在福神手中竖立起来,盒面上出现了一个小屏幕,挺像电视,是黑白的。

从屏幕的画面上,看见穷奇在一条黑暗的林间小道上奔驰。

画面上又出现了一个黑黢黢的山谷,四面悬崖峭壁,谷底的一块巨石上坐着三个衣衫褴褛、穿着古代长袍的读书人。

福神盯着画面,吃惊地说:"不好,穷奇又要吃大好人了。"

怪眼麒麟问:"这三个是什么人?"

福神说:"这三个人是古代春秋战国时期的贤士,一个叫思革子,一个叫户文子,一个叫叔衍子。他们听说楚成王喜欢有道德有才干的人,三个人便一起去到楚成王那儿,不幸中途掉进这大峡谷里,已经饿了几天,都快死去了。现在穷奇怪兽正在时间通道上往古代跑，想跑到峡谷来吃掉这三位贤士。"

怪眼麒麟听了着急地说："那我们赶快抢在穷奇之前，把他们救上来吧。"

福神说："要救也只能救一位。"

怪眼麒麟不明白地说："这是为什么?"

福神无可奈何地说："史书上记载，三个人中，只活了一个，我们不能篡改历史啊!"

怪眼麒麟发愁地望着屏幕上的三个人说："这下可难办了，我看这三个人都挺面善的，真不知救哪一位才好。"

福神跳到麒麟背上："时间紧迫，你快随我抄近路去峡谷。"

福神拍了一下怪眼麒麟屁股。怪眼麒麟不由自主往前一冲，正冲进前面的黑盒子中。

黑盒子里面云雾迷迷漫漫，看不清路途，只觉脚下冷飕飕的流云向后飞去。

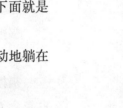

猛然，怪眼麒麟看见前面有一个亮亮的洞口，他四蹄一蹬，蹿了出去，发现他们到了另一个天地。他们站在长着苍松翠柏的悬崖顶上，下面就是峡谷。

怪眼麒麟朝谷底一望，那三个人已饿得骨瘦如柴，一动也不动地躺在岩石上。

怪眼麒麟喊："快投救济物资。"

福神一甩袖子，从袖口里掉出一小块面包飘飘悠悠，落下谷底。

"才给这么点儿，真是小气。"怪眼麒麟有点生气。

"别出声，你仔细看，这一块面包就可决定三个人不同的命运。"福神眼睛盯着下面。

那块小面包正落在躺在中间的思革子的头上，他睁开眼睛看了，欢喜地说："啊! 老天给我们送食物来了。"

思革子一喊，他旁边的户文子、叔衍子也醒过来了。

三个人，六只眼睛一齐盯着这一小块面包。

怪眼麒麟在崖顶上看见这情景心里说："得，准得打架。这块小面包谁吃了谁活，就看谁下手下得快了，这福神老头够缺德的。"

但见思革子拿起面包，怪眼麒麟说："这家伙倒是手疾眼快。"

思革子却把面包分成两半，分别递给另外两个人说："你俩都饿得够呛了，快吃吧。"

"不！我们不能。"户文子、叔衍子一齐望着思革子说，"咱们三个人中，你的才能最高，与其一块在这里饿死，不如把食物和衣服全集中到一起，使你走出峡谷，去为国家作些贡献。"

思革子哭着说："咱们兄弟三人同生死共患难，我绝不能自己独去。"

三个人推来推去，谁也没有注意到，谷底里正有黑雾从四壁冒出。

急得福神直在岩顶上喊："快走一个，快走一个，不然就全完了。"

怪眼麒麟也急了："我宁可篡改历史，也要救这些好人出去。"他腾云驾雾飞下崖顶。

怪眼麒麟抱住思革子一个人，其余两人已被黑雾吞没。从黑雾里抛出那小块面包，还有两件衣服，那是他们留给思革子的。

怪眼麒麟把思革子带到悬崖顶上。

福神对他说："快把这人放在地上，他醒来自会走下山去，我们马上得离开，这黑盒子里的时间钟，已经往回启动了。"

福神从袖子里抖出一株大灵芝，放在思革子身边，然后拉住怪眼麒麟，往黑盒子里冲去。

怪眼麒麟驮着福神从黑盒子里出来时，外面又是丽日朗朗的天空。福神把黑盒子缩成火柴盒大小，托在掌心上。

"快收起来，快收起来，找黑盒子的来了。"怪眼麒麟慌忙说。

一团黑云正从远处翻滚而来，黑云中偶尔露出穷奇的嘴脸和扇动的翅膀。

"哟！穷奇背上还驮着一个怪物呢。"怪眼麒麟又说。

果然，一个头戴纱帽、身穿彩袍的家伙正得意洋洋地骑在上面，貌似人形，却长着一张猴子脸，他正骑在穷奇身上，脖子往上一伸一伸，他的脖子像是橡皮筋做的，一伸就两尺多长。

"他们两个怎么勾结到一块了？"福神不安地说。

怪眼麒麟问："那猴子脸的是谁？"

福神说："他自称独足仙，实际上叫独足鬼，只有一只脚。独足鬼常常在夜里化作挂拐杖的老人，潜入住户人家，偷取食物和衣服。他不光偷窃的手段高，而且品行极坏，碰到没有东西可偷时，他便闹鬼兴妖，搅得你昼夜不安，直到把让他偷的东西准备好，他才肯罢休。"

怪眼麒麟眯缝起对眼儿说："这两个坏家伙合在一起，会干出更多的坏事的，你快想些办法制住他们。"

福神点点头："说得正是。"他从袖子里取出一个小孩的玩具"九连环"来，往空中一抛。

九连环渐渐胀大，在空中形成了许多弯弯曲曲的云墙，把穷奇和独足鬼隔在了另一边。

福神对怪眼麒麟说："我在这里用九连环迷魂阵困住他们，你速去穷山找送穷鬼借送穷葫芦来。"

怪眼麒麟问："这送穷鬼是好人还是坏人？"

福神说："也是个出名的坏蛋。"

怪眼麒麟问："我去找坏蛋借，他肯借给我吗？"

福神说："非但不会借，还会一脚把你踢出来。"

怪眼麒麟撅着嘴问："那你还叫我去？"

福神笑说："不是叫你这样去，是让你变化成穷奇的模样去。送穷鬼和穷奇是穷对穷，好得要命，定会把东西给你。咱们再来个以恶治恶，用送穷鬼的宝贝将穷奇和独足鬼缠住，叫他们一辈子不能干坏事。"

怪眼麒麟说："好！我这就变成穷奇的模样。"

他晃晃脑袋，念着咒语，叫声"变"，果真变成了狗头虎身带翅膀的穷奇模样，只是颜色要鲜艳好看得多。

"不行！不行！"福神连连摇头，"像你这模样怎能找到送穷鬼？送穷鬼住的穷山可是世界上最穷的地方，不是穷得叮当响的人根本到不了那地方。"

"可我怎么才能装成最穷的样子呢?"怪眼麒麟眨着眼睛问。

福神笑眯眯地说："我来帮你打扮一下。"

福神脱下一只鞋子，用手一指，鞋子变成一口大铁锅，他又用光脚朝铁锅一踩，"哗啦啦!"铁锅碎成几块，飘到怪眼麒麟头上。

福神说："这叫穷得砸锅卖铁。顶上这破铁锅片，就有三分像了。"

怪眼麒麟撇撇嘴，心里想："穷倒是穷了，可是我得闻臭脚丫味! 因为这铁锅是鞋变的。"

他不由自主地吸溜了一下鼻子，说："还好，没什么臭味，倒有一股巴黎香水味，福神的脚丫到底是与众不同。"

"什么不臭? 还有香水味?"福神一愣，"这可不像是真穷。"他东张西望，随手朝云彩下面一扇袖子，呼呼，一股旋风旋下云层。

过了一会儿，旋风又从云彩下面旋了回来，还带着一股热烘烘的臭味，这是从人间的大粪池里借来的味道。

臭旋风围着怪眼麒麟转了五六圈，弄得他身上臭烘烘的，福神这才算有些满意。

福神又朝怪眼麒麟一指，说："穷得连裤子都穿不上。"

怪眼麒麟立刻觉得屁股凉飕飕的。他抽着凉气用手一摸，身体后半部分的毛全脱净了，光溜溜的，活像退了毛的猪。他不由自主想用手去捂。

怪眼麒麟还没摸到屁股。福神已抢先飞起一脚，嘴里大叫："去也，去也。"

这一脚踢得好厉害，怪眼麒麟只觉得眼冒金星地被踢到空中，在空中连翻了十几个滚儿，只听耳边风声呼呼，身体时而变得极冷，时而又变得极热。等他停住脚步，睁开眼睛，却发现自己来到了一个奇异的去处。

怪眼麒麟奇遇记

送穷鬼的葫芦

这是一座又险又陡的灰色山峰，光溜溜的，没有一棵树一株草。山顶上有个洞。洞前坐着一个灰眉毛灰眼睛、头上生着灰角的鬼，正是送穷鬼。

送穷鬼望着山下大叫："穷奇，你来做什么？是不是又有什么好东西送我？"

怪眼麒麟忙说："我已经穷得砸锅卖铁，连裤子都穿不上，哪有东西送你。"

送穷鬼说："这么说，你是想要我的东西了？"

怪眼麒麟忙说："不错，我想借你那送穷葫芦用用。"

送穷鬼笑笑说："这可是我的看家宝贝，哪能轻易借人？除非你也有东西给我。"

怪眼麒麟迷惑地问："你想要我的什么？"

送穷鬼盯着他的脸说："我想要你那对眼儿。"

怪眼麒麟吓了一跳，这对眼儿一挖出去，他岂不就成了瞎子了！

他紧张得心头扑扑乱跳，慌乱想着："这可不行，我得想法子把对眼儿的坏处说得重重的，让送穷鬼主动放弃这要求。"

怪眼麒麟皱着眉头，绞尽脑汁地想，其实他早知道对眼儿的坏处，只

151

是从他嘴里说出，是很难受的。因为他确确实实喜欢对眼儿。他这会儿想的是怎么说出口呢？怎么说才好呢？

怪眼麒麟终于吞吞吐吐地说："其实……这对眼儿一点也不好，看什么都是双的。"

"这才好呢！"送穷鬼欢喜得手舞足蹈，"有了对眼儿，给别人送穷我可以送双份，效率提高一倍。"

怪眼麒麟急了："可是我这对眼儿不能给。"

送穷鬼也急了："那我这送穷葫芦也不借。"

这可怎么办？怪眼麒麟愁眉苦脸。

蓦地，怪眼麒麟的眼珠一亮，试探地问送穷鬼："眼睛我不能给，把'对'给你行不行？"

送穷鬼迷惑地问："这对眼儿的'对'也能给？"

怪眼麒麟连忙说："当然，当然，"他撒谎说，"我这对眼儿的'对'就是别人给的。"

送穷鬼说："我记得你原来也不是对眼儿。"

怪眼麒麟仰脸向着山顶："送穷鬼，我来教你怎么对眼儿。"他很得意，他也当了师傅了。

"黑眼珠看自己的鼻梁，眼白往两边翻。"怪眼麒麟大声传授经验。

送穷鬼学得极认真，只是他太笨，两颗黑眼珠像抹了油的玻璃球似的，一会儿一个眼珠向上，一个眼珠向下，一会儿一个向左，一个向右。

足足费了半个时辰，送穷鬼的眼珠总算有点儿对在一起了，怪眼麒麟忙叫他快照镜子。

送穷鬼从身后的洞里拿过一面镜子看了看，欢天喜地。他用手指打了个响指，一个黑色葫芦从洞里呼地飞出，飞到山下怪眼麒麟的怀里了。

怪眼麒麟抱住葫芦，刚转过身去，猛听送穷鬼又吃惊地叫："咦？这眼怎么又不对啦？"

怪眼麒麟二话不说，赶快翻跟斗就跑。他早就知道送穷鬼的对眼儿还得变回去，难道就是那么好对的？这可不是一日之功。

怪眼麒麟这个跟斗翻得力量好大，虽说不能像孙悟空那样，一下子就能翻十万八千里，可也早把穷山和送穷鬼远远抛在后面了。

他背着葫芦，辨明了方向，急急忙忙踏着云路去找福神。

"扑棱扑棱。"背上的葫芦发出响声。

"咦？这里面是什么东西？"怪眼麒麟好奇地耸着耳朵听。

"嘻嘻，是什么东西你准不知道。"黑葫芦里传出个尖细的声音。

"是的，我不知道，因为你在葫芦里，我看不见。"怪眼麒麟老老实实地说。

"我就是在葫芦外面，你也看不见。"尖细的声音说。

"我知道了，你会隐身。"怪眼麒麟猜测。

"我根本用不着隐身，因为我知道你是瞎子。"黑葫芦里发出讥笑的声音。

怪眼麒麟生气地说："我才不是瞎子呢！我不光能看见你，而且能看见两个你。难道你不知道我是对眼儿？"

"你看不见，不信咱们打赌。"葫芦里的声音说。

"打赌就打赌。我叫你好好看看，我的眼睛到底怎么样。"怪眼麒麟说着，赌气地打开黑葫芦盖子。

"咝咝咝……"随着一阵细微的响声，葫芦嘴里冒出了三股烟尘：一股白烟，一股灰烟，一股黑烟。

烟雾里发出叽叽嘎嘎的笑声，化成了三个面目丑陋的小鬼：灰鬼、黑鬼、白鬼。

"我看见你们了。"怪眼麒麟指着他们大叫。

三个小鬼难听地怪笑着，灰鬼和白鬼指着黑鬼向怪眼麒麟说："看见又有什么用，你上了这赌鬼的当了。"

他们笑着忽然身体变小，向怪眼麒麟扑来，钻进他的身体不见了。

怪眼麒麟慌忙乱摸全身，他什么也没找到，再看看黑葫芦，已经变得很轻很轻，好像已经没有什么东西。

怪眼麒麟懊丧地想："鬼虽然跑了，但用这黑葫芦也许可以吓吓怪兽穷奇和独足鬼。"他把葫芦盖子扣上，重新放到背上，驾云飞奔。

走了不久，前面云团乱飞，怪眼麒麟看见了福神布下的"九连环迷魂阵"在半空中晃动。独足鬼骑着穷奇已经闯过了八个连环，眼看就要从迷魂阵里冲了出来。福神老头正站在阵边上焦急地等待。

一看见怪眼麒麟，福神便高声叫："送穷葫芦可弄来了？"

怪眼麒麟吞吞吐吐："借倒是借来了，只是……"

这时，独足鬼和穷奇兽已从迷魂阵里冲了出来，福神顾不得多说，忙从怪眼麒麟手里抓过黑色葫芦，对准独足鬼和穷奇，噌地一下拔开盖子，等了一会儿，里面却毫无动静。

"咦？怎么没有小鬼出来？"福神惊疑地叫。

怪眼麒麟心里说："早出来了。"

独足鬼和穷奇先是吓了一跳，看到这种情景都乐着说："哈哈！这送穷葫芦是假的。"说着，他们一点点向福神和怪眼麒麟逼近，面孔里现出狰狞可怕的表情。

怪眼麒麟有点紧张，悄悄地问福神："老爹，不知道您的武功怎么样？"

福神也悄悄地说："我送福气倒是很在行，可对打架整个是一个门外汉。"

怪眼麒麟慌了："那咱们怎么办？"

福神眨眨眼睛说："等我变成财神的模样，与他们斗斗看。"

怪眼麒麟问："财神爷会打架？"

福神声音放得更小："那可不一定。我和财神兄弟俩都是天上的文职人员，谁也没摸过刀枪，我变成他的模样去打，打了败仗也算是财神的，坏不了福神的声誉。"

怪眼麒麟笑说："这老头还挺精。"

福神在原地以一只脚为轴，转了三圈，一抹脸，变成了财神爷的模样。

恰在这时，穷奇已驮着独足鬼冲到福神的跟前。独足鬼伸出爪子去抓福神的鼻子。穷奇张开血盆大口去咬福神圆乎乎的肚子。

情况万分紧急。

福神赶紧张开嘴。只听："呼——"他嘴里喷出一股气，比喷气式飞机尾部的气流要大得多，一下子把独足鬼和穷奇吹出八百丈远，在云彩里滴溜溜地打转。

怪眼麒麟惊愕地问："你呼出的气怎么有那么大劲儿？"

福神笑说："你没听说过财大气粗这句话？我呼出的可是财神爷的气，自然是最大的了。你看着，这回我把气憋得足足的，索性把他们吹到九天外面。"

福神深吸一口长气，肚皮鼓了又鼓。

"刺啦——"福神背后传来一阵奇异的响声。

"这是怎么回事？"怪眼麒麟眯缝起眼睛问。

福神噗的一声泄了气，红着脸不好意思地说："憋得气太足，把裤子撑破了。"

果然，福神的裤子后面开了一尺半长的缝儿，成了开裆裤，连屁股都露了出来。

怪眼麒麟笑说："这回不是'财大气粗'，倒成'财大屁粗了'。"

福神慌忙一抖双袖。

骨碌碌，宽袖口里滚出两枚金灿灿、光闪闪、直径为一尺的大金钱来。

怪眼麒麟惊叹："嗬，用金钱挡屁股，还是财神爷趁钱。只是这金钱当中还有小窟窿眼儿。"

福神瞪他一眼："大敌当前还胡说八道。"吓得怪眼麒麟缩了一下脖子，再不敢吭声。

这时候，独足鬼骑在穷奇背上呐喊着又冲了过来，福神慌忙把两枚大金钱沿着云彩滚出去。

大金钱横挡在前面，中间的钱眼变得直径有一寸大。

独足鬼和穷奇冲到金钱跟前，忽然停住脚步。他们都一动不动地盯着金钱。眼珠上都出现了一扇小门，忽地打开，喷出了许多亮亮的金星。

"这是怎么回事？"怪眼麒麟问。

"这叫'见钱眼开'。"福神笑说，"快看，好戏还在后头。"

独足鬼和穷奇眼珠直勾勾地盯住金钱，同时冲上前，一头就往钱眼儿里钻。

钱眼儿窄窄的，细细的。穷奇和独足鬼各钻一个，脸撞出血来，脑瓜都挤得变了形，可还是疯狂地往里钻。

"他们在干什么？"怪眼麒麟问。

"在钻钱眼儿。"

"这两个家伙真傻，"怪眼麒麟忍不住讥笑，"其实可走的地方很多，从钱旁边绕过去，或从钱上边跳过去都可以，可他们偏偏钻这过不去的钱眼儿。"

福神感叹道："下面世间这样的傻人也不少呢！世界之大，可走的路多得是，可有人就只认这小小的钱眼儿，就像这独足鬼和穷奇一样。"

但穷奇和独足鬼是鬼，人钻不过来，鬼却可以钻过来。

独足鬼的弹簧脖子伸得长长的，像一条细蛇，弯弯曲曲地扭过钱眼儿，把大钱币套在他的脖颈上。

穷奇硬是用锋利的牙齿把钱眼儿咬成个大洞，穷凶极恶地钻了过去。

"看来只有使用最后一招了，'有钱能使鬼推磨'，不知这招灵不灵。"福神忧虑地说。

"这两个恰好是鬼，正对症下药。"怪眼麒麟忙鼓励福神。

福神扬起裤脚，从裤腿里滚出两个叠在一起的磨盘，旋转着变大，磨盘边上有一个圆溜溜的金球。

独足鬼和穷奇不约而同奔向金球。

金球围着磨盘旋转，磨盘的横杠正挡在独足鬼和穷奇的前面。他们只好推着磨盘拼命往前转。

"他们一直会转到累死为止，真没想到用这办法治鬼还挺灵。"福神笑吟吟地说。

怪眼麒麟刚想表示赞同，忽然觉得有点不对。他的脑袋里响起了一阵尖细细的话语声：

"有钱能使鬼推磨，咱们是鬼，也要个金球、金磨来推推。"

接着怪眼麒麟的鼻孔有些痒痒，他打了个喷嚏。一个小黑点从鼻孔里喷了出来，变成三寸大小的黑鬼。

福神一看，吃了一惊："哇呀！赌鬼。"

话没说完，黑色小赌鬼已灵巧地跳到他身上，揪住福神的胡子大叫："给我金球、金磨盘。"

"没有！没有！"福神连连摆手。没想到有钱能使鬼推磨，却引来更恶的鬼。

"不给不成，我到你肚里去拿!"黑色赌鬼尖叫着，往福神脸上一撞，不见了。

怪眼麒麟奇遇记

目光如剑的对眼儿功

怪眼麒麟想："小赌鬼准是跑到福神的肚子里去了。"

福神像中了魔一样，目瞪口呆地立在那儿，一动不动。

"福神老爹，你怎么啦？"怪眼麒麟吃惊地问。

"滴溜溜！"福神的两颗眼珠如同玻璃球，在眼眶里乱转了一阵，突然欢喜地大声叫：

"赌！赌！赌！要想发财就来赌！"

怪眼麒麟忙告诉他："福神老爹，这小赌鬼在你肚中作怪哩！"

福神笑嘻嘻地望着怪眼麒麟说："胡说，哪来什么小赌鬼，分明是我赌瘾大发作，不信你敢跟我打赌。"

福神抓耳挠腮，好像衣服里进了五六个跳蚤："不行！不行！再不赌我可真受不了啦。"他在云彩间跳来跳去，最后跳到转动的大磨盘旁边，低下头去猛地朝磨盘一撞。

"砰！"福神的脑袋竟把磨盘撞成了一个八仙桌。

"赌！赌！赌！"福神唱着，又抱住金球往八仙桌上一扣。

"哗啦啦！"金球散成了一副麻将牌。

"哈！赌麻将！"待在旁边的穷奇和独足鬼欢喜地叫，原来这两个也是赌鬼，他们搂肩搭背地拉住福神。

穷奇说："咱们先赌完了，我再吃你。"

独足鬼说："咱们先赌完了，我再偷你。"

福神也笑眯眯地说着疯话："行啊！行啊！只要让我赌够了，你们烧着吃、炖着吃都行。"

他们三个在麻将桌边坐了下来。

独足鬼说："打麻将还三缺一，还少一位。怪眼麒麟，你也过来。"

穷奇说："你不过来，我就吃了你。"

怪眼麒麟慌忙说："不行，我是对眼儿，看什么都是双份，我一过去就等于过去两个人，五个人你们就没法打了。"

福神早等得不耐烦："算啦！算啦，三个人也可以打，你独足鬼缺一条腿不也照样走路吗！"

独足鬼同意地点点头："这倒也是。"

三个人噼里啪啦地打开了麻将。

怪眼麒麟傻乎乎地站在他们旁边，不知该怎么办才好。

猛然，他看见福神头皮里向上冒出一丝黑气，变成了两条黑气组成的小腿，随着黑气越来越多，渐渐地，腿上又长出了身体下半部，而福神还全神贯注地打牌。

"福神老爹，你头上有鬼。"怪眼麒麟提醒。

"哈哈，我和了，我赢啦！"福神却高兴得大叫，把穷奇和独足鬼脖子上的金钱币摘下来，套在自己的脖子上。

福神头顶上的黑气冒得更多了，黑烟组成的身体上又长出了胳臂、脖颈、脑袋。

一个由黑烟组成的小赌鬼飘在福神的头顶上。

小烟赌鬼在上面手舞足蹈。

福神开始输了，他把大钱币又给了独足鬼和穷奇。

"我这还有聚宝树。"福神从身上的福气袋取出一棵小树苗，小树苗忽地长大。树上结满了珍珠、翡翠、钻石。

159

"好，就赌这个。"独足鬼和穷奇兴致勃勃地叫。

小烟赌鬼在福神头顶上伸胳臂蹬腿。

福神又抓了一把臭牌，把聚宝树输过去了。

"我这儿还有聚宝缸。"福神从福气袋里取出聚宝缸，聚宝缸胀得老大老大，里面装满了金元宝。

小烟赌鬼又在福神头顶乱蹦乱跳。

福神的聚宝缸又输过去了。

"我这儿还有聚宝盆。"福神又拿出了聚宝盆。盆比缸小一号。

小烟赌鬼高兴地狂舞狂摇。

福神的聚宝盆又输过去了。

怪眼麒麟跑到福神身后边。他想把小烟赌鬼抓下来。

小烟赌鬼是一团气。抓一把是空的，手一躲开，他又聚成了原来的模样。

"吱吱吱，咝咝咝。"小烟赌鬼向怪眼麒麟吐舌头、扮鬼脸，嬉笑着说："你抓不到我，那只是我的影子，我的真神在福神的肚皮里呢，我给你跳个鬼式迪斯科。"

　　　天灵灵，地灵灵，
　　　小小赌鬼来显灵。

他在福神顶上狂乱地跳开了大神。

这下不得了了，福神从福气袋里取东西的速度更快了。

"我再押上聚宝罐。"

"我再押上聚宝碗。"

"我再押上聚宝勺。"

福神输的速度越来越快，从福气袋里取出的宝物也越来越小。

最后他在福气袋里摸了半天，才取出一个火柴棍大的东西来。

"我再押一个聚宝耳挖勺。"福神大叫。

"等一等，这小东西有什么用？"独足鬼皱起眉头问，他身边的宝物已堆成了山，都是从福神那里赢来的。

"用这金耳挖勺掏出的耳屎能变成金子。"福神急匆匆地说着又要摸牌。

"不成，不成！这耳屎能有多点呀！"独足鬼使劲摇头。

"你可以去挖大象的耳朵嘛！"福神帮助出主意，在这方面他脑瓜似乎还很灵活。

"那也少，那也少。"穷奇晃着脑袋叫。

福神又伸到福气袋里去摸，这一回什么也没拿出来。他急得浑身乱摸，最后他猛地伸手去抓自己的头顶。

怪眼麒麟看着心里一乐，猜想福神准是觉悟了，去抓小烟赌鬼了。

不料福神去抓的却是悬在他头顶上面的那颗小星星。

"我把这个也押上。"福神把小金星拍在八仙桌上。

"这玩意儿也不大呀！"独足鬼和穷奇一齐摇头。

"你们懂什么？这是我的护身宝贝，它悬在头顶上，'福星高照'。谁有了它，不光浑身上下、里里外外都充满了福气，就连新陈代谢都会与众不同，吐金痰，拉金屎，撒金尿，放金屁。"福神厉声说。

"赌！赌！"独足鬼和穷奇高兴得眉开眼笑。

"赌！赌！"小烟赌鬼在福神头顶上叽叽乱叫。

金耳挖勺和金星全输过去了，阔气无比的福神全输光了，穷得叮当乱响，可是小烟赌鬼还在他身上作怪，福神还得要赌，他红着眼说：

"我还要把本钱捞回来。"

"可是你还有什么呢？"独足鬼讥笑地问。

穷奇也讥笑："你没老婆、孩子，要是有，倒还可以赌一回，叫我赢过来吃了。"

福神眼睛直勾勾地东张西望，他盯住了怪眼麒麟，这是一种又傻又疯的眼光。

怪眼麒麟好害怕。

"我还有怪眼麒麟，我还可以把他押上。"福神迷迷瞪瞪地说。

怪眼麒麟向福神又跺脚又挤眼睛。可福神全不知道了，他已经被小烟赌鬼迷糊涂了。

穷奇贪婪地张着大嘴瞅着怪眼麒麟，眼珠在他身上扫来扫去，似乎看在哪个部位下嘴合适，他吱吱地磨着牙齿说："这胖麒麟肥膘多了些，不过里脊肉一定很嫩。"

怪眼麒麟吓坏了，因为穷奇要吃他，而福神只要输了，就得同意。

怪眼麒麟急坏了，因为福神又开始摆牌了，就等于把他押上牌桌了。

怪眼麒麟气坏了，因为小烟赌鬼又开始在福神头顶狂魔似的乱舞，福神肯定又要输了。

怪眼麒麟一生气就要皱眉，一皱眉就要对眼儿。眉皱得越厉害，眼对得就自然越厉害。

对得最厉害时，两颗黑眼珠都碰撞在一起，发生了静电反应，啪啪响着放出电火花来。

怪眼麒麟狠狠地盯着福神头顶跳舞的小烟赌鬼，把仇恨都集中到了目光上。

俗话说"目光如剑"，何况怪眼麒麟不是凡人是神物，他的目光更是剑，眼一对还是双剑，一左一右，可称为雌雄双剑。

连怪眼麒麟自己都没有料到。他日久天长老练对眼儿，竟练出一种奇异的对眼儿功来。当然这种对眼儿功轻易发不出来，只有在生死关头，体内分泌大量激素，能量够了，才能发出。

这会儿，怪眼麒麟身体就玩命地分泌激素，他连吃奶的力气都使出来了。

"呼呼！"怪眼麒麟眼里射出两道剑光，又合二为一，像激光光束一样，直射向福神头顶上。

正在狂舞的小烟赌鬼着了这光束，突然像电影中的定格一样，定在那里一动不动。

随着对眼儿光束源源不断地射过来，小烟赌鬼发出咿咿呀呀地叫声，烟的颜色越变越黑，原来，黑气又不断地从福神脑里冒出。

渐渐地，这小烟赌鬼由烟状变成液体状态，最后变成了固体。

怪眼麒麟的对眼儿功真厉害，硬是把小赌鬼的真身从福神肚皮里逼了出来。

黑色小赌鬼惊慌失措，在福神头上边飞来飞去，竭力躲避对眼儿光。

怪眼麒麟忽然觉得光束有些减弱。不好！电力不足，激素分泌少了。他得抓紧时机。

怪眼麒麟灵机一动，想了个主意。他把脑袋左右乱晃，对眼儿光束也随着左右横扫。

这一横扫，小赌鬼是无论如何也躲不过了，他大叫一声被光束拦腰斩成两段。

小赌鬼的下半截身体钻向了独足鬼。

小赌鬼的上半截身体钻向了穷奇。

穷奇和独足鬼还没来得及叫出声，这两部分已分别钻进了他们的身体。

眨眼间，他们头顶上咻咻地往外冒黑气。

穷奇头顶上出现了小烟赌鬼上半截影子。

独足鬼头顶上出现了小烟赌鬼下半截影子。

小烟赌鬼上半截影子叫："身体分开好难受。"

小烟赌鬼下半截影子叫："快合在一块，快合在一块。"

被鬼缠身的穷奇迷迷瞪瞪翻了个跟头，正翻到独足鬼的头上。

两个半截小烟赌鬼的影子合在了一起。穷奇和独足鬼也连在了一块，就像被胶粘住了。

独足鬼头顶着倒着的穷奇。他只有一只脚，独立支撑，真是累。

穷奇四腿朝天，脑瓜朝下，真是晕。

"你给我下来！"独足鬼伸手乱抓。

"你给我上来！"穷奇在上面乱晃乱舞。

他俩打得不可开交，翻滚着，沿着云团越滚越远，直到消失在天边。

怪眼麒麟奇遇记

肚皮里的小·酒鬼

看穷奇和独足鬼厮打着走远，怪眼麒麟总算松了口气。刚才猛发了一通对眼儿功，他感觉很累，一屁股坐在云彩上呼呼喘气。

这时候，福神也清醒过来，红着脸，喃喃自语："惭愧，真是惭愧。"他忙不迭地把那堆成山的宝贝重新往福气袋里装。

怪眼麒麟说："我有些口渴。"

福神说："我也有点渴了。你等着，我化成个凡人到下面人间去买几瓶可乐和健力宝来。"

"我才不喝可乐，我要喝酒。"

福神吓了一跳，怪眼麒麟才几岁，还属于小学生阶层，怎么能喝酒呢？

"我要喝酒，喝酒，喝酒！"又是一连串的声音，又尖又细，一点不像怪眼麒麟的。

福神仔细一听，才听出这声音是从怪眼麒麟肚子里发出来的。

怪眼麒麟害怕地说："福神老爹，我肚子里面的鬼在说话。"

福神说："让我用照妖镜看看是什么鬼？"

"甭看，甭看，我告诉你好啦，是酒鬼。"怪眼麒麟肚子里的鬼不耐烦地说，"快拿酒来，否则我可就要撒酒疯啦！"

怪眼麒麟奇怪地问："你还没喝酒呢，怎么能撒酒疯？"

他肚里的小酒鬼嘻嘻哈哈一笑："我是酒鬼，撒酒疯是我的看家本事，还管什么先喝后喝！外面的傻小子你听着，我先给你打一通醉拳。"

说着小酒鬼在他肚皮里晃晃悠悠地舞开了，怪眼麒麟肚子立刻一阵阵绞痛："哎哟，好疼，好疼。"他的身体都缩成了一团儿。

"傻小子，我教你个不疼的方法。"小醉鬼嬉笑着，"按照我的指挥，你在外面也打起醉拳就行。"

怪眼麒麟迟迟疑疑地也跟着晃悠起来，肚子果然好了许多。只是他跌跌撞撞，几个拳头老是在福神身边晃来晃去，吓得福神急忙跳着脚躲闪。

小酒鬼在怪眼麒麟肚皮里又叫："我再给你们来个醉眼蒙眬。"

他不知使了什么怪招儿。怪眼麒麟眼睛里泛出一环一环的光圈，他像戴上了超级哈哈镜的眼镜。福神在他眼里成了一个圆墩墩的酒坛子。

"好酒！好酒！"怪眼麒麟迷迷瞪瞪地叫着，扑上前去，抱住了福神，举起来就要喝。慌得福神在半空中大叫："放下，快放下，我给你酒还不成。"

怪眼麒麟被支配着，松开了福神。

"老头儿，你要耍心眼骗我，我可要抓他的心肝。"小酒鬼恶狠狠地威胁。

"不敢，不敢。"福神慌忙说，"我这里确实没酒，但我可以指给你喝酒的去处，离这儿西南方向两千五百千米，有一个酒泉。酒美如肉，人饮此酒，长生不老。我这就带你去……"

福神的话还没说完，冷不防小酒鬼在怪眼麒麟肚子里狠踹一脚，疼得怪眼麒麟一个跟斗翻上九天，等他随风飘飘忽忽地落下来，却不知落到了一个什么去处，早不见了福神的影儿。

"你着什么急呀！"怪眼麒麟埋怨小酒鬼，"这回没有福神领路，我可找不到酒泉。"

"你以为我真去酒泉？"小酒鬼冷笑着。

"你不是要喝酒吗？"怪眼麒麟奇怪地问。

"但酒泉我可不去。酒泉既然是使人长生不老的仙泉,必有酒仙把守。福神那臭老头儿想把我骗到那儿去送死,我才不上这个当呢!你要按我的吩咐,去另外的地方。"小酒鬼得意地说。

怪眼麒麟在云雾中糊里糊涂地绕了许多弯儿,终于到了一处,他感到自己降低了许多,低头一看,只见云层下面一派江南水乡的秀丽风光。

青石板街道,一条条木屋小巷,村镇边上,有小桥流水。

"你知道这儿是什么地方?"小酒鬼在他肚里问。

怪眼麒麟远远看见下面一面酒旗上写着:绍兴老酒。酒店的柜台后面,高高地摞着许多酒坛子。他迟疑地问:"你想让我到这绍兴城里的酒店去弄酒?"他有点发愁,因为他还从来没干过坏事,这买酒不给钱可是坏事。

"那一点儿酒哪够我喝?"小酒鬼冷笑着命令他张开嘴。

怪眼麒麟以为他要出来,忙把嘴张得大大的。

"骨碌碌!"从他嘴里滚出一个黑糊糊的玻璃球,是小酒鬼扔出来的。

黑玻璃球在云彩上旋转,转得有半间小房子大。

"这是什么?"怪眼麒麟问。

"这叫昏天黑地球。"小酒鬼笑嘻嘻,"人一喝醉了酒,自然就会昏天黑地。一昏天黑地,就又能找到酒。快钻进去。"

怪眼麒麟无可奈何地钻入黑玻璃球。黑玻璃球马上飞速旋转,转得他果真昏天黑地。

等球停下,怪眼麒麟费劲地爬出球外。他发现黑玻璃球已经把他们旋到了古代。

云彩下的地面上,一队队身披铠甲的士兵正在操练。一面大帅旗上写着:吴将伍子胥。原来这是春秋时代。

"快变成个士兵混到队伍里面去。"小酒鬼在肚里命令他。

"让我跟他们一块去打仗?"怪眼麒麟有点发毛。他是仁兽,是和平之兽,最不会打仗了,叫他参加世界和平组织还差不多。

"快变!下去你就知道了。"小酒鬼揪着怪眼麒麟的肠子说。

怪眼麒麟赶快摇身一变,变成个胖乎乎、笑眯眯的士兵,降落云头,神不知鬼不觉地混到士兵队伍里，傻乎乎地跟着走来走去。

"来了，来了。"小酒鬼在他肚子里叫。

只见许多越国的士兵在越王勾践的带领下推车挑担，送来了大批的美酒。酒瓶在空地上堆集成了一座高高的瓶山。

"喝啊！"吴国的士兵马上跑过去，怪眼麒麟也被拥到酒瓶中间。

"你快出来吧。"怪眼麒麟张大了嘴，心想："这下可以解放了。"

"我就在你肚里喝，你喝即是我喝。"小酒鬼十分狡猾，使劲用脚一踹他的肠胃。

怪眼麒麟马上冲向酒瓶山，因为小酒鬼已经不耐烦地在他肚子里开始动作了。

喝呀喝，怪眼麒麟手忙脚乱，一瓶接一瓶，那速度比现在装酒的传送带还要快，不一会儿，他身后的空瓶子已占了瓶山的三分之一。

而他一点儿没醉，因为小酒鬼正站在他肚子里，仰着嘴巴对着他的喉咙口接酒。

怪眼麒麟喝酒的速度还一点儿不能放慢。他稍慢一点儿，小酒鬼就用舌头舔他的嗓子眼儿，叫他痒痒得受不了。

旁边狂饮的士兵们都被怪眼麒麟喝酒的劲儿惊呆了。

"这小子喝不花钱的酒简直是玩命。"一个士兵说。

"悠着点儿喝吧！酒是人家的，肠胃可是自己的。"另一个士兵嘲笑说。

怪眼麒麟红着脸："是我肚子里的鬼要喝。"

所有的酒都被喝光了，地上洒了许多，那是醉酒的士兵们边喝边倒的。

小酒鬼的酒瘾真大，他命令怪眼麒麟把地上洒的酒冻成冰块，捡起来塞进肚里。

"嘿嘿，这家伙真馋。"所有的士兵都指着他哈哈大笑。

怪眼麒麟羞得恨不能找个地缝钻进去。他嘴里嘟嘟囔囔："喝完了，该走了。"说完也不管肚子里的小酒鬼听见没听见，一下子腾身冲上天去，他不由自主地在空中连连打转。

等怪眼麒麟在云端站稳了脚跟，再往下一看，下面那些喝酒的士兵全都消失得无影无踪，只剩下一片绿油油的稻田，旁边还有一座郁郁葱葱的山，山上的一块巨石上还刻了几个大字：嘉善县瓶山。

"怎么人都不见了？"怪眼麒麟奇怪地自语。

"傻小子，我在你肚里运用昏天黑地球把咱们又旋回现在的时代，瞧见没有？下面那瓶山就是你和士兵喝酒时的酒瓶堆成的，如今还成了一名胜哩！"小酒鬼在怪眼麒麟肚皮里嬉笑着，"闭上眼睛，我再带你上另一处去喝酒。"

"怎么？你还没喝够？"怪眼麒麟哭丧着脸说。

"早哩，还不到一分醉呢。"小酒鬼说着，大概又在他肚里转开了昏天黑地球。怪眼麒麟的身体像陀螺一样地飞快旋转起来，他感到晕极了，吓得他赶快闭上眼睛。

"到了！到了!"小酒鬼在他肚里叫。

怪眼麒麟闻到一股香味，他定住身往下看，闯入眼帘的是一面酒旗，上面写着：杏花村。噢，又到了山西了。

"看见没有？"小酒鬼在他肚里问。

"看见了。"怪眼麒麟说，"下面酒店里有许多瓶装的汾酒。"

"不是酒店，是井，是酒店后面那高坡上的井。"

"啊，你想让我跳井？"怪眼麒麟吓得一哆嗦。

"不是跳井，是喝井。"小酒鬼嬉笑着，"你再看看，那井边还有字呢。"

怪眼麒麟定睛一看，那井栏修得古色古香，旁边还竖一块石碑，上面写着"得造花香"。

"你先听我给你讲个故事。"小酒鬼说。

听故事，他可愿意，怪眼麒麟忙竖起耳朵。

小酒鬼洋洋得意地说："原来这地方不叫杏花村，叫杏花坞，有个酒店叫醉仙居。有一天，酒店里来了个衣衫褴褛的道士，从早喝到晚，喝得酩酊大醉，连一文钱都没给就走了。"

怪眼麒麟笑着说："和咱们一样。"

小酒鬼说："第二天那道士又来了，又喝了一天，还没给钱。"

怪眼麒麟说："嗬！这道士比咱们还没出息。"

小酒鬼说："那道士喝到第三天，醉得都走不动道了，爬出了酒店，爬到井边上，将喝的酒全吐入井内，顿时井内充满了异香，井水成了最好的美酒。"

没等小酒鬼说完，怪眼麒麟拍着手笑说："我明白了，我明白了。我明白了你讲的意思。"

"你真明白了？"小酒鬼惊喜地问。

"真的明白。"怪眼麒麟认真地说："你是让我也到那井边，也学那道士把刚才喝进肚里的酒吐出来。"

"呸呸呸！"小酒鬼懊丧地连唾三口，"我自己的酒还差得远呢，哪儿有多余的酒给他们！我是让你化装成道士，把那道士吐的仙露全喝上来。"

"啊？"怪眼麒麟傻眼了，他哼哼唧唧，"这他们要问起来，我怎么说呢？井边可有人守着呢！"

小酒鬼说："你就装做先前那道士的样子，跟他们说把自己吐的再喝回来嘛。"

怪眼麒麟说："可吐了怎么能再喝呢，人又不是牛，牛有反刍胃，人却没有。"

"那就说你有牛胃。"小酒鬼利嘴滑舌地说，怪眼麒麟的话正好提醒了他。

怪眼麒麟赶快变道士，因为小酒鬼又要在他肚子里打把式了。

他顾不得再隐身，晃晃悠悠地扎下云头，在半空中便朝下喊："我可有反刍胃。"

下面井边的几个人看见怪眼麒麟，先是吓了一跳，接着满面喜色，拍手大叫：

"欢迎神仙光临，热烈欢迎！"

怪眼麒麟说："我可要喝了。"

"您尽管喝，要不要下酒菜？现成的酱猪蹄熏下水。"这几个人极热情。

怪眼麒麟想："小酒鬼在我的喉咙口等着呢，我吞下什么都是他吃。"

他连忙摇头："不要！不要！"

怪眼麒麟赶快趴在井边上，张开嘴一吸溜。

"刷——"一股水流吸了上来。

"慢着！慢着！"小酒鬼在他肚子里跳着脚叫。

"怎么啦？"怪眼麒麟奇怪地问。

"这是假的，冒牌的！"小酒鬼大叫，声音都冲出了肚皮外。

怪眼麒麟忙爬起来，可被旁边几个人笑眯眯地拉住说："你一来可就成了真的啦！你别走，你无论如何留下点东西，让我们也沾些仙气。"

这几个人简直急不可待，摘帽子的，扒鞋的，脱衣服的……

怪眼麒麟一看不妙，再待一会儿，准得被他们扒光。他急忙一腾身，翻到空中，即使是这种速度，鞋子还是被他们扒掉了一只，好在那并不是真鞋，过不了半小时，就会自行消失。

"快找那真的井。"小酒鬼在他肚里急躁地催促。

怪眼麒麟踩着云团，转动脑袋四下张望，方圆不到八十里，下面却有一千多口井，而且还都竖着石碑，围着古色古香的井栏，都有"得造花香"四个字。

怪眼麒麟慌里慌张不知落到哪口井上。

"找正宗的。"小酒鬼在肚里说。

"可都标着正宗呢。"怪眼麒麟疑惑地说。

突然，他看到一口井旁边新竖起一根大旗杆。上面写着：最正正正正宗。再仔细一瞧就是刚才他落下去的那口井，不过比刚才可热闹多了。

那口井已用彩绸盖住，井栏前面又新围起了几处栏杆，竖起了不少新的牌子。

神仙落鞋处：一个玻璃匣子罩住一只鞋子。

怪眼麒麟看了心想，这哪里是掉下来的，分明是他们硬扒下来的。

怪眼麒麟再往下看，眼珠吃惊得大了一圈——

神仙落帽处：陈列着一顶帽子。

神仙脱衣处：陈列着一件破烂长衫。

神仙醉卧处：丢着一根拐杖。

怪眼麒麟的帽子没掉，衣服没脱，也没带拐杖，这是怎么回事？

他明白了，这全是假造的。

小酒鬼在他肚子里似乎也闻出了气味："快走！快走！这儿没真货。你闭上眼睛，我再带你到另一处去喝酒。"

"等一等。"怪眼麒麟急忙叫住他说，"你在我肚皮里待得这么久，是不是也换个位置到别处去。"

"不用不用，这里冬暖夏凉，条件蛮好。"小酒鬼大大咧咧地说，"我打算在这儿长待下去。"

怪眼麒麟大吃一惊，哼哼唧唧地嘟囔："不成！不成，那驻联合国大使都几年一换届，可我……"

他的话没说完，小酒鬼已在他肚里转开了昏天黑地球。怪眼麒麟只好赶忙闭上眼睛……

怪眼麒麟奇遇记

坐花轿的傻新娘

等怪眼麒麟迷迷瞪瞪地睁开眼，发现他不是在天上，而是在一个黑糊糊的矮洞里。

"这是什么地方？"他诧异地问。

"小声点儿，房间里有人。"小酒鬼低声说。

"我们是在哪儿？"

"在等待出嫁的新娘的床底下。"小酒鬼嘻嘻哈哈地说。

"怎么到这儿来了？快走吧。"怪眼麒麟有点紧张。

"不许乱动，不然我就在你肚子里跳迪斯科，抽羊角风。"小酒鬼恶毒地吓唬他。

有轻轻的脚步声，怪眼麒麟先看到一双漂亮的绣花鞋，接着从床帘的缝隙里，看见漂亮的新娘，抹着红脸蛋儿，凤冠霞帔，打扮得花枝招展。

"张开嘴。"小酒鬼耳语般地命令怪眼麒麟。

从怪眼麒麟嘴里飞出一个小虫，嗡嗡地转了几圈，飞了出去，不声不响地溜进了新娘的鼻孔。

不一会儿，外面传来了轻轻的鼾睡声。

"她中了我的瞌睡虫了。"小酒鬼得意地命令说，"快出去把这新娘搬到床下来。”

“你想抢新娘?”怪眼麒麟张大嘴巴。

“不！我要你去装做新娘。”小酒鬼嘻嘻笑着。

怪眼麒麟傻眼了。

他哭丧着脸,按照小酒鬼的吩咐,把熟睡的新娘转移到床底下。然后变做新娘的模样——像极了,只是还有些对眼儿。

外面响起了迎亲的喇叭声。怪眼麒麟急忙用红布盖住头,门开了,两个女人走进来,搀扶着怪眼麒麟走向花轿。

怪眼麒麟傻乎乎地想,装新娘虽然没劲,但这轿子倒挺好玩的,甭管怎样,先坐上去过过瘾。他刚要往上迈脚,突然旁边的女人拦住他轻声说:“快唱哭嫁歌,快唱哭嫁歌。”

“什么?”怪眼麒麟一愣。

肚里的小酒鬼嘻嘻笑着插话:“哭！唱舍不得爹妈。”

“我的妈妈啊,我舍不得离开你啊……”怪眼麒麟捏着细嗓儿,有滋有味地哭唱起来,哭完了,他刚要上轿,旁边的女人又拦住了他:

“哭兄嫂。”

于是怪眼麒麟又捏着脖子哭唱着,表示舍不得哥哥嫂嫂。好容易哭完了,他刚要上轿,却又被拦住:

“哭姐妹!”

怪眼麒麟又捏起脖子,张开嘴唱。

“哭弟弟!”

怪眼麒麟心里说:“怎么没完了？这家子怎么那么多人？准是没搞计划生育。”这回,他有了经验了,哭完后,他不忙着上轿,而且转过脸去问旁边的女人:“这回该哭谁了?”

“不哭了,该骂了。”旁边的女人轻声说。

“骂谁?”怪眼麒麟奇怪地问。

“假装骂媒人。”

怪眼麒麟灵机一动:“我不会骂人,骂鬼行不行?”

那女人忙说："别提鬼，提鬼不吉利。"

可怪眼麒麟装做没听见，他心想，媒人又没招我惹我，我骂人家干什么。我还是骂肚子里的鬼吧。

于是他絮絮叨叨："肚子里的小酒鬼你听着，我要不骂你的话，这轿子人家还不让上，我骂你，你还不能在我肚子里乱折腾，我一肚子疼，也上不了轿，还得去医院。你这个馋嘴的，该打屁股的……"

也许是旁边的喇叭声太大，小酒鬼听不见他骂，也许怕坏了事，反正小酒鬼在里面一声没言语。

直到怪眼麒麟骂得口干舌燥，才算心满意足地上了花轿。

怪眼麒麟刚在轿子里坐下，轿帘又掀开了，送进来一个顶着红布的圆乎乎的东西。

"这是什么？可别是炸弹。"怪眼麒麟想起外国杀手暗害总统就是往轿车里扔炸弹，他急忙把那东西往外推。

"别推，别推，这是'女儿红'。"小酒鬼在他肚子里着急地乱叫。

"什么'女儿红'？"怪眼麒麟发懵地问。

小酒鬼喜滋滋地说："我叫你装扮新娘就是为了这个。这是一坛名酒，叫做'花雕'，又叫'女儿红'。这新娘子生下来一个月时，她的父母就为她酿制美酒数坛，埋入地下，直到十几年后她出嫁时，才从地里挖出来作为陪嫁。你快把酒打开，我已饥渴得耐不住了。"

果然，一股清幽的香味从裹着红绸的坛子里溢出。怪眼麒麟打开坛盖，花轿里立刻弥漫了浓浓的酒香。

怪眼麒麟慌忙抱起坛子咕咚咕咚地往嘴里倒，又是小酒鬼在他嗓子眼接着。怪眼麒麟一滴没喝着。

"你伸出舌头，把坛子里的酒滴也给我舔出来。"小酒鬼命令。

"没有了，没有了，咱们赶快溜吧，一会儿下轿时，他们就该发现了。"怪眼麒麟说。

"走……走不了啦，我一喝醉了，昏天黑地就不管用啦！"小酒鬼在他嘴里结结巴巴地说。

正在这时，听见轿外有人说："好香的酒味，是不是轿里的'女儿红'酒啦。"

怪眼麒麟低声说："糟糕，他们问酒呢，怎么办？"

小酒鬼说："你往酒坛里撒泡尿。"

怪眼麒麟说："这太缺德。"

小酒鬼说："你不撒我撒！"

这更缺德，因为小酒鬼是在怪眼麒麟的肚子里，他撒的鬼尿从怪眼麒麟的肚脐里流出来。

怪眼麒麟赶忙用酒坛子接着，他怕这尿漏出轿子叫外面的人发现。

鬼小尿多，小酒鬼的尿装了满满一坛子。

怪眼麒麟小心翼翼地抱着坛子，他的脸正倒映在坛中，一股难闻的气味直刺鼻孔。

这回怪眼麒麟可真生气了，他一生气就要分泌激素，对眼儿神功又发出来了。

怪眼麒麟的两颗黑眼珠又同时往中间移动，碰在一起，撞出火星。一道对眼儿光发射出来，射在酒坛中的尿水中，又反射回来，折射的光正照在怪眼麒麟身上。怪眼麒麟觉得有点不对。

怪眼麒麟慌忙向左边一躲，一道亮光划过，他的左臂左腿轻悠悠地脱离了身体，向轿顶飘去。

怪眼麒麟又慌忙向右边一躲，在对眼儿光的照射下，他的右臂右腿也轻悠悠地脱离了身体，向轿顶飘去。

他的双腿双臂都无声无息地穿过轿顶，飘向天空。怪眼麒麟急了，他一使劲，他的身体也轻悠悠地穿过轿顶。

抬轿的人似乎都看不见他，只是奇怪地叫喊："咦，怎么轿子轻了？"

怪眼麒麟晃晃悠悠，飘上天空。却见他的四条腿在空中云彩上跳着。

"我的腿快回来。"怪眼麒麟大声喊。

四条腿凑到了一块，好像商议该不该回来，没等怪眼麒麟靠近，它们又忽地一下子散开，一个奔东，一个奔西，一个往南，一个往北，随风越飘越远，大概都想出去游历一番，因为好容易碰到一次脱离身体的机会，实在难得。

怪眼麒麟可急坏了，他东张西望，不知去追哪条腿才好。

"快给我弄酒喝。"他肚子里的小酒鬼又在乱嚷，原来他还躲在里面呢。

"我没四肢了，只剩下一个光溜溜的身子没法走了。"怪眼麒麟在空中像一个不倒翁似的摇晃着。

"没有四肢，你可以滚着去找。"小酒鬼说。

"滚？我身体这么圆，那不成了滚蛋了？"怪眼麒麟生气地反问。

"你滚也好、爬也好，反正得给我去弄酒！"小酒鬼蛮横至极，又在怪眼麒麟肚里撒起泼来。

怪眼麒麟疼痛难忍。正在无可奈何之时，忽见那边有一条云路，从地面伸往天空。

一个秀才模样的人推着一辆独木轮车从地面沿着云路往天上走，车上放着两大坛子酒，上插一面彩旗，上面写着"杜康"二字。

怪眼麒麟早就听说过这杜康造酒极好，人间已把他奉为酒仙，不过他还一直住在地上，据说是因为天上的生活消费太高，他还不习惯。

怪眼麒麟对肚子里的小酒鬼说："你别闹了，送酒的来了，是杜康。"

肚里的小醉鬼一下子不动了，忙颤着声说："快走！快走！"

"你怎么啦？"怪眼麒麟问。

小酒鬼像成了哑巴，再不吭声，原来杜康的小独轮车已经吱扭吱扭地推到了他跟前。怪眼麒麟忙把身体隐在云彩里，只留一个头。

"杜秀才，你到哪里去？"怪眼麒麟问。

"去太上老君家，他老人家订购了一坛茅台，一坛杜康。"杜康笑吟吟地回答。

"你卖给他是批发价还是零售价？"怪眼麒麟内行地问，他过去老去人间送子，也多少懂得一点商业术语。

"我一个钱不要，只请太上老君在他的九天兜率宫门口竖一块杜康酒的广告牌。"杜康笑说。

"那你可赚了，当我不知道，这广告费贵着呢！在电视里播一次就要三千块。"怪眼麒麟一笑，他把光溜溜的身体从云彩里露出来了。

"你这是怎么了？"杜康惊奇地问，"你这脸色也有些不对呀？"

怪眼麒麟发毛地问："怎么啦？"

杜康说："你的脸色发绿，长有酒苔，再不及早治疗，还能开出酒菜花来，因为你肚子里有鬼呀！"

怪眼麒麟乐了："您说的是小酒鬼吧？他待在我肚子里怎么也不出来，我一点儿办法也没有。"

杜康笑道："今天碰到我酒仙，他可是撞到了冤家对头。"

怪眼麒麟急切地问："您能把他弄出来？"

杜康说："这个容易，不过你可要受些罪。"

怪眼麒麟连忙答应："成！成！"

杜康说："你躺在云彩上，我要用绳子把你的四肢牢牢捆上。"

怪眼麒麟发愁地问："可我暂时没有四肢了，这可怎么办？要不，我先去借几条腿来让你捆。"

杜康笑说："这倒不必，捆住四肢是怕你动，没有四肢，我用绳索将你身体缠住也行。"

杜康用绳子把怪眼麒麟团团缠住，只露出脑袋。然后从独轮车上搬下一坛茅台酒放在离怪眼麒麟嘴边三尺远的地方，掀开盖子，浓郁的酒香立刻冒了出来。

杜康站在酒坛边上，双目紧闭，口中念念有词，那酒气飘飘忽忽，全向怪眼麒麟鼻孔涌来。

怪眼麒麟顿时馋火上升，恨不得马上扑过去喝那酒，可是他身体被绳子捆住，一动也不能动。

酒气越来越浓，怪眼麒麟简直馋得受不了，这会儿就是割下他身上的肉去换酒，恐怕他也愿意。

他睁大眼睛拼命盯着酒坛，不知不觉，眼睛里射出的光带，好像两条细长的手臂，一点点伸向酒坛，抓住了酒坛，马上就要拉过来了。而杜康

177

还在那里闭目念经。

"杜秀才，快遮住我的眼睛。"怪眼麒麟难受得大喊，这会儿他的头脑还是很清醒的。

杜康睁眼一看，酒坛已被抓过去了半尺，他急忙从衣袋里拿出块布，蒙上怪眼麒麟的眼睛，光线带这才断了。

杜康迷惑不解地问："怎么，你的眼睛里还能伸出手来？"

怪眼麒麟说："不光是我，许多人的眼睛里都能射出攫取的光呢。"

正说着，他突然感到嗓子眼里出奇的痒痒。接着，嘴巴不由自主地张大，一个东西从他嘴里窜出，扑通一声飞到前面的酒坛里。

"出来了，出来了！"杜康欢喜得大叫，连忙将怪眼麒麟的绳子解开。

怪眼麒麟摇晃着，移到酒坛边上一看，只见酒中有个三四寸长的小人，正像鱼一样昏头昏脑地游动呢。

"谢谢你。"怪眼麒麟十分感激。

"嘻嘻，我倒应该谢谢你呢！"杜康满脸欢喜，指着小人说，"这家伙不知喝了多少美酒，不光是酒鬼，早成了酒之精了，只要随便找来一盆清水，把他放在水中一搅，那清水就会变成美酒。"

杜康说着，把酒坛放在车上，推起独轮车就往回走，他高兴得连太上老君那儿也不去了。

怪眼麒麟在他身后喊："我的胳臂、腿全跑了，你能帮我找回来吗？"

杜康回过头说："这我可不能，但我告诉你去找一个人，他全知道。"

怪眼麒麟奇遇记

解岛的分身法

杜康告诉怪眼麒麟："你到东海，那儿有座解岛，岛上的人会告诉你怎么办。"

怪眼麒麟吐了一下舌头："东海距这儿有十万八千里。我又没胳膊没腿，跟斗云也翻不起来，只好滚着去了。"

这样想着，他将身子横着往云彩上一躺，骨碌碌直向东方滚去，速度还挺快。

不知滚了多久，耳边响起波涛声，怪眼麒麟立起身来一看，眼前是无边无际、烟波浩渺的海面。

怪眼麒麟正发愁不知到哪里去找解岛，他看见一只小翅膀从眼前晃过。

确实没头没身体，只是一只单一的翅膀！

怪眼麒麟心里一亮，忙滚着跟上去。

果然前面有一小岛，小岛不是在水上，而是浮在半空中。岛上有许多叶子极大的树，一只无头无翅膀的鸟正待在树枝上。

空中飞动的小翅膀慢慢落到无头鸟身上。

怪眼麒麟嘟囔着："这里是不是解岛呢？"

"不错。"一个声音从他背后传来。

怪眼麒麟回过头，他吓了一跳。他背后十米外的一团云朵上，立着一个人，不光没有四肢，连脑袋都没有，比他混得还惨。

怪眼麒麟同情地说："我的腿和手同你一样，也都跑了，回不来了。"

"我和你可不一样。"那人用肚脐眼说话，"你的四肢是自己跑的，我的腿、脚和头却是我放出去的，就跟那放鸽子一样，一召唤，它们还会回来。"

说着，那人肚脐眼念了一通咒语，大叫："头来，头来！"

一个小黑点从远处飞来，飞近了才看清是颗笑眯眯的人头。

人头打着转儿落在了那人的脖颈上，位置却是放反了，脸朝后，那人一扭脖颈，头又腾棱一下转了过来，转得端端正正，原来这人是个挺漂亮的年轻人，长着一双黑黑的大眼睛。

怪眼麒麟向他讲明来意。

黑眼睛小伙子说："杜康说得不错，这里正是解岛。岛上的人都是解形人，会自动解体。可以让头飞往南海，让左手飞到东山，让右手飞到西泽，让双足飞往北湖，各干各的工作，到了傍晚六点，才自动回到身体上来。"

怪眼麒麟问："这么说你们也是八小时工作制了？"

黑眼睛小伙子点点头："今天我的头是提前下班了。"

怪眼麒麟说："真不好意思，影响你工作了。"

黑眼小伙说："不妨事，我可以利用工休把假补上。"

怪眼麒麟羡慕地说："你们有这种分身的本事真不错。"

"那当然，"黑眼小伙得意地说，"比如看病，脚疼了，就可以让脚单独飞到医院，得了虫牙，那颗牙自己飞到医院去补。"

怪眼麒麟眼睛亮亮的："那上课也可以光用脑袋去听，脚和手到外面去玩啦？"

"不错，我们上课就是这样，一个座位上放一个脑袋。全班四十个学生，四十个脑袋，手到外面去打乒乓球、台球，脚到外面去踢足球。"黑眼小伙说。

怪眼麒麟皱着眉头说："这打乒乓球还好办，台子一边一只手就行了。

可踢足球怎么把两边的队员区分开呢?"瞧,他想得还挺细致。

黑眼小伙振振有词:"分红队绿队呀,红队穿红袜子,绿队穿绿袜子……"

他俩谈得热热闹闹,怪眼麒麟连找腿的事都忘了。

眼见天色已晚,黑眼小伙看着天边红艳艳的晚霞说:"我的腿和手也该下班了。"他又闭上眼睛念了一通咒语。

过了一会儿,只听一阵索索的响声。

一只手臂提着一篮香蕉从南边天空飘来,一只手臂托着一朵冰山雪莲从西边飞来,两条腿担着一筐鲜鱼从北边飞来。纷纷落到云彩上,把东西放到一边,又自动飞到黑眼小伙的身体上,黑眼小伙又成了一个完完整整的人了。

"请吃香蕉、雪莲,别客气。"黑眼小伙大声地说。

怪眼麒麟说:"还是先请你教教我让四肢还原到身体上的咒语吧。"

黑眼小伙上上下下地打量了他一番,连连摇头:"麻烦!麻烦!"

怪眼麒麟慌张地问:"怎么了?"

黑眼小伙说:"这还原之法是根据不同的对象,念不同的咒语,鸟有鸟咒,兽有兽咒,人有人咒。就是同一种类,科目不同,念的咒语也不尽相同,牛有牛咒,马有马咒。可你长得非驴非马,非鸟非鱼,这可有些难办。"

怪眼麒麟听了扑哧一声笑说:"这个好办,每样咒语你都教我一些,不就行了。"

黑眼小伙说:"说得也是,我来教你。"

黑眼小伙附在怪眼麒麟的耳边:"猪乃六畜之首,它的咒语对兽来讲是通用的。比如你要想叫头回来,只需说它有代表性的部位:舌头,舌头。叫身体就是里脊肥膘,叫四肢就是前肘后肘、臀肩拐棒。鸟的咒语是……"

黑眼小伙口中念念有词地说,怪眼麒麟跟着念念有词地背。

正说得热闹,忽然背后响起一个清脆的声音,两人回头一看,是一个年轻姑娘的头。

姑娘的头在空中飘着，生气地对黑眼小伙说："我等了你半天，你为什么不按时去？电影都已经放映了一半了。"原来这两颗头约好了去看电影的。

怪眼麒麟感到十分抱歉，忙说："你们去看电影的后一半吧。"

黑眼小伙问："咒语你都背会了？"

"背会了，背会了。"怪眼麒麟连连点头。他怕耽误了人家。

看见两颗头飘向岛上绿油油的树林，怪眼麒麟准备念咒语。这时候，他才发现，他不仅没有背熟咒语，而且还背乱了。

怪眼麒麟傻乎乎地想："管他三七二十一，我全背一遍，来得多了我再退回去。"

于是他"口条、大肘、鸟爪、鱼尾、四肢"地乱背一气，由于他是麒麟，颇有神力，咒语到他嘴里可比黑眼小伙的魔力大多了。

只听"呼呼呼、嗖嗖嗖！"猪腿、羊腿、牛腿、鸟翅、鱼翅、马尾、兔尾、鱼尾，黑压压的一片，铺天盖地而来，其中里面还有两颗人的脑袋，是那黑眼小伙和那姑娘的。

这些东西全一股脑儿落在怪眼麒麟身上，怪眼麒麟一下子多了许多的腿、翅、尾，脖颈上除了自己的头外，还多了两颗脑袋，黑眼小伙和姑娘的。

黑眼小伙吃惊地问："怎么回事？"

怪眼麒麟红着脸说："念错了！念错咒语了。"

这回黑眼小伙教一句，怪眼麒麟跟着背一句，事情总算顺利，所有的兽腿鸟腿全飞走了。

天边又慢悠悠地飞来两样东西，正是怪眼麒麟的左前腿和左后腿，稳稳当当地接在怪眼麒麟身体左侧。

怪眼麒麟乐了，赶快又念咒语，他的右边两条腿还没回来呢！

奇怪！念了几遍，怎么没有一点儿动静？

怪眼麒麟泄气地说："这咒语又不灵了。"

黑眼小伙说："不会！一定是哪儿又出了问题。"他想了一会儿，皱着眉头问，"你那右前肢可有占小便宜偷东西的毛病？它要是偷了东西，就可能被拘留起来了。"

怪眼麒麟说："不会，不会，它绝不会偷东西。"

姑娘又问："你的右后腿会尥蹶子打架吗？说不定在哪儿踢伤了人，被抓起来了。"

怪眼麒麟头摇得像拨浪鼓："不可能，我们麒麟是仁兽，哪能干那种事情？"

"这就怪了！"黑眼小伙皱眉仰脸自语，突然，他眼里显出慌张，"不好，比肩兽不干胶要来了，咱们快点走吧。"黑眼小伙说着，赶快和姑娘的头并在一起，向解岛飘去。

望着他们的背影，怪眼麒麟迷惑地直眨眼睛。

比肩兽的不干胶

"比肩兽不干胶是什么意思?"

怪眼麒麟倒是听送子娘娘讲过比肩兽,那是两个身体连在一起的四足动物,就像比翼鸟一样,寸步不离,相亲相爱,同生共死。可不干胶是什么意思呢?是形容他们美满地连在一起像不干胶一样?

怪眼麒麟正这么想着,猛然见一个怪兽已飘到他身边,长得像鹿又像兔,只是这是半个比肩兽,只身体右侧长着腿,左边却是空的,他是歪歪扭扭飘过来的。

"你这比肩兽,怎么只剩下半扇了?"怪眼麒麟问。

"还说呢,都怪你!要不是你来捣乱,我哪能混成这样?"比肩兽狠狠地盯着他。

"我怎么了?"怪眼麒麟丈二金刚摸不着头脑。

比肩兽说:"我们比肩兽连着的两个身体本来和睦相处,相亲相爱。可是突然不知从哪儿飞来两只右腿,顿时使我旁边连着的这位着了急,她趁我不注意,竟然一下子与我分开,跳到那两条右腿上,再加上她原来的两条左腿,她抛下我就独自跑了,只剩下我和左半边的两条腿了。这不是你插足造成的吗?而且你插的不是一足而是两足!"

怪眼麒麟不好意思地说："我十分抱歉，没有想到我的脚丫子还有那么大吸引力。"

比肩兽转转眼珠说："光抱歉可不行，你也知道，我们比肩兽离开了另一半就活不了，光这么一会儿时间，我就死过三回了，找不到她，只有你先来代替了，正好你只有左边两脚，我只有右边两脚，咱俩连到一块正好是天上的一对，地上的一双。"

怪眼麒麟搔着脑门儿，为难地想："看来眼下也只好如此了，好歹自己也装过了一次新娘，积累了些经验。"

怪眼麒麟用两只单脚跳过去："我先替代一会儿，等找到了她，咱们就分开。"

比肩兽急急忙忙把身体和怪眼麒麟靠在一起，又往两人的身体衔接缝中贴上许多黏糊糊的东西。

怪眼麒麟问："这是什么？"

比肩兽嬉皮笑脸："这是超级不干胶。"

怪眼麒麟试着动了动身体，哇！粘得真紧。

"你甭拉！拉不开！这比电焊的还结实呢。"比肩兽哈哈大笑。

"这怎么能成？我帮你找到了她，咱俩还得分开呢。"

"分不开了。"比肩兽露出一副无赖样，"实话跟你说吧，过去我用的胶质量差，先后粘住的好几个，都被她们挣开胶跑掉了，如今好容易粘上你了，连体胶我自然要多放一些。"

啊！原来是这么个不干胶啊。怪眼麒麟傻眼了。

比肩兽歪过头来，又狡猾地向他扮了一个鬼脸说："我是从来不说实话，但今天要再和你讲一次实话，好叫你生气。你可知道这超级不干胶是什么做成的？为什么这么黏？细说起来这功劳还有你们麒麟一半。这胶又叫'续弦胶'，是用凤凰嘴上的喙和麒麟的角熬制而成的。据说汉武帝狩猎，射箭时弓弦断了，用这胶粘住断弦，两个大力士各抓住一头，用多大力气也拉不断，所以叫'续弦胶'。"

比肩兽说着用前右爪拍拍怪眼麒麟的角说："如今造胶的材料就在咱身

边，万一哪儿开了胶，咱们就地取材再粘上，要多方便有多方便，你说是吧？"

怪眼麒麟听得嘴都快气歪了。

怪眼麒麟真的把脖子向左歪过去。因为他感觉身体右侧突然沉重了许多。

原来比肩兽的两条右腿一点点缩到皮肉里去，整个身体就像个大袋子一样挂在怪眼麒麟右侧。

"嘻嘻，没有办法，我生性懒惰，所以走路的事只好全交给你了。"比肩兽邪恶地嘻嘻笑着。

"其实，我也可以偷懒，我可以让我的两条腿飞起来离开身体，可是我不能这样做，因为那样，咱俩都没腿了，就得一块滚着走。"怪眼麒麟老实地说，一面十分费力、歪歪斜斜地往前晃悠。

"咱们不走路时，你可以让腿离开一会儿。"比肩兽狡猾地说，"因为我还要吃东西，我要让你的左前腿去肉铺里偷肉，让你的左后腿到酒店里偷酒。你要不干，我就用鞭子狠狠地抽你。"

比肩兽说着，短粗的尾巴突然变得细长细长，上面生出了许多像钢针一样的倒刺。

比肩兽狞笑着一甩尾巴，钢针鞭刷的一下扬起来，抽到怪眼麒麟的屁股上，抽得怪眼麒麟好疼好疼。

怪眼麒麟还没来得及答话，他肚皮里响起一个尖细的声音："说得不错，怪眼麒麟弄来酒肉，把你喂得肥肥的，我好来吸你们的血。"

"你是谁？"比肩兽惊疑地问。

那尖细的声音说："我是鬼。"

怪眼麒麟这才想起他肚子里钻进过三个小鬼，已经出来了两个，还剩下一个。他有点抱歉地说："对不起，我把你给忘掉了。你大概想出来吧？"怪眼麒麟张大了嘴等着。

比肩兽扭过头来狐疑地盯着怪眼麒麟："你是自己在用腹语说话来蒙我吧？甭吓唬人，我早知道，有一些人会用肚子说话。"

怪眼麒麟耳朵突然感觉一阵奇异的痒痒，接着嗡嗡嗡地从里面飞出两只圆乎乎的矮脚蚊子落在比肩兽的鼻头上，细长的嘴刺进去吸起血来。

蚊子虽小，但吸血极快，比肩兽觉得身体的三分之一血液都被吸走了，他吃惊地大叫："吸血鬼！吸血鬼！"

"胡说，我才不是吸血鬼呢！"怪眼麒麟肚子里的声音说。

"你是什么鬼？"怪眼麒麟好奇地问。

"我是'虚耗'，听说过吧。"小鬼尖着嗓子说。

怪眼麒麟和比肩兽不约而同睁圆了眼。

天下形形色色的鬼数也数不清。可这虚耗的名字，他们都听说过。并不是因为虚耗本事极大，鬼和人一样，可能以各种各样的机遇出名。当了世界冠军或电影明星可以出名，第一个得艾滋病也可以出名。虚耗的出名就在于，他是第一个被钟馗吃掉的恶鬼，而且捉鬼王钟馗咬他时牙齿还发出咯吱咯吱的声响。

怪眼麒麟对虚耗被吃的情景仿佛历历在目。那还是人间的唐朝，他正巧到人间送子，路过长安皇宫，唐明皇在宫中梦游，突然遇见一个穿紫衣服长着牛鼻子的小鬼儿，一只脚趿着鞋子，另一只脚却光着，鞋子挂在腰间，手中还拿着一把破扇子。

这小鬼一摇扇子，皇帝手中的玉笛和爱妻杨贵妃的绣香囊，便到了小鬼的手中。

唐明皇吃惊地问："你是谁？"

小鬼儿笑嘻嘻地说："我叫虚耗。"

唐明皇说："从没听说过虚耗这个名字。"

小鬼嬉皮笑脸地说："虚嘛，就是空中偷物如同儿戏；耗嘛，就是把人家的喜事耗成忧事，我是出名的小恶鬼啊。"

唐明皇一听大怒，忙大喊武士。只见空中跳出一个大鬼，戴顶破帽子，穿着蓝袍子，系着角带，靸着朝靴，上前一下子便抓住了小鬼虚耗。先伸手挖下小鬼的眼睛，然后把小鬼劈成两半，咯吱咯吱地吃了。

唐明皇问大鬼："你是谁啊？"

大鬼说："我叫钟馗。武德年间因考举人，被人嘲笑我长相丑陋，头撞柱子而死。皇帝您赏赐我绿袍，加以厚葬。我发誓要吃尽天下所有的恶鬼，这虚耗就算我吃的第一个。"

怪眼麒麟明明记得小鬼虚耗已被吃了，怎么现在又跑到他肚子里来呢？

怪眼麒麟疑惑地问："你是冒牌的吧？钟馗早把真的吃了。"

"胡说！"小鬼虚耗在他肚里厉声叫道，"你只知其一，不知其二。那钟馗吃我时狼吞虎咽，总有点渣渣水水掉在地上。我们鬼可不像人那样十月怀胎，我们是无性繁殖。只要有一点渣儿就可借尸还魂。更何况有送穷鬼助我一臂之力，将我送到狗尿苔中疗养。现在我不仅身体复原，并且那虚和耗的本事也达到至臻至妙、炉火纯青的境地。不信我来演示给你看。"

小鬼虚耗尖声叫着，怪眼麒麟嗓子眼儿里一阵奇痒，他忙又张开嘴。

果然，从他嘴巴里忽悠悠地钻出一个小东西，在他和比肩兽头前一米远的地方飘着。

他们仔细一看，是一只小草鞋，有火柴盒大。

"这是什么玩意儿？"比肩兽好奇地问，他已经忘记害怕了。

怪眼麒麟看见小草鞋上有两个蝇头小字：凤子。他吃惊地说："这难道是那'凤子仙人'的草鞋？"

小鬼虚耗得意地说："你猜对了。"

怪眼麒麟说："我记得凤子仙人管他的草鞋叫'不借'，因为这鞋是神鞋，凡人穿了即可飞腾成仙。所以他谁都不借。"

"可是我却把这草鞋虚偷来了，并且给这鞋改了名字，叫'拿来'，不仅不必借，而且要拿来。"小鬼虚耗狂妄地叫，"拿来！拿来！"

只见小草鞋像正充气似的，呼呼胀大。不一会儿，就像一只大船飘在他们面前。

"拿来！拿来！"小鬼虚耗一声声猛叫。

大草鞋里突然冒出了许许多多的黄金、珍珠、翡翠，高高的像一座小山，中间还夹杂着一张白玉龙床。

"哇！把东海龙王的白玉床都偷来了。"怪眼麒麟吃惊得张大了嘴。

"妈呀，还有我屁股上的钢针尾鞭。"比肩兽心疼得大叫，他的屁股已变得秃秃的，钢针尾鞭已挂到白玉床的床栏上。

"请你把粘连我俩的续弦胶也偷去吧。"怪眼麒麟向小鬼热情建议。

"不不！我还要让你俩替我背这些偷来的宝贝。"小鬼虚耗兴奋地叫着。

大草鞋船一下子向怪眼麒麟和比肩兽扣过来，金银珠宝全压在他们身上，足有几百吨重。

怪眼麒麟还勉强支撑，比肩兽却被压得趴在云彩上，只露出一个脑袋。

"拿来！拿来！"小鬼虚耗又是一通叫。

大草鞋里又装满了金银珠宝。然后又扣在他们身上，这回，怪眼麒麟也被压趴下了。

比肩兽同怪眼麒麟脸对脸，一齐被压在下面。

"跟你在一起，真是倒霉透了。"比肩兽哭丧着脸说。

"粘住咱们的续弦胶还特结实，分也分不开。"怪眼麒麟也哭丧着脸说。

"嘻嘻，"虚耗在他肚里幸灾乐祸地说，"使你们难受的事还在后头呢，我这耗喜成忧的本事还没使呢。"

"你使不出来，因为我们现在光有忧没有喜。"怪眼麒麟认真地说。

小鬼虚耗愣住了，不过仅仅愣了一会儿，他马上又兴高采烈地叫："我先可以给你们制造点喜，再把它变成忧。"

"张嘴，张嘴。"小鬼在他肚里叫。

这回怪眼麒麟决心不听话，他紧闭住嘴巴。

"再不张嘴，我让宝贝从你眼睛里出去。"小鬼儿吓唬说。

怪眼麒麟赶快把嘴张得大大的。

等了一会儿，没有任何动静。怪眼麒麟隐约听到肚里发出咝咝的话语声。他使劲竖起耳轮子，这回听清楚了，原来小虚耗鬼正在他肚里低声骂骂咧咧："怎么法宝不灵了？该死，该死！"

怪眼麒麟偷偷乐了，嘿嘿，小虚耗鬼露丑了。可是他还没笑完，忽听小虚耗鬼高声叫：

"哈哈！这回你欢喜了吧，看我给你变成忧。"

怪眼麒麟正在笑着的嘴一下子定在那里，歪了！他的嘴歪了，一个劲地往左歪。

怪眼麒麟焦躁地用眼角去瞥，更坏了，眼也斜了。

嘴歪，怪眼麒麟不怕，眼斜可够可怕的，因为斜眼就不可能是对眼儿，而怪眼麒麟最喜欢的，就是他的对眼儿。

怪眼麒麟吓坏了，旁边的比肩兽看见他这副口歪眼斜的丑样，忍不住哈哈大笑。

"哈哈，哈——"比肩兽笑得太厉害，把下巴颏笑掉了，他耷拉着大嘴，难看至极。

"嘿嘿！我把你们的喜全变成忧了吧。"小虚耗鬼得意至极。

正在这时，下面突然传来凌厉的喊声：

"大胆窃贼还我白玉床来！"

怪眼麒麟奇遇记

托塔天王的宝塔

怪眼麒麟听到喊声，低头一看，只见下面一条大江潮涌如山。东海龙王手持宝剑，率领虾兵蟹将，杀气腾腾驾云而来。

"不好，白玉床的失主来了。"怪眼麒麟不由自主地叫。

正在飘动的大草鞋缩得小小的，像小飞虫一样钻进怪眼麒麟的鼻孔。

"快走！快走！"小虚耗鬼使劲踹他的肚子。

"东西压在背上，走不了。"怪眼麒麟和比肩兽一同苦着脸叫。

不知小虚耗鬼在他肚里使用了什么法术，压在他们背上的金银宝物全从身上飞落下来，撒得到处都是，闹得满天金光闪闪。

"抓住这一对偷床的贼！"东海龙王用剑指着他们大喊。他看不见肚子里的小鬼。

"真正的小偷在我肚子里。"怪眼麒麟还想向龙王解释明白。

"快逃吧！"比肩兽已急不可待地向一边逃窜，把怪眼麒麟也带进了云彩，他肚子又一阵猛烈的疼痛，小虚耗鬼在里面拼命踹他的肝儿："快逃，快逃！"

怪眼麒麟只好往云团多的地方乱扎。他们昏天黑地不知跑了多久，直到听不到后面的嘶喊声，才停住了脚步。

"累死我了。"比肩兽呻吟着，又把两条右腿缩了回去。

怪眼麒麟也累，特别是他还背着比肩兽就更累。他在云彩上东张西望，下面有一座小山，长满了苍松翠柏，在半山腰的绿荫掩映中，露出一座小庙，挺像一个幽静的地方。

"我们到庙里去歇歇。"怪眼麒麟背着比肩兽降下云头，进到庙里。

庙的台阶上长满了青苔，窗棂上覆着一层灰尘，一尊泥塑的雷公神像坐在正中，两旁排列着几个大兵塑像。

"这是雷公庙。"怪眼麒麟说。

"哇！这儿还有好吃的呢。"比肩兽兴奋地叫，他拉着怪眼麒麟跳上供桌，眼睛直勾勾地盯着雷神。

雷神手里正托着一个白色的大蛋，直径足有一尺。

"别动，别动！"怪眼麒麟觉得有点不对劲儿，雷神托蛋，他还是头一次见过。

"管他呢，咱们先吃了再说。"比肩兽肚子已经饿得咕咕乱叫，他正要伸爪去抓。

外面响起一阵奇异的狗叫，声音尖尖的，有点像老头笑。接着跳进来一只小狗。

小狗的四腿很短，身子长，挺像一条板凳，奇特的是，它脑袋上竟长着九只耳朵。

"哦，九耳犬！"怪眼麒麟先前听送子娘娘讲过：下面人间雷州地区有一个姓陈的猎人，家中有一只长着九只耳朵的小狗。猎人每次打猎前，都请九耳犬卜一卦。小狗一个耳朵动，就能打一头野兽，动几头耳朵就打几头野兽，算得极准。

一次出去打猎。小狗的九只耳朵一齐动。猎人大喜，以为能打很多野兽。在荒郊野外，找了许久，一头野兽没见到，却见草丛中，有一只大白蛋。九耳朵狗使劲围着蛋叫。

猎人觉得十分奇怪，便把蛋带回家里。

一天雷雨大作，一个闪电过后，蛋壳裂开了，蛋里有一个小男孩，小孩左手上写个"雷"字。接着有五彩祥云落下，有个神仙来给男孩喂奶，一直将他喂养大，最后他成了雷神。

由于怪眼麒麟知道这蛋里有雷神的子孙，他忙拉住比肩兽："不能动那蛋，里面可能有雷神的孩子。"

"肚子饿，还管什么雷神不雷神。"比肩兽又摆出了一副无赖相。

"对呀！吃！吃！雷公的肉我还没吃过呢。听说吃一口就能益寿延年。"小虚耗鬼也在怪眼麒麟肚皮里高叫起来。

比肩兽伸爪要去抓蛋。

"汪汪汪！"九耳犬朝比肩兽一阵狂叫。

正在这时，外面进来一个黑胡须的猎人，看见了怪眼麒麟，不由得一愣。

"啊！麒麟！"猎人很客气地施礼，他知道麒麟是仁兽，能见一面就是极大的荣幸。

怪眼麒麟尴尬地问："您就是姓陈的猎人？"

"是的。"黑胡须猎人很恭敬地说，"自从雷神的第一位子孙由我抚养之后，我就成了雷神后代的专职保姆。每隔五十年，都由我来到这里接一次蛋。这次的雷公蛋是您送来的，一定大吉大利有厚福。"显然他知道麒麟有送子的本领。

"不不！我不是来送蛋的，我……"怪眼麒麟慌张地说。

"我是来吃蛋的。"小虚耗鬼在他肚里突然说。

怪眼麒麟吓了一跳。

陈猎人也吓了一跳，因为隔着肚皮，他以为这话是怪眼麒麟说的。

陈猎人惊愕地望着怪眼麒麟说："这蛋您可不能吃。"

"吃！吃！吃！吃！"怪眼麒麟肚皮里又发出一连串声音，小虚耗鬼在里面狂叫。

怪眼麒麟羞愧得恨不能找个地缝钻进去，他气恼得直敲自己肚皮。

"咝咝咝——"怪眼麒麟听见嗓子眼儿里有声音，他赶忙闭上嘴巴，但已经来不及了。

一柄小铜锤从他嘴里飞了出来，变得有拳头大，直飞向雷神塑像手中的大蛋。

"敲不得呀！敲不得呀！"陈猎人焦急地喊。

"敲！敲！敲！"小虚耗鬼在里面喊。

"敲！敲！敲！"比肩兽在外面喊。

"啪啪啪！"小铜锤砸在大白蛋上，大白蛋上出现了裂纹。

霎时间，天空阴云密布，响起了隆隆的雷声，一道闪电划过窗棂。

云彩上露出雷公电母的身形。人脸鸟嘴、身带翅膀的雷公狂怒地叫道："大胆的妖精，竟敢伤害我儿孙！"

手持电镜的电母也厉声说："什么人竟敢提前敲开蛋？你难道不知这雷公蛋也同那鸡蛋一样，时机不到，就再也孵不出雷公崽来，它会成为毛蛋。"

雷公发怒地敲起雷鼓，雷声大作，一个个霹雳打将下来，将庙宇从中间劈成两半。

电母晃动电镜，一个接一个电闪晃下来。

比肩兽吓得魂飞魄散，拖着怪眼麒麟便跑。

小虚耗鬼在他肚里也惊慌失措地乱跳。

怪眼麒麟的五脏六腑都快被搅得错了位置，他疼得大叫，一个跟斗扎到空中，拉得比肩兽跟着团团乱转。

"捉拿妖怪！捉拿妖怪！"他们耳边响起一片喊声，睁眼一看，云头上布满了天兵天将。

"小虚耗鬼，还我'不借'仙草鞋来！"风子仙人在空中叫。

"小虚耗鬼，还我完整雷公蛋！"雷公大叫。

"小虚耗鬼，还我完整白玉床来！"东海龙王叫，他的白玉床已摔成了两半。

"小虚耗鬼，还我金库银山！"善财童子大叫，原来他净顾贪玩，金银都被小虚耗鬼偷来了。

托塔李天王用照妖镜照着怪眼麒麟和比肩兽："虚耗小鬼听着，众神已将你告到玉帝那里，特派我率领天将来拿你，快乖乖出来受降。"

天兵天将把怪眼麒麟和比肩兽团团围住。

比肩兽吓得战战兢兢："小鬼在他肚里，与我无关。"

虚耗小鬼却在怪眼麒麟肚里恶狠狠地掐他心肝，怪眼麒麟疼得几乎昏过去，他大叫一声，一个跟斗翻出重围，往西北方向飞奔而去。

天兵天将立刻摇旗呐喊，紧随其后猛追。

虚耗小鬼在怪眼麒麟肚子里，紧抓住他的心脏，并且恶狠狠地威胁："我已将从人间偷来的定时炸弹拴在你心尖上，并且挂了弦，只要你敢轻举妄动，我就拉弦。"

这时候，怪眼麒麟就像一架被歹徒劫持的飞机。为了保障乘客（他的心、肝、脾、肠等）的安全，他只能老实地听从指挥，叫他怎么跑他就怎么跑。

而后面追踪的天兵也不能使用重火力，他们都顾及到怪眼麒麟的生命安全，因为谁都知道怪眼麒麟是大好人，而且像他眼睛这么对的也只有一个，况且凤子仙人的一只草鞋也还在怪眼麒麟肚子里。这是仙鞋，几万年也织不了一只，到这会儿凤子仙人还光着脚呢！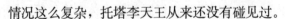

情况这么复杂，托塔李天王从来还没有碰见过。

距离越来越近，托塔李天王皱着眉头朝哪吒三太子一挥令旗。

哪吒立刻把脚下风火轮撒出去。风火轮带着三昧真火，滴溜溜飞转，烫得云层都起了一串串白烟。

风火轮正巧滚到比肩兽脚下，要是别人碰到这种三昧真火，早疼得哇哇乱叫。可比肩兽的脸皮极厚，他平常赖皮赖脸惯了，脸皮一直厚到脚上，风火轮根本烧不动，他踩上去反倒跑得更快了。

"撒天罗地网。"李天王又一挥令旗。

四大金刚将天网撒下去，网大眼小，将怪眼麒麟和比肩兽网住。

小虚耗鬼恶毒地一拉怪眼麒麟心尖，疼得怪眼麒麟发起对眼儿功来。

"嗖嗖！"天网的网眼硬是被他看大了十几圈，怪眼麒麟和比肩兽从网眼里钻了出去。

"看样子，只能使我这看家的宝贝了。"托塔李天王终于咬着嘴唇心疼地说。

这玲珑宝塔平时他是绝不轻易使用的。就像那比赛拳击，他是重量级的，连人间的世界级拳王出场一次，都要收几千万美元出场费，何况这是天神的宝物，价码恐怕只高不低。

托塔李天王心疼得将手中宝塔连晃三晃，大声叫道："众天兵天将听令，都转过脸去，闭上眼睛。"他怕他们看——不出钱就想看表演，门儿都没有。

众天兵天将忙闭上眼睛。

托塔李天王又吩咐三太子："把天给我遮上。"

哪吒三太子忙取出遮天旗一挥，一道大幕布把天遮得黑黑的，把星星都挡到了另一边。天的窗帘拉上了，为的是防止卫星实况转播。

一切准备就绪，托塔李天王才口中念念有词，将手中玲珑宝塔一抛。

嘿！真灵，宝塔飞速旋转过去，一下子扣下去，可是只扣住了比肩兽和怪眼麒麟身体的二分之一。

原来这玲珑宝塔也颇通人性，只扣妖精、坏蛋，不扣好人。比肩兽够坏的，自然要被扣到里面，小虚耗鬼躲在怪眼麒麟身体右边，所以怪眼麒麟的右半边身体也被扣到了宝塔里边，只剩左半边身体还留在外面。

地基不平，玲珑宝塔便歪歪扭扭，挺像意大利的比萨斜塔。

托塔李天王一看着了慌，哟！怎么宝贝失灵了？这在以前可从来没有过，何况是这么大的场合！

李天王忙把手中的小令旗又是一挥，大叫："众将听令，把耳朵捂上。"

天兵天将都十分奇怪，叫他们闭眼睛的命令以前倒是有过，捂耳朵的命令从来没有，莫非情况紧急？

可军令如山，谁敢不听？天兵天将马上把耳朵都捂得严严的，连怪眼麒麟都受了影响，不由自主捂起了自己的耳朵。

"喂，我和你商量个事儿。"有人悄悄凑到怪眼麒麟的身边。

怪眼麒麟扭脸一看，是托塔李天王。

托塔李天王鬼鬼祟祟附着他的耳朵说："听着，对眼儿，反正你已被我这宝塔压住了身体的四分之三，跑也跑不了啦。不如配合我一下，全钻进去，让我整个捉住你。一来可完美地显示我法宝的威力，使我不致当众出丑。二来让我在玉帝面前取得头功，得到的赏金我可以私下分给你四分之一。"

怪眼麒麟说："宝塔压得我动不了，你抬一抬，我才能往里钻。"

李天王弯腰用双手托住塔底，费尽了九牛二虎之力，总算抬起了一点点儿，怪眼麒麟也真的实实在在地往塔里钻。

两个人一个托，一个钻，努力配合，总算顺利，怪眼麒麟终于全部地进了宝塔。

托塔李天王跳到旁边的一块云团上，威风凛凛地说："众将可以把眼睛睁开，把手从耳朵上拿下来，我已用玲珑宝塔镇住了妖孽。"

众将齐声欢呼，准备捆妖索。

托塔李天王又念动咒语，宝塔又飞起来，变小了，落在他的手上。

怪眼麒麟和比肩兽则躺在地上一动也不能动，原来他们已经中了宝塔中的"软骨抽筋气"，浑身没有了一点力气。

怪眼麒麟奇遇记

故事大王哪吒

　　天将们一拥而上，用捆妖索将怪眼麒麟和比肩兽团团捆住，腾起云来，升到空中，一直来到玉帝的灵霄宝殿。

　　李天王上前躬身道："启奏玉帝，臣已将虚耗小鬼拿来。"

　　玉帝朝下一看，石阶下捆着怪眼麒麟和比肩兽。玉帝见过怪眼麒麟，并且对他印象不错，不由得捋须惊问："这不是送子娘娘的怪眼坐骑吗？那妖精在哪儿？"

　　李天王说："就在怪眼麒麟的肚子里。"

　　玉帝说："你把那妖精给我取出来。"

　　李天王说："是！臣这就命人给他开膛破肚。"

　　玉帝忙说："不许开刀！"

　　李天王说："臣用千吨滚把他轧成薄片，把那小虚耗鬼轧出来。"

　　玉帝说："也不许你把他轧成薄片。记住，不要伤害这怪眼麒麟一根毫毛。"玉帝有玉帝的打算，他也看上了麒麟的对眼儿，准备结案后，把怪眼麒麟放到御花园里展览。

　　托塔李天王可为难了，他押着比肩兽和怪眼麒麟来到殿外，想了许久才说："快把那从人间新买来的'导弹式驱蛔灵'拿来。"

托塔天王想用打虫子药将小鬼虚耗从怪眼麒麟肚子里打出来。

"导弹式驱蛔灵"拿来了，形状像个小导弹，还有一个小小的发射架。

托塔李天王命令将发射架对准怪眼麒麟的鼻孔，正要发射。

哪吒附在天王耳边说："爹爹，听说这驱蛔灵药性极大，弄不好能使患者中毒，变成傻子。万一要是把这怪眼麒麟弄得口歪眼斜，玉帝面前也不好交代。"

托塔天王愣愣地问："那你说怎么办？"

哪吒用眼睛瞟了一下旁边的比肩兽说："我看不如采取迂回战术，反正他们身体是连在一块的，用'导弹'打这比肩兽，也能赶出小虚耗鬼。"

比肩兽听了忙喊："我们是用胶粘在一起的，不是真正的连体。"

托塔天王不由分说，已将发射架对准比肩兽。

砰的一声响，"驱蛔导弹"尾巴冒烟地射出去，直钻比肩兽的鼻孔。

托塔李天王嗒嗒嗒地操纵着手中的导弹遥控器。

导弹在比肩兽肠胃里钻来钻去，沿着各处，噗噗噗地发射出十八种烈性驱虫药，比肩兽疼得哇哇乱叫，许多五颜六色的小虫子从他肚脐里、耳朵里、鼻孔里钻出来，什么馋虫、懒虫、嫉妒虫、刁虫、滑虫……

就是没有小鬼虚耗的影子，看来这招儿不灵。

"干脆直接进攻。"哪吒又给李天王出主意。

李天王一按操纵器，小导弹从比肩兽的肚脐里钻出来，又钻进怪眼麒麟的肚脐眼，在里面来来回回地转了几圈，硬是找不到小鬼虚耗的踪迹，只得又转了出来。

怪眼麒麟也有些奇怪："这家伙躲到哪儿去了呢？"

哪吒用照妖镜对着怪眼麒麟通身一照，吃惊地大叫："坏了，这小鬼躲到膏肓里去了！"

怪眼麒麟傻乎乎地问："这膏肓在身体什么位置？"

哪吒说："你听我说个故事就知道了。晋国的国王病得很厉害，他去请一位名医，名医来之前，国王做了个梦，梦见两个小鬼躲在他肚子里交谈。

"胖小鬼说：'名医要来了，这回我们可没地方跑了。'

"瘦小鬼笑嘻嘻地说：'我们躲在膏的上面、肓的下面，他一点办法也没有。'

"胖小鬼问：'膏肓在哪儿?'

"瘦小鬼说：'心的上边叫膏，心的下边叫肓，这个地方针灸扎不到，汤药送不到。'

"于是两个小鬼高兴地躲到国王的膏肓里。

"第二天名医来了，摸了国王的脉，长叹说：'你这病没法治了。已经病入膏肓了……'"

哪吒讲得津津有味，托塔李天王使劲竖着耳朵听着。

听着听着，他忽然觉得有点不对劲儿，泄气地骂哪吒："呸！捉不到小鬼虚耗，你爹我已急得够呛了，你还讲什么膏肓！"

哪吒却笑吟吟地转着眼珠说："爹爹，我又有主意了。"

李天王不耐烦地说："又有什么主意?"

哪吒问："爹爹，您最近可看《西游记》了?"

李天王气恼地说："我才不看那玩意儿呢！为了突出孙猴子，净写我打败仗。"

哪吒不慌不忙地问："您还记得那真假美猴王吗? 两个孙悟空从地上打到天上，连观音菩萨都分不清真假，还是……"

李天王抢过话头："我早知道最后是如来佛识破假猴王是六耳猕猴。可咱们这点小事能去麻烦如来佛他老人家?"

"不不！"哪吒连忙摆手，"除去如来佛外，还有一个人也识破真相，只不过他不说，并且是他让两个猴子去西方找如来佛的。"

"这个人是谁?"李天王好奇地探过脑袋，连怪眼麒麟和比肩兽也凑了过来，他们都挺爱听新鲜事。

哪吒看大家都注意他，顿时来了劲儿，他讲故事的瘾又犯了，抖擞精神卖弄地说："话说那真假美猴王乒乒乓乓打到阴都地府，慌得十殿阎王和地藏王赶忙迎上前去问：'大圣有何事，来闹我阴都?'两个猴王吵吵嚷嚷叫他辨别真假。地藏王菩萨说：'且慢，等我叫谛听给你们听听真假。'

"原来谛听是地藏王桌案下伏着的一头怪兽。

"谛听只要伏下身来，耳朵贴住地面，霎时间，就可将天地之间的蠃虫、鳞虫、毛虫、羽虫、昆虫、天仙、地仙、人仙、鬼仙的来龙去脉听得一清二楚。

"谛听遵照地藏王的命令，伏在森罗庭院中听了一会儿说：'这假猴子的来历，我虽然知道，但不可说出，因为玉皇大帝对他都无可奈何，我们阴曹地府的兵更打不过他。'

"地藏王问：'那怎么办？'

"谛听说：'佛法无边。'

"地藏王立刻明白，叫两个猴子去找如来佛，果然如来佛识破了假孙悟空，并捉住了他。"

哪吒讲到这里，托塔李天王顿时明白，他笑嘻嘻地说："咱们也可以去找谛听，让他听听，告诉咱们如何制伏这虚耗小鬼。"

怪眼麟麟也说："快去！快去！"他比李天王还积极，他也早厌恶这肚里的小鬼了。

比肩兽也哼哼唧唧地说："到了阎罗府，也顺便问问谛听，怎样才能让咱俩的身体分开。"这会儿，他巴不得赶快离开怪眼麒麟了。

怪眼麒麟奇遇记

鬼王钟馗

托塔天王带着怪眼麒麟正要降落云头去阴曹地府，突然听见下面一阵响亮的喊声：

"天王慢行，我来了。"

一团耳朵状的云朵托着一头怪兽冉冉飘了上来。这怪兽长着卷毛狮子脑袋，同麒麟一样的鹿身子，小耳朵，黑眼圈。正是地藏王的坐骑谛听。

天王大喜说："我正要去找你呢。"

谛听也笑吟吟地说："我刚才已听到天王要找我问问题，特意送上门来。"

怪眼麒麟说："你还专门来一趟，真是辛苦了。"

谛听忙说："不辛苦，不辛苦，我也正想借这机会，到天上旅游一次。你知道，像我们阴曹地府这种单位，出国的机会是极少的，有一个名额，大家都打破脑袋争着去。细说起来，我这次能出来，还是借了托塔天王的光呢。"

托塔天王说："你快听听，怎样才能捉住这虚耗小鬼？"

谛听马上往云彩上一伏，"刷刷刷！"他的脑袋上又伸出五只耳朵，一齐贴在地面上听了一会儿，抬起头来说："一物降一物。"

托塔天王皱起眉头说："这是什么意思？你怎么连说话都这么吝惜，只讲几个字，叫人不明不白嘛。"

谛听忙说："天王不知，我这预测就像打电报一样，也是按字收费的。字说多了，您可就要多花钱。"

天王眨着眼睛："什么时候有这规矩的？我怎么不知道？"

"早就有了，现在哪有白干的。"谛听笑说。

"多少钱一个字？"天王问。

"二两金子一个字。跟您是熟人，按'出嘴'价，八五折。"谛听说着从毛下边取出一个小计算器，按了几下，"八两五钱金子。"他算得还挺准。

托塔天王心里也在打小算盘，这二两金子就相当于一百克，在人间一克金子一百块钱，二两就是一万块钱，妈呀，相当于两辆半摩托车了，可什么还没问出来呢。他哼哼唧唧地对谛听说："你再说几个字。"

谛听说："盐卤点豆腐。"

又是八两五钱金子出去了，还是什么也没问出来。

托塔天王恼了："你怎么净跟我打哑谜！就不怕我发怒？"

谛听慌忙说："小的不敢，但小的讲人名字时，一定要用打哑谜的办法，这是地藏王立下的规矩，小的也不敢破坏。"

一直默不作声的怪眼麒麟嘟嘟囔囔："一物降一物，盐卤点豆腐，想必是只有一个人能专门制伏他，谁制伏过这虚耗呢？"

"钟馗！"几个人几乎一齐说，因为谁都知道钟馗吃的第一个鬼就是虚耗。

"对！就是钟馗。"谛听也笑眯眯地说，"这会儿，钟馗家里正热闹呢。"

他们急匆匆地腾云驾雾，来到一座绿幽幽的山前，半山腰间有一圈灰蒙蒙的迷雾环绕着，迷雾中有个洞，进到洞里，发现洞的另一面是个新的天地，宽大的石阶通向一座漂亮的宫殿，殿门上的牌匾上写着"吃鬼王"三个字，这正是钟馗的洞府。

这会儿，宫殿里正张灯结彩，披红挂绿，一派喜气洋洋的景象。

见李天王到来，把门的小鬼忙进去通报。钟馗率领众鬼出来迎接。

托塔天王问："老钟，家里又有什么喜事？"

钟馗笑眯眯地说："我正准备嫁妹呢。"

托塔天王一愣："你的妹妹不是早嫁出去了吗？'钟馗嫁妹'的戏不知在人间已演了多少遍，你怎么又要嫁妹？"

钟馗还来不及答话，站在旁边的比肩兽已嬉皮笑脸地抢过话头："这有什么新鲜，嫁了不会离嘛？这嫁嫁离离，早已不算什么新鲜事，人间最快的，这边还没填完结婚登记表，那边已经办离婚手续了。"

钟馗一听，瞪圆了眼睛斥责："胡说！我这妹妹可是守规矩的人，我那未来的妹夫也是知书达理的人家。想当初，我自杀成鬼时，是我妹夫杜平将我的尸骨掩埋。我很感激他，决定将妹妹嫁给他，并且婚礼要搞得隆重。这些年来我一直在为妹妹准备嫁妆。而人间那些编戏演戏的，早已等不及，在戏里把我妹妹先嫁出去了。"

怪眼麒麟表示很理解："这类事也是常有的，你看云彩下面那些大大小小雕龙绣凤的墓碑坟头，不都是人未死先把棺材早早预备了吗？这叫未雨绸缪。"

托塔天王忙嗔怪他："对眼儿，人家办大喜事，不要说丧气话。"

钟馗倒不以为然："没关系，在我们鬼面前不怕提棺材。说实在的，鬼若嫁鬼的话，连陪送的嫁妆里都得有几副好棺材板呢！只是我妹妹是人，她嫁的杜平也是人，所以一切都要按人间的规矩。我这里所有的嫁妆都准备好了，只是……"钟馗说着，使劲地看着怪眼麒麟。

怪眼麒麟被看得直发毛，他结巴地问："只是什么？"

钟馗说："只是人间的结婚都极讲排场，要有彩车开道。我这里没有彩车，彩骑却是必不可少的。而麒麟是仁兽，象征吉祥如意。如用麒麟充当花轿前的彩骑，那将大添光彩，不仅是超过那些普通的小汽车，恐怕连总统的防弹车也比不过了。"

正说着，一个小鬼走上前来禀报："二等麒麟已经备好了，是否牵来请您看看？"

"噢，他们已经有麒麟了！"怪眼麒麟放下心来，只是他还有点奇怪，

"这二等是怎么回事呢?"

两个小鬼将二等麒麟牵了过来。

比肩兽看了首先一惊:"这不是从我身边跑掉的另一半吗?"

怪眼麒麟也愣住了,他看见两个小鬼牵来的这位和他身边的比肩兽几乎一模一样,只是腿是四条,其中有两条是麒麟腿。

这两条麒麟腿正是怪眼麒麟丢的。

钟馗见大家都发愣,有点不好意思地说:"原先,找不到真正的麒麟,只好用这改装型的来代替,现在有了真的……"

怪眼麒麟忙说:"我肚子里可有鬼。"

托塔李天王说:"我正是请你来捉出他肚里的虚耗小鬼的。"

钟馗眼珠一亮:"没问题! 敲锣卖糖,各干一行,我钟馗别的不行,就会捉鬼。但不知,你们喜欢武捉还是文捉?"

怪眼麒麟小心地问:"武捉怎样? 文捉又怎样?"

钟馗说:"武捉就是我把身体变小了,从你鼻孔里钻进去,在里面穿肠过肚地穷追不舍,追上虚耗鬼就咔吧咔吧,一吃了事,这样倒是干脆利索,只是难免要伤肝碰肺。而文捉就是以鬼捉鬼,搞个奸诈狡猾的鬼进去,把他诱骗出来,这样倒是安全,只是费些唇舌。"

怪眼麒麟忙说:"文捉,还是文捉好。"

钟馗伸开手掌,吹了一口气,在掌心上出现了一个青头小鬼,先是哭三声,然后笑三笑。

怪眼麒麟问:"这是什么鬼?"

钟馗说:"这是伥鬼,平时与老虎在一块行走,老虎到哪儿找到食物,伥鬼跟着一块吃,等到在途中遇到猎人设置的陷阱兽夹子,伥鬼则自己绕道行走,而让老虎掉进陷阱当替死鬼。"

怪眼麒麟忍不住说:"这小鬼可够坏的。"

"过奖! 过奖!"小伥鬼眼珠滴溜溜转地说。

钟馗朝掌心又轻吹了一口气。他掌心中出现了一个小鬼,是个挂拐杖的笑眯眯的老头。

怪眼麒麟问："这是什么鬼？"

钟馗说："这是黎丘鬼。想当初，西北有个黎丘山，这黎丘鬼就住在山上，专门喜欢变成人的模样去迷惑人。一天，一个喝醉的老头路过这里。黎丘鬼就变成老头儿子的模样，去骂老头，往老头身上扔石头，用树枝绊老头。老头回到家里，才发现儿子一直在家，他遇见的是鬼。第二天，老头带了把刀子去喝酒，而他真儿子怕父亲又被鬼迷住，去接他爸爸。老头以为又是鬼来了呢，真假不分，结果错把真儿子杀了。"

"啊！这个鬼也够坏的。"怪眼麒麟吃惊地说。

拄拐杖的黎丘鬼嬉皮笑脸："生姜还是老的辣呀！"

"少啰唆！快去把那虚耗小鬼给我骗出来。"钟馗厉声命令。

伥鬼和黎丘鬼化成两道黑气，钻入怪眼麒麟鼻孔中。

不一会儿，怪眼麒麟觉得嗓子眼里有东西往上冒，他一张嘴，三个小鬼已从里面蹿了出来。

伥鬼和黎丘鬼在两边一左一右地架着虚耗小鬼。虚耗不知中了什么魔法，两眼迷迷瞪瞪，咧着嘴嘻嘻傻笑，似乎像喝醉了酒一样，连走路都晃晃悠悠。

"你们怎么把他弄成这个样子的？"怪眼麒麟奇怪地问。

"嘻嘻嘻！"两个小鬼儿眯缝眼朝他一阵怪笑，那笑声使他难受得直肉麻。

钟馗慌忙抓起两个小鬼往自己嘴里一塞，咯吱咯吱地嚼着咽下肚去，然后才放心地说："这两个小鬼极会奴颜媚语，鬼气特重，你听多了，也会着魔的。"

钟馗又从地上用手指头挑起还在傻笑的虚耗鬼，把他装进一个小葫芦里，然后递给托塔天王。

托塔天王把小葫芦塞进手中的宝塔里，放心地说："这回是双重保险，小鬼再也跑不了了。怪眼麒麟同我一同上天见玉帝去。"

钟馗笑着请求："天王，这怪眼麒麟还望借我用几天，我想把他与我这儿的二等麒麟重新组装成一个新的完整的麒麟。"

怪眼麒麟也说："你那二等麒麟的两条腿本来就是我的，还给我正好。"

他身边的比肩兽赶快补充："这二等麒麟和我原本是一对，后来因为我太自私自利，她才跑了，刚才我已经与她说好，我俩还愿意合成一对。"

在旁边许久没吭声的谛听突然笑说："这下钟馗又有好东西吃了。"

比肩兽哆嗦着问："你这话是什么意思?"

谛听说："粘着你和怪眼麒麟的续弦胶是天下第一胶，谁也分不开，只有钟馗，或许用嘴能啃开。"

钟馗笑嘻嘻："你猜得真对，我也正打算啃呢。"

钟馗的嘴一下子伸出来，变得又细又长，带刺的舌头如同小刀片，伸到怪眼麒麟和比肩兽中间，刺啦刺啦地割了起来。他一点不伤怪眼麒麟的皮，因为怪眼麒麟还要为他妹妹出嫁当彩车呢。

比肩兽可苦了，他疼得哇哇大叫，刚一分割完，他身体还淌着血呢，便马上和等在旁边的二等麒麟贴在一块。两个比肩兽又团圆了。

怪眼麒麟的两只右腿自然也物归原主，又回到了他身上，他也成了一个完整的麒麟了。

钟馗嫁妹的队伍好威风，最前面有三辆奇特的"彩车"开道。第一辆是比肩兽，第二辆是狮头谛听，第三辆是怪眼麒麟，然后才是钟馗率领大鬼小鬼簇拥着花轿，如此排场，使钟馗妹妹脸上十分风光。

怪眼麒麟奇遇记

赵老的神灯

帮助钟馗妹妹送完了花轿，一离开钟馗的洞府，那一对比肩兽马上欢欢喜喜地往山间的林中跑去。怪眼麒麟也正要离开，忽见谛听正恋恋不舍地盯着他，欲言又止。

怪眼麒麟问："你还有什么事吗？"

谛听眨眨眼睛："我好不容易出来一回，想到天上和人间去遛遛。"

怪眼麒麟说："我带你去玩，天上所有的地方我都转过了。"

谛听盯着他问："阴曹地府你没转过吧？"

怪眼麒麟老老实实地说："没有转过，我怕去了回不来。"

谛听说："我没去过天上，你没去过地下，咱俩换一回玩玩怎么样？"

怪眼麒麟说："可咱俩模样长得不一样。"

谛听说："可以互相变成对方的模样。"

怪眼麒麟说："可是我没有那么多耳朵，也不会听啊！"

谛听说："这个容易。"他歪着脑袋，一拍脑勺，从耳朵里掉出了三个黄豆粒大的耳朵，一遇风立刻变得像普通耳朵一样大。

谛听说："这三个耳朵一个听过去，一个听现在，一个听未来。我可以暂时借你用几天。"

这回怪眼麒麟没辙了，他哼哼唧唧："临时换几天也行，可只能是几天，你得按时回来！"

谛听高兴极了："当然，我一定回来。"他特别感激怪眼麒麟，因为阴曹地府是谁都不愿意去的。

怪眼麒麟变成谛听的模样，正要前往阴曹地府，谛听忙又叫住他嘱咐："用这三个耳朵什么都可以听，但切记，不要把耳朵翻过来听。"

怪眼麒麟念着谛听教给他的咒语，脚下的地面突然嗡嗡响着，裂开了一条大缝，黑黢黢的深不见底，怪眼麒麟不由自主地掉了下去。

他睁开眼，发现自己已到了一座古城，高大的城墙环绕，中间有许多宫殿，装饰得也很华丽，只是光线很暗。

怪眼麒麟大摇大摆地走进宫门，两边站岗的牛头马面都向他鞠躬，看来谛听在这里的地位还不低呢。

从一座华丽的宫殿里走出一个披袈裟戴僧帽的人，正是地藏王。

地藏王说："谛听，你回来了。"

怪眼麒麟含糊地说："我回来了。"

地藏王奇怪地瞅着他："怎么？你的眼睛好像有点对？"

怪眼麒麟吓了一跳，幸而地藏王又说："眼对没关系，只要耳不对就行。"

怪眼麒麟匆匆跑到大殿后面桌面下，把头往地面一贴，他的额头上噗地长出一个耳朵，他装模作样地听了起来。

天上地下、四面八方的声音都源源不断地灌入怪眼麒麟的耳朵，他突然听到了一个奇怪的声音：

> 赵老送灯台，
> 一去永不来。

听了一会儿，他觉得糊里糊涂，忍不住抬起头来问在案旁守卫的牛头："喂！赵老是怎么回事？"

牛头说："你等着。"牛头走到旁边的偏殿，再回来时，他提着一桶水。

怪眼麒麟忙说："我不渴，你拿水干什么？"

牛头吃惊地说："这哪是水？这是阴阳镜啊！用这阴阳镜可以看到过去的事情。谛听，你出去一趟，怎么会变得这么糊涂？"

怪眼麒麟有些慌张，只好胡乱瞎编："外面的景色太好，把我眼睛都看坏了，你瞧。"他使劲做着对眼儿。

"眼睛是和过去大不一样。"牛头果然信了，把木桶送到怪眼麒麟跟前。

怪眼麒麟往木桶里一看，桶里平静的水突然旋转起来，出现一圈圈的波纹，波纹过后，竟出现了一个画面：一个老头正皱着眉头看着手中一盏古色古香的铜灯，嘴里嘟嘟囔囔，也听不清他在说什么。

"这是怎么回事？"怪眼麒麟也好奇地嘟囔，突然他想起了谛听的万能耳朵，便忙把头贴在地上，嘴里自言自语，"让我听听这老头的事。"

哈，真灵，就像有人在他耳朵里讲故事，把那水中老头的来龙去脉原原本本地讲了出来。

这老头正是赵老，又叫赵巧，因为他的手太巧了，做什么像什么，还能在小米粒上刻一座宫殿和两百个小人。不过这些本事都是从鲁班那里学来的，他是鲁班的大徒弟，他本事虽然挺大，可是太骄傲。一天，鲁班又在江边造桥，突然江中掀起大浪。鲁班用慧眼朝江中一看，原来是龙王在水晶宫中兴风作浪，冲垮了桥基。于是鲁班在屋子里闭门干了三天，终于造出了一座古色古香的铜灯。鲁班告诉赵老，这铜灯是避水灯，叫赵老把铜灯送到龙宫里去镇住龙王。

刚才怪眼麒麟在阴阳镜里看见的正是赵老接到灯之后的情景。

怪眼麒麟赶忙又凑到水桶边去看阴阳镜，他觉得看比听更有意思。

这时候，阴阳镜里已经换了画面：那赵老正抱着避水铜灯，走在去江边的路上。

"没想到师傅用三天的时间，竟造了这么一盏又笨又难看的灯。"赵老边走边自语。

"就是，难看至极。"赵老肚子里有个声音随声附和。

"糟了，这赵老肚皮里也一定进去小鬼了。"怪眼麒麟不安地想。

赵老又在自语："这样的灯我也能造。"

赵老肚子里的声音又在应和："就是，凭咱这技术没得说。"

赵老忽然不走了，从怀里拿出一个盒子，用手三拍两拍，放在地上，眨眼之间，路边竟出现了一座漂亮至极的小房子。赵老走进房子，关上小门。

房子里又传出赵老和他肚皮里的声音。

赵老说："这灯的构造虽然复杂，可我一学就会。"

赵老肚皮里的声音："只用半边脑子，睁半眼，闭半眼就可以学会。"

怪眼麒麟心想："这赵老一定是被他肚子里的小鬼迷住了，我得听听是什么小鬼在作怪。"

怪眼麒麟离开阴阳镜，又伏在地上，他耳朵里响起一串声音："骄虫！骄虫！骄虫！"

啊，赵老肚子里有骄虫，怪不得他那么狂！

怪眼麒麟赶忙又问："这骄虫是哪儿来的？"

他耳朵里说："不是外来的，是家养的。"

怪眼麒麟好生奇怪："这骄虫怎么还有家养的？"

他耳朵里的声音又告诉他："凡腹内有骄傲之气，积蓄日久，必生骄虫。"

怪眼麒麟说："快告诉我，怎么才能把赵老肚里的骄虫取出来？"

他耳朵里的声音说："取出来也没用，取出旧虫，骄气在，又生新虫。"

怪眼麒麟正要再问，忽然听到旁边桶里发出响声，他赶快凑到桶边去看。

阴阳镜里，赵老已从小房子里走了出来，他手里拿着两盏铜灯，一盏显得粗笨，是鲁班做的，另一盏小巧玲珑，做工十分精致。

赵老说："我做的灯比师傅做的灯棒多了。"

肚子里的骄虫说："瞧师傅做的是什么玩意儿啊？扔掉它。"

于是赵老扔掉鲁班的那盏铜灯，兴冲冲地举起自己的灯朝江边走去。

怪眼麒麟一看要坏事，他不由自主把爪尖伸进水桶，居然够到了赵老丢在地上的铜灯，真是神了。

赵老已走到江边，江中巨浪滔天，发出惊天动地的响声。

赵老点起了那盏精美的铜灯，灯里发出五彩的光焰，十分美丽。

怪眼麒麟忍不住朝桶里喊："赵老，你那灯虽然美，但不中用，还是用你师傅鲁班的吧！"

赵老居然仰起脸来，看见了怪眼麒麟，吃惊地问："这个家伙是谁？怎么敢说我的灯不管用！"

赵老肚子里的骄虫也叫："说不定是哪儿来的傻对眼儿，在这儿冒傻气。"

怪眼麒麟不在意他们说什么，他想，救人要紧。他把鲁班的小铜灯又丢进阴阳镜里，嘴里叫："赵老，这是你刚才丢掉的灯，我给你捡回来了，你还是用师傅的吧。"

赵老却看也不看，把怪眼麒麟扔下去的铜灯，一下子踢进江中。然后得意地把自己手中的铜灯朝江中晃三晃。

突然奇迹出现了，江中掀起的滔天巨浪一下子矮了下去。铜灯放出五彩的光带射向江面，江水向两边分开，出现一条道路，直通江底的水晶宫。

怪眼麒麟愣住了。他没有想到赵老的彩灯居然很灵。

"怎么样？傻对眼儿，见识到咱的本领了吧。"赵老得意地笑着，举着避水彩灯走上江中的通道。他肚中的骄虫嘎嘎地笑着。

江中通道像两堵水墙继续向两边分开，赵老在江里越走越深，越走越远。

怪眼麒麟眯缝起眼睛，他猛然看见，赵老身后有一点一点亮亮的五彩的光点儿，光点儿越来越多，赵老举着的彩灯越来越暗。

"不好！彩灯漏油了！"怪眼麒麟着急地大叫。

赵老也发现了，他惊慌失措地拿着灯往回跑。两边的水墙蠢蠢欲动，急躁不安地晃悠着。

最后一点儿油漏尽了，彩灯闪烁了一下，熄灭了，两边的水墙立刻吓人地吼叫着，潮涌般的巨浪向中间压来，一下子把赵老吞没了。

怪眼麒麟把手伸进阴阳镜的水中乱摸，希望能像刚才捞鲁班的铜灯一样，把赵老也摸上来。摸了半天，两手空空，看来真是"赵老送灯台，一去永不来了。"

哗啦哗啦，水桶里发出一阵响声，刚才怪眼麒麟把阴阳镜里的水一阵乱搅动，又掀起了一重重波纹。

波纹过后，阴阳镜里又出现了一个画面，怪眼麒麟赶忙去看，他觉得这倒挺好玩的。

画面上出现了一位身穿古代紧身衣的侠客，他正在靶场射箭。

"嗖!"一箭射出去，百步之外一枚吊在柳树上的铜钱被打落。

"嗖!"又一箭射出去，竟射断了空中飞行的蝴蝶的触须。

哇! 这个人射箭真准。怪眼麒麟赶紧把耳朵贴在地上问："这个人射箭为什么这么准呢?"

耳朵里的声音没有回答，却反问他说："人射箭为什么要睁一只眼闭一只眼?"

怪眼麒麟认真地想了想，回答说："因为两只眼睛全闭上就什么也看不见了。"

"不对!"他耳朵里的声音说，"你再仔细看看这个人。"

怪眼麒麟朝阴阳镜里望去，他有点吃惊，那个人射箭时，两只眼睛全闭上。

他耳朵里的声音又说："真正的神射手到了出神入化的地步，就已经不靠眼睛，而是靠精神和心灵去射了。这个射手叫昝君谟，他已达到了想哪儿就能射中哪儿的地步。他还有一个徒弟叫王灵智，已经跟他学了数年，以为把他的本事全学到手了。现在这个王灵智起了坏心，以为把他师傅杀死，自己便可天下无敌了，现在他正准备射死他的师傅。"

果然，一个穿黑衣的男子从箭靶后面的树丛中闪出来，他身背满载箭羽的箭囊，此人正是王灵智。

王灵智狞笑着："师傅对不起了，射死你，我就可以成为天下第一射手了。"

王灵智拉开了弓，一箭射出去。

对面的昝君谟也一箭射出。

两箭镞迎面相撞，猝然坠地。

双方又各拿一箭羽，箭头又在空中相撞。一箭又一箭，昝君谟的箭用光了。而王灵智还有四支。

王灵智邪恶地向师傅咽喉射出一箭，昝君谟用弓一下了拨开。

"师傅，看我射你的弓弦。"王灵智咬着嘴唇冷笑。

一箭射出，师傅手中的弓弦啪的一声断了。

"师傅！看我射断你的弓。"王灵智又一声冷笑。

"啪！"师傅手中的弓也被射断了。

"这最后一箭，我要射穿你的嘴，你就永远也讲不出话来了。"王灵智狂笑着，举弓瞄准，他的射技确实已经出神入化。

一箭射出，怪眼麒麟忙伸手去抓，可箭却灵巧地从他手缝中钻过，正射中昝君谟的嘴，昝君谟噗的一声仰面倒下。

王灵智把弓朝地上一扔，仰天大笑："哈哈！我是天下第一箭啦！"

突然王灵智又哑然闭住了嘴。原来他师傅昝君谟嘴叼着箭，又从地面直立起来，望着他冷冷一笑，把箭从嘴中取出说："我早就看你心术不正，故意留了一手'啮镞法'。"原来这啮镞法就是用嘴可咬住对方射来的箭头，是更高一级的箭术。

"现在我用啮镞射术将箭还你！"昝君谟嘲笑地说。

王灵智惊慌失措跌坐在地上。

怪眼麒麟在桶外面看得好开心，忍不住哈哈大笑。他一手舞足蹈，将旁边的阴阳桶碰翻了，里面的阴阳水全洒了出来，糟糕！阴阳镜被怪眼麒麟弄坏啦……

怪眼麒麟奇遇记

瘟神脑门里的饭店

镜子破了难以再复原，而阴阳镜却是由阴阳水制成的，水破不了，所以镜子也不会碎。

怪眼麒麟手忙脚乱，想把洒出的水收进桶里，阴阳水收不起来，在大殿地面上缓缓散开，形成一面圆形的大阴阳镜。仔细一看，镜子下面的地面变得透明，地底下的东西看得一清二楚。

怪眼麒麟正好奇地探头向里张望，地藏王说："这可不能看，我带你到另一个地方去。"

怪眼麒麟随着地藏王出了大殿，来到旁边的偏殿，进到一间小耳房里。只见小房里坐着一个脸色蜡黄、似人又似鬼的家伙。

地藏王说："我来介绍一下，这位是六畜瘟神。"

怪眼麒麟不明白地问："六畜瘟神是干什么的？"

地藏王说："六畜瘟神是专门负责传染病的。"

怪眼麒麟一听有点紧张："那咱们是不是赶快隔离开？"

六畜瘟神忙说："你不用怕，这病只传染家畜，别的动物都有免疫力。况且那些瘟鬼们都关在我的脑袋里，不打开门，他们是出不来的。"

果然，怪眼麒麟看见六畜瘟神脑后有个小门，上面还挂着一把小锁。

地藏王说："这六畜瘟神最近也犯了一个错误。"

怪眼麒麟好奇地问："什么错误？是不是也打翻了阴阳镜？"

六畜瘟神慌忙摇头："不是，不是，我是最近私自到人间遛了一趟。"

地藏王在旁边皱着眉头插话："这六畜瘟神每年都要到人间放几次瘟疫，只是他这次贪杯醉酒，把瘟鬼放跑了一个。"

六畜瘟神不好意思地说："我多喝了几杯，就……"

怪眼麒麟忙打断他的话："先别说，我有谛听的耳朵，我一听就全知道了。"说着又伏在地上。

这时候，怪眼麒麟耳朵里又响起了声音，讲的是六畜瘟神的事：

六畜瘟神到了人间，正值盛夏燥热，热得他浑身流汗，赶快跑向树荫处。正好树下有个姓陈的农夫在乘凉。

农夫看六畜瘟神大热天还戴着帽子，很是奇怪，就说："你把帽子摘下来，不就会凉快些吗？"

六畜瘟神说："摘下来倒是容易，再戴上可就难了。如果有冰镇啤酒，喝下去，暑气就可以消掉一半呀！"

农夫笑说："有！有！我家去年刚添置了冰箱，有的是凉啤酒，我再去弄点下酒菜，好好喝一顿。"

于是农夫和六畜瘟神在树荫下，你一杯、我一杯地大喝起来。

六畜瘟神嘴馋，再说阴间也还没有冰镇啤酒，因此他喝得太多，醉醺醺地倒在石板上睡着了，头上的帽子也掉落下来。

农夫惊疑地发现，六畜瘟神脑后有个小门，里面还透出灯光来。

农夫忍不住打开他脑后的小门，见六畜瘟神的脑瓜里有许多分开的小格子，每个格子还都用隔膜挡住，里面发出扑棱扑棱的声音。

农夫好奇地用手指捅开其中一个小隔膜。不好，格子里飞出一个小东西，有蜜蜂那么大，形状像是小牛，一下子飞跑了。

六畜瘟神醒来，一看到这种情景大惊。他懊丧地告诉农夫："我是六畜瘟神，刚才你放跑的是牛瘟。这下子方圆百里之内的牛都会病死的。"

……

怪眼麒麟又听了一会儿，跳起来说："你把牛瘟放跑了，脑瓜子里的格子空了一个。编制未满，现在你想重新要一个牛瘟，对吧?"

"对的，对的，"六畜瘟神连连点头，"缺了牛瘟，我就成了五畜瘟神了，这要让玉帝知道，会降罪的。"

地藏王说："何况最近又要有大行动，趁着人间有旱灾，六个瘟鬼都应放出去一次。少了牛瘟，只好由你暂装成牛瘟。"

"我装牛瘟?"怪眼麒麟大吃一惊。

"只是暂时的，回来后还继续做你的谛听工作。"地藏王安慰他说，随即一挥袈裟，一阵风起，怪眼麒麟不由自主地飘了起来，变成像蜜蜂大小的一头牛，晕晕乎乎飘进六畜瘟神的脑瓜里。

怪眼麒麟跌落进小格子里，他发现这是间挺不错的小房子，铺着地毯，还有席梦思软床、彩色电视机、小冰箱。

怪眼麒麟好奇地打开电视机。小屏幕上出现的是六畜瘟神的面孔，六畜瘟神平静地告诉他说："由于现在是旅游旺季，单间每天收一百元，而且只收外汇。"

"什么? 住这儿还收钱?"怪眼麒麟惊愕地问。

"当然要收，现在哪儿有白住的房间呢?"屏幕上的六畜瘟神也惊愕地反问。

"可我哪儿来的钱呢?"怪眼麒麟说。

"你到人间一趟，起码得瘟死几百头牛，带到阴间就都是你的。你们这些小瘟鬼可比我阔气多了。"六畜瘟神略带嫉妒地说，"赶明儿我也不做这官了，也当小瘟鬼去赚他一笔钱。"

怪眼麒麟这才明白，六畜瘟神要带他到人间去传染瘟疫去。他是仁兽，怎么能干坏事呢? 怪眼麒麟心中十分焦急。

隔壁传来吵吵嚷嚷的声音，十分热闹。怪眼麒麟发现墙壁上有一道小门，推开小门，有一条甬道。他顺着甬道绕了几个弯子，看见了一座漂亮的大玻璃房子，门口写着：卡拉 OK 舞厅，门票一千元。这六畜瘟神真有经营头脑，在脑瓜里修了那么多建筑。

怪眼麒麟正考虑该不该进，玻璃门突然自动打开，原来这门还是遥控的，一股力量把他轻轻推进了门。

里面富丽堂皇，有五个小家伙坐在精致的桌子旁边。他们虽然长得怪里怪气，可怪眼麒麟还能分辨出，是猪、马、羊、狗、猫，再加上自己，正好是六畜，但不是一般的六畜，而是六个瘟鬼。

令人吃惊不已的是，猪瘟的两只大耳朵上坠满了亮亮晃晃的珠珠耳坠；猫瘟、狗瘟的腿腕上套满了大金戒指；马瘟满嘴大金牙；羊瘟换上了金角，显然他们都是阔佬。

猪瘟和马瘟正在比阔气，猪瘟用打火机点燃了一张一元的钞票，马瘟马上就点燃五元钞票；猪瘟点燃一张百元钞票，马瘟又点燃一沓钞票。地上已有了一大堆灰烬。

怪眼麒麟以为他们看见自己一定会问许多问题，因为牛瘟也是他们的亲密伙伴。不料，这些瘟鬼们都像没看见他一样。原来他们心中除了自己没有别人。

等了一会儿，怪眼麒麟终于忍不住说："这些钞票烧了多可惜。"

猪瘟轻蔑地瞥了他一眼："烧完了再捞去，咱们瘟鬼干的这差事，就像人间那走私贩毒的，利润虽大，但危险也大，说不定哪天就玩儿完呢。"

"对，趁活着的时候足吃海花。"马瘟也露着大金牙说，突然他盯住怪眼麒麟的眼珠愣愣地问，"你的两眼怎么有点儿对？"

怪眼麒麟吞吞吐吐："我喜欢这样。"

"不对！不对！"猫瘟狡猾地眯缝起眼睛，眼缝里放出绿莹莹的光，然后猛然拍掌大叫，"我明白了，你好狡猾呀！"

"我怎么狡猾？"怪眼麒麟糊里糊涂。

猫瘟说："你用对眼儿看牛，一看就是双的，一下子能看死两个！我要学了你这对眼儿，我一下子也可以看死两只猫，效率提高一倍。"

猪瘟马上说："我也学对眼儿。"

"还有我。""还有我。"五个瘟鬼一下子把怪眼麒麟包围了起来。

怪眼麒麟为难极了。说实在的，对眼儿是他最拿手、最喜爱的一种本领，但教给这些瘟鬼，等于把鲜花插在牛粪上，糟蹋了好东西。

"学这本领很难。"怪眼麒麟吞吞吐吐。

"这有什么难的？我一练就会。"猫瘟轻蔑地说着，眼珠在眼眶里乱动了一阵，然后定住。

猫瘟的右眼珠朝上翻，左眼珠朝下翻，一个上一个下难看至极，可他还挺得意地大声说："对眼儿，对成喽，和你的一样啦！"

怪眼麒麟气坏了，他的对眼儿是这样的？这哪是他的对眼儿啊?！他生气地对猫瘟说："你做得根本不对，是冒牌的，应该是两个黑眼珠使劲看自己的鼻梁，这才是最正宗的对眼儿。"

怪眼麒麟说着，认真地把眼睛对起来给他们看，他竭力做得标准些。

"哈哈，喵喵！"猫瘟突然得意地大笑，其他瘟鬼们也跟着笑。

怪眼麒麟这才发现自己上当了，他们骗去了他的对眼儿秘密。

瘟鬼们显然聪明透顶，按照怪眼麒麟透露的方法，他们很快就把自己的眼睛对起来了，两颗黑眼珠在鼻梁上都挨到了一块，可他们还不满足，想把眼对得更厉害，想把一个看成四个。

瘟鬼们眼睛对得太过头了。他们那么使劲，拼命把黑眼珠往中间挤，结果，左黑眼珠竟跳过鼻梁，落到右边的眼眶上，而右边的黑眼珠对到左边眼眶里了，并且都极不安分，还在跑动。

小瘟鬼们的黑眼珠都跑到了两边眼睛的最边上，这谁都做不到，只有他们做到了。他们的眼睛看东西也就和别人大不一样。

什么东西在他们眼里全走了形，马在他们眼里是公鸡，羊在他们眼里成为一棵树……

"这是怎么回事？怎么屋子里多了一棵树？"

"公鸡是禽类，怎么也混到这儿来了？"

小瘟鬼们正在吵吵嚷嚷，突然屋顶上响起了六畜瘟神的声音："我们已经到了人间，准备出击。"

接着大厅的门突然大开，瘟鬼们从六畜瘟神脑门儿的小门缝隙里看到了外面的世界。原来六畜瘟神正在人间的上空飞行。

怪眼麒麟奇遇记

药兽的化瘟散

　　小瘟鬼们急不可待地蹿出瘟神脑门儿，怪眼麒麟也挤在他们中间，往下一看，绿草地上满是牛、马、羊、狗、猫，这里是畜牧场。

　　六畜瘟神在空中一翻身，小瘟鬼们像伞兵一样掉下去，落到草地上。

　　不过他们的眼睛全出了毛病，看一切东西全乱了套，只能在原地乱跳乱叫。

　　怪眼麒麟的眼睛可没有坏，他无意中朝旁边瞥了一眼，枯树枝上正挂着一张晒干的牛皮，叫他这一看，竟在树枝上乱抖乱晃起来。

　　怪眼麒麟吓了一跳，他赶忙闭上眼睛。他没想到，他这假牛瘟的眼光都这么厉害，要是真的，更了不得了。

　　马瘟、羊瘟、猪瘟、狗瘟、猫瘟，正在原地乱跳，一头怪兽无声无息地沿着草丛向他们飘来。

　　怪兽体形像梅花鹿，却长着一张猴子脸，背上画着一个红十字。这是神农的坐骑药兽。神农早已得知六畜瘟神要派瘟鬼作乱，于是派药兽预先埋伏在这里。

　　药兽突然出现在瘟鬼们面前，要是往日，瘟鬼们早吓得魂飞魄散，可这会儿却嘻嘻哈哈地全指着药兽大笑。

猫瘟指着药兽叫："哈哈！终于找到一只猫！"

狗瘟指着药兽叫："哈哈！终于找到一只狗！"

马瘟、羊瘟、猪瘟也都大着嗓门叫。

药兽心里有点发毛，一点也不知道他们的眼睛发了神经病，以为他们一定有了什么新的法宝。

药兽紧张地张大嘴巴，口中吐出一个小棕葫芦，一面哼哼唧唧嘟囔："叫你们尝尝我这'化瘟散'的厉害！"一面准备着，万一药物不灵，就赶快撤退。

小棕葫芦飘在空中，葫芦嘴打开，撒出一片棕红的粉，纷纷扬扬落在小瘟鬼们身上。

"天哪！疼死啦！"小瘟鬼们呻吟着，身体渐渐变软，像冰一样融化成黑紫色的水，水流又飞回了小棕葫芦。

看来这神药还是很灵验，药兽得意洋洋地收拾起葫芦，笑说："这回你们可知道我药兽的厉……"他突然愣住了，"怎么还有一个？"

这一个正是怪眼麒麟，他还在那儿紧闭着眼睛待着呢。他是假牛瘟，"化瘟散"对他一点不起作用。那小葫芦上也写得明白：除去能化瘟鬼外，对人畜无毒无副作用。

药兽可真有点害怕，心想还真有不怕化瘟散的瘟鬼啊？他哆嗦地问："你怎么还在这儿？"

怪眼麒麟闭着眼睛反问："你是不是牛？"

药兽说："是又怎样，不是又怎样？"

怪眼麒麟老老实实地说："是牛我就不睁眼，免得把牛瘟传染给你。"

药兽十分惊奇，今天怎么碰上这么好的一个瘟鬼啊！他大声说："我是药兽。"

怪眼麒麟睁开眼说："我是假牛瘟，先前给地藏王当谛听。"

这时，空中突然传来一个声音："你这谛听也是假的。"

怪眼麒麟抬头一看，嗬，真谛听来了，他大概已经旅游够了。

怪眼麒麟忙说："对，我这谛听也是装的，我是怪眼麒麟！"他连晃几下脑袋，念动咒语，现了原形。

药兽看着他高兴地大叫："是对眼儿啊！送子娘娘和福神正到处找你呢！"

怪眼麒麟忙问："他们在哪儿？"

药兽说："已经回到天上去了。"

怪眼麒麟愣愣地呆立了一会儿，他看着药兽背上的红十字，没话找话地问："你是兽医？给动物看病的？"

药兽说："不！我是专给人看病的。人给兽看病，兽也应该给人看病，这才体现出平等呢。瞧！那边来了两个人，准都是找我看病的。"

第一个人头上长了个包，头疼得厉害。药兽仔细地看看那人的眼睛说："你这包里有两枚围棋子，一枚黑的，一枚白的。"

药兽用手术刀切开包，里面果然有黑白两枚棋子。那人顿时不头疼了。

第二个愁眉苦脸，一副痛苦不堪的模样。药兽用爪尖按住他的脉搏听了一会儿说："三年前你吃元宵时和邻居打架，窝了一口气在心中，已经变成了气虫，以至于一吃饭你就生气。"

"你说得对极了，正是这样。"病人连连点头。

药兽从嘴里吐出一粒药丸："用这丸药把气虫化解掉，病就会好。"

怪眼麒麟心想，闹了半天，他肚子就是个药箱啊！他羡慕地说："你能把这看病的方法教我吗？"

药兽说："我这诊病的方法，别人绝对学不会。但麒麟是仁兽，是肯定能学会的，我就先教你这'望眼法'和'听脉法'吧。眼睛是心灵的窗子，人体的一切病全从眼中能看得出来。把耳朵附过来，我来教你。"

药兽附在怪眼麒麟耳边，口中念念有词。

怪眼麒麟用心默诵，还真记得一字不差。

正巧有个胖子摇摇晃晃走过来看病。

怪眼麒麟一本正经地说："我来看看你的眼睛，这望眼法最灵。"

胖子把眼睛睁得大大的。

怪眼麒麟十分认真地看着，他吃惊地大叫："不对呀！您的消化系统停止工作，你的循环系统也停止了，还有你的神经系统，一点反应都没有，你死了，你是个死人啊！"

"啊！"胖子大吃一惊，"可我还能说话走路，是你看错了吧？"

"不！绝不会错，我是按着口诀，一字不差地看的。"怪眼麒麟十分肯定地说，"您是死的，肯定是活错了。"

胖子大怒，正要变脸，突然愣愣地问："你看的我哪只眼睛？"

"左眼，男左女右嘛！"怪眼麒麟说。

"可这只眼睛是假的。"胖子哭笑不得地摘下了自己的玻璃眼珠。

怪眼麒麟接受了教训，他给一个披斗篷的女人摸脉，首先问："你这手臂是真的假的？"

"真的！"女人不高兴地说。

怪眼麒麟诊了一会儿脉，小心地问："您有一件伤心的事对吧？"

女人点点头。

怪眼麒麟又试探地问："您之所以伤心，是因为丢了一件心爱的东西。"

女人又点点头。

怪眼麒麟有信心了："您丢的这东西还是活的。"

"对！对！"女人说。

怪眼麒麟信心十足："这东西挺淘气，心肠不错，可净惹乱子，他还干了许多叫您哭笑不得的事，比如让您把脚气灵当香脂抹在脸上……"怪眼麒麟突然觉得有些不对。

女人也一下子用手捂住了他的嘴说："这家伙还是个对眼儿。"

啊！那女人变换了一个模样，是送子娘娘！

"你还没野够？该给我回天宫了！"

送子娘娘揪着怪眼麒麟的鼻头大叫。

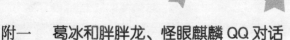

附一 葛冰和胖胖龙、怪眼麒麟 QQ 对话

VIP 聊天中

胖胖龙：葛老师，您要是去故宫甭买票。

葛冰：那哪儿行啊？没票人家不让进。

胖胖龙：找我啊，我那里面熟人多。

葛冰 （奇怪地）：你在那儿有熟人？

胖胖龙：对呀，故宫里宫殿多吧？太和殿、中和殿、保和殿，每座宫殿顶上蹲伏的怪兽，都是我兄弟。

葛冰 （笑）：对，那怪兽是一种龙，是你的兄弟，名字叫螭吻，传说是避免火灾的。

胖胖龙：您去故宫御坊膳吃清朝的满汉全席，也不用给钱。那儿也有我兄弟。

葛冰：你的兄弟？

胖胖龙：对呀，专为皇帝做美食的铜鼎上，都坐着我兄弟。

聊天记录 (H)　　　　　　关闭 (C)　　发送 (S)

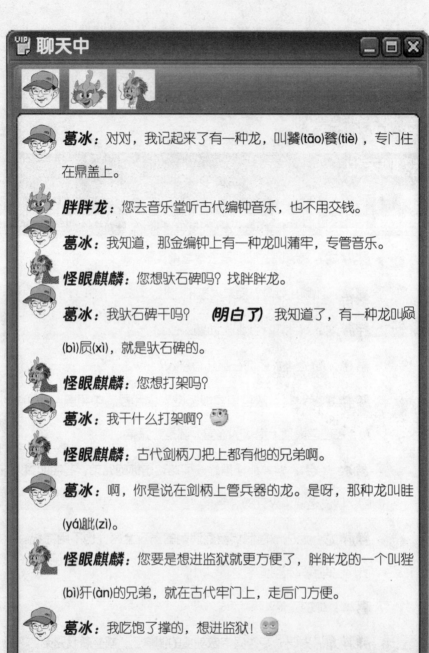

葛冰：对对，我记起来了有一种龙，叫饕(tāo)餮(tiè)，专门住在鼎盖上。

胖胖龙：您去音乐堂听古代编钟音乐，也不用交钱。

葛冰：我知道，那金编钟上有一种龙叫蒲牢，专管音乐。

怪眼麒麟：您想驮石碑吗？找胖胖龙。

葛冰：我驮石碑干吗？ **(明白了)** 我知道了，有一种龙叫赑(bì)屃(xì)，就是驮石碑的。

怪眼麒麟：您想打架吗？

葛冰：我干什么打架啊？

怪眼麒麟：古代剑柄刀把上都有他的兄弟啊。

葛冰：啊，你是说在剑柄上管兵器的龙。是呀，那种龙叫睚(yá)眦(zì)。

怪眼麒麟：您要是想进监狱就更方便了，胖胖龙的一个叫狴(bì)犴(àn)的兄弟，就在古代牢门上，走后门方便。

葛冰：我吃饱了撑的，想进监狱！

胖胖龙：您瞧瞧，怪眼麒麟多坏，他是看我的龙兄弟住在故宫里嫉妒。

 怪眼麒麟：我嫉妒？我问你,故宫金銮殿里摆的吉祥兽是什么？

 葛冰：是麒麟。

 胖胖龙：可那麒麟绝不是对眼儿！ **(有点儿慌张)** 怪眼麒麟，你别用对眼儿看我。我知道你那对眼儿厉害，看谁，谁也跟着变成对眼儿。

 葛冰 (笑)：这倒是，我写这本书时，出版社的编辑也怕小孩跟着学对眼儿，特别在前面加上一句：请勿模仿。

 胖胖龙 (来劲了)：我没说错吧？那书里写了，你的对眼儿左一对，右一对，比孙悟空还厉害，把天宫里的所有神仙都看成对眼了。你还利用你这对眼儿做虚假美容广告，说什么"一秒钟，登时美"。只要用你这对眼儿左一对，右一对，能让左脸上鼓出的黑痣滑到右脸的小坑里。

 怪眼麒麟：胡说，这是诬蔑！

聊天记录 (H)　　　　　关闭 (C)　　发送 (S)

葛冰： 胖胖龙，这你确实冤枉怪眼麒麟了。怪眼麒麟不是造假。在书里我是把他写成打假冠军的。他那对眼儿可是发现了不少现代社会中的骗子，什么卖假药的、卖假酒的、卖假化妆品的，还有假神仙。

 怪眼麒麟 (大叫)： 现在我就发现了一个假的！

 胖胖龙： 哪儿呢？哪儿呢？

 对眼麒麟： 你就是假的，俗话说，龙生九子，怎么又多出你这第十个儿子了？ 😁

 胖胖龙 (结巴) 这，这得问他。 😑

 葛冰： 这胖胖龙确实是我制造出来的，其实怪眼麒麟也是我制造出来的。我故意在你们俩的故事中来个古今时代大穿梭。把古代各种好玩的、有趣的知识，和时髦的现代生活混在一起，互相撞击，写出各种各样的好玩的人、稀奇古怪的事儿，并揭露各种各样的骗子。写得越热闹、越开心，越好。

 胖胖龙： 怪不得你非要我上天入地得到处乱窜呢！

 怪眼麒麟： 也让我两眼左一对、右一对地到处"找茬儿添乱"呢！

聊天记录(H)　　　　　关闭(C)　发送(S)

附二　作品出版年表

1988 年　短篇小说集　《绿猫》　重庆出版社

1989 年　短篇童话集　《蓝皮鼠大脸猫》　湖南少年儿童出版社

1989 年　短篇童话集　《哈克和大鼻鼠》　少年儿童出版社

1990 年　短篇童话集　《调色盘师长和绿毛驴》　安徽少年儿童出版社

1990 年　短篇童话集　《隐形染料》　四川少年儿童出版社

1991 年　短篇童话集　《太空囚车》　甘肃少年儿童出版社

1991 年　中篇童话　《魔星杂技团》　少年儿童出版社

1992 年　短篇童话集　《小狐狸的爆米花机》　二十一世纪出版社

1992 年　中篇童话　《小糊涂神儿》　福建少年儿童出版社

1992 年　短篇童话集　《哈克大鼻鼠全传》　四川少年儿童出版社

1993 年　中篇童话　《追捕猫魔》　重庆出版社

1993 年　长篇童话　《胖胖龙上天入地记》　浙江少年儿童出版社

1993 年　《魔鬼机器人》　台湾天卫文化图书有限公司

1994 年　长篇童话　《魔法大学校长》　湖北少年儿童出版社

1994 年　长篇童话　《怪眼麒麟奇遇记》　湖南少年儿童出版社

1995 年　科幻小说　《奇异的峨眉怪兽》　浙江少年儿童出版社

1995 年　短篇童话集　《哈克大鼻鼠和黑蜘蛛》　福建少年儿童出版社

1995 年　《小狐狸的新式汽车》　华夏出版社

1996 年　《老鼠品尝师》　福建少年儿童出版社

1996 年　短篇小说集　《吃爷》　台湾民生报出版公司

1997 年　"葛冰童话系列"　作家出版社

1999 年　"悬疑惊奇小说系列"　（六册）　中国少年儿童出版社

1999 年　"悬疑惊险小说系列"　（五册）　中国少年儿童出版社

1999 年　短篇武侠小说集　《矮丈夫》　台湾民生报出版公司

2001 年　"七绝侠探案系列"　（四册）　台湾民生报出版公司

2004 年　"少年大惊幻系列"　（三册）　少年儿童出版社

出版低幼图书五十余册，书名从略

附三 主要获奖记录

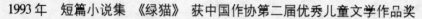

1993年　短篇小说集《绿猫》获中国作协第二届优秀儿童文学作品奖

1996年　系列动画片剧本《小精灵灰豆儿》在全国儿童电影、电视、动画片剧本征文中，获系列动画片一等奖

1996年　短篇小说集《吃爷》获台湾"好书大家读"优秀作品奖

1997年《梅花鹿的角树》获第五届宋庆龄儿童文学奖低幼文学大奖

2000年《妙手空空》获陈伯吹园丁奖

大型系列动画片《小糊涂神儿》，由中央电视台播出，获动画片金鹰奖首奖、金童奖一等奖

二十六集动画片《小精灵灰豆儿》，由中央电视台播出，获金童奖一等奖

大型系列动画片《蓝皮鼠和大脸猫》，由中央电视台播出，获动画片金鹰奖

葛冰童话全明星票选总动员

谁是你心目中最闪亮的葛冰童话明星（SUPER STAR）？是大脸猫、小糊涂神儿，还是……

你想让自己最喜欢的童话明星成为最终的冠军吗？

那就加入葛冰童话全明星票选总动员，赶快投票支持他吧，这可是属于你们自己的全明星哦！

还要叫上你的同学、朋友一起参加哦！ˆ–ˆ

在你最喜欢的童话明星前画钩(只能选一个)，并写上你最喜欢他的理由。

编辑部将完全根据读者的投票多少选出最终的 SUPER STAR，选中的小朋友将有机会参加抽奖。

奖品包括：

一等奖：葛冰、葛竞父女签名新书+葛冰亲笔签名童话
　　　　全明星宣传海报一张，10 名。

二等奖：接力社最新图书一本，50 名。

三等奖：接力社经典好书一本，100 名。

票选单

□1.大脸猫　□2.蓝皮鼠　□3.大脚丫的小狐狸　□4.小糊涂神儿　□5.乔宝　□6.小精灵灰豆儿　□7.八戒大剩　□8.哈克　□9.大鼻鼠　□10.胖胖龙　□11.怪眼麒麟　□12.三寸教授　□13.魔法大学校长

你最喜欢他的理由：_____

_____

姓名：_____　联络方式：_____

联络电话：_____　E-mail：_____

填好票选单后（复印无效），请寄至（100027）北京市东城区东二环外东中街 58 号惠美大厦 C—1201 接力出版社"葛冰幽默奇幻童话星系"编辑部。